KB041300

내 여자 친구는 9미호 ②

드라마 원작 소설
내 여자친구는 구미호 ②

초판 1쇄 | 2010년 10월 1일
초판 2쇄 | 2010년 10월 8일

지은이 | 홍정은 · 홍미란
펴낸이 | 김성희
펴낸곳 | 맛있는책
기획 · 책임편집 | YoonGate
본문디자인 | 쑴

출판등록 | 2006년 10월 4일 (제25100-2009-000049호)
주소 | 서울 광진구 능동로 155 길송빌딩 7층
전화번호 | 02-466-1207
팩스번호 | 02-466-1301
전자우편 | candybookbest@gmail.com

ISBN | 978-89-93174-12-0   04810
        978-89-93174-10-6   04810 (set)

내 여자 친구는 9미호 ②

홍정은·홍미란 극본 | 김성연 소설

맛있는책

차
례

검사실에 갇힌 구미호

대웅은 벼락같은 고성을 내지르며 길길이 날뛰는 할아버지를 간신히 방 밖으로 모시고 나왔다. 평상 옆에서 고모가 근심스러운 표정으로 대웅을 처다보았다.

"대웅아, 너 정신 있니? 그깟 영화가 뭐라고 몸 망쳐 가면서 하려고 해? 너 아직 젊어. 기회는 앞으로 얼마든지 있어."

"고모까지 왜 그래. 나 괜찮대도."

어디서 듣고 와서는 영화를 계속 찍다가는 다리를 못 쓰게될 거라느니, 성치 않은 몸이라느니 진작 해결된 걱정거리를 꺼내며 큰일이라도 날 것처럼 박박 우기는데 답답해서 돌아버릴 지경이다.

"너 이 녀석, 여자애 때문에 그러냐? 쟤가 너 영화 안 하면 헤어지기라도 하재?"

할아버지가 말도 안 되는 어깃장으로 기어이 대웅의 성질을 긁어놓았다.

"나 아무렇지도 않다니까!"

"의사가 안 된다고 했다며. 너 크게 다쳤다면서 어떻게 그걸 숨겨?"

금방이라도 숨이 넘어갈 것처럼 할아버지 얼굴이 시퍼렇게 질렸다. 사고로 아들 내외를 잃고 나서부터 건강 문제라면 유난스러울 정도로 신경을 쓰는 할아버지의 마음을 이해 못 하는 것은 아니지만, 이번만큼은 자신의 말을 믿어주지 않은 할아버지가 야속하기만 할 뿐이다.

"다치긴 했는데 이젠 멀쩡하다니까."

"보세요. 다친 거 맞잖아요. 그냥 두면 큰일 나요."

곁에 있던 고모가 눈치 없이 끼어들며 불난 데 부채질을 했다.

"다 관두고 집으로 들어가자. 짐 싸!"

무조건 명령을 내리는 할아버지의 얼굴을 대웅이 애원하듯 쳐다보았다.

"할아버지, 나 여기서 미호랑 같이 있으면 아무 문제없어."

고모가 사색이 된 얼굴로 할아버지를 부추겼다.

"이거 봐요. 그 여자애가 옆에서 부추기는 거 맞잖아요."

할아버지가 괘씸한 얼굴로 미호가 있는 창고방을 노려봤다.

"그런 애라면 난 싫다. 미호란 애랑도 끝내라."

대웅은 할아버지와 고모를 설득하기를 끝내 포기했다. 밑도 끝도 없이 억지를 부리는 데에야 말로서 당할 재간이 없다.

"할아버지, 만날 나한테 책임감 있는 인간이 되라고 했으면서 어떻게 한 방에 다 때려치우라고 그래? 나 할아버지 소원대로 인간답게 포기 안 하고 책임질 거니까 할아버지가 포기하고 그냥 가."

등을 돌려 걸어가는 대웅의 머리 위로 구름에 가려 있던 보름달이 서서히 제 모습을 드러냈다.

"할아버지랑 고모는 알지도 못하면서……."

대웅은 방문을 열면서 미호에게 들으라고 일부러 크게 투덜거렸다. 괜한 일로 안 좋은 소릴 듣게 하여 그저 미안할 따름이다. 방 안으로 들어온 대웅은 미호를 찾아 두리번거렸다. 쪼르르 달려와 팔에 매달릴 줄 알았는데 미호가 테이블 옆에 쪼그리고 앉아서 끙끙거리고 있다.

"넌 왜 그래?"

대웅이 놀란 눈으로 미호에게 다가갔다.

"웅아, 나……."

미호가 뭔가 말을 하려는 찰라 방 밖에서 고모의 다급한 외침이 들렸다.

"아버지! 대웅아! 대웅아!"

할아버지 연세에 쓰러지기라도 하셨나 싶어 대웅은 벌떡 일어나 옥상으로 뛰어갔다. 고모가 뒤로 넘어간 할아버지를 부축하며 간신히 버텨내고 있었다.

"할아버지! 왜 그래?"

대웅이 부리나케 달려가 고모에게서 할아버지를 부축해 받았다.

"아버지 정신 차려 보세요, 아버지."

울 것 같은 고모의 목소리에 대웅 또한 제정신이 아니었다.

"할아버지, 업혀. 나한테 업혀."

허리를 구부려 할아버지를 업고 대웅은 창고방을 향해 미친 듯이 소리쳤다.

"미호야! 미호야! 나 병원 갔다 올게! 잠깐 있어."

"어……, 알았어."

방 안에서 조그맣게 들리는 미호의 대답을 확인하고 나서야 대웅은 할아버지를 업고 급하게 걸음을 옮겼다. 등 뒤에서 고모의 못마땅한 소리가 들렸다.

"쟤 내다보지도 않네."

고모에게 한소리 하려다가 말고 대웅은 그냥 입을 꽉 깨물었다. 지금 여기서 뭐라고 해봤자 할아버지 쓰러지게 한 나쁜 놈이 여자친구 역성이나 든다고 미호만 더 밉게 볼뿐이다.

할아버지를 차에 태우고 도로를 달리는데 테이블 옆에 쓰러져 괴로워하던 미호의 얼굴이 자꾸만 떠올랐다.

어디가 많이 아픈가?

할아버지가 쓰러진 마당에 이러면 안 되는데 자꾸만 마음이, 머리가 미호에게로 달려갔다.

"고모 저 앞에서 우회전하면 병원이야."

사거리 앞에서 대웅이 다급하게 길 안내를 했다. 그러자 대웅 옆에서 앓고 있던 할아버지가 눈을 쑥 뜨고 목청을 다듬었다.

"집으로 가자."

갑자기 멀쩡해진 할아버지 때문에 순간 멍해졌다.

설마……!

"할아버지, 괜찮아? 괜찮은 거였어!?"

눈을 동그랗게 뜨고 따지듯이 묻는 대웅에게 할아버지가 결연하게 말했다.

"차대웅. 너 이대로 그냥 돌아가면 이 할애비, 물 한 모금 안 마실 거다. 할애비 진짜 넘어가는 거 보고 싶지 않으면 순순히 따라와."

할아버지의 서슬 퍼런 기세에 가만 앉아 있던 대웅이 갑자기 불안한 표정으로 차창을 돌아보았다. 아무래도 괴로워하던 미호의 모습이 눈에 밟혀서 이대로 갈 수가 없다.

"고모 차 세워!"

"그냥 가."

할아버지가 대웅에게 밀릴세라 고모를 다그쳤다.

"고모 세워! 잠깐만 세워! 안 세워도 난 내린다!"

대웅이 문의 잠금장치를 푸르고 손잡이를 움켜쥐자 고모가 급하게 브레이크를 밟았다. 차가 멈추자 대웅은 그대로 차 문을 열고 밖으로 튀어나갔다.

"차대웅, 너!"

노발대발하는 할아버지 얼굴에 대고 다급하게 외쳤다.

"잠깐만. 가서 괜찮은가 얼굴만 보고 집으로 갈게!"

그대로 뒤돌아 미친 듯이 달렸다. 미호가 있는 곳으로, 미호의 곁으로.

미호는 난생처음 겪는 고통에 어찌할 바를 모른 채 몸을 웅크렸다. 눈은 벌겋게 변한 지 이미 오래고, 꼬리 아홉 개가 부채처럼 펼쳐졌다. 이제 좀 익숙해졌나 하는 순간 숨을 끊어버릴 듯한 고통이 척추를 관통하였다.

"허억."

머리를 뒤로 젖히고 고통스러운 신음을 목 안으로 삼키다가 도저히 참기 어려운 고통에 몸을 옆으로 굴렸다. 탁자에 부딪히는 느낌이 드는가 싶더니 캠코더가 바닥으로 툭 떨어졌다. 바닥에 부딪히는 순간 캠코더의 녹음 버튼에 파란 불이 들어왔다.

"아프다."

미호는 바닥에 엎드린 채 뼈를 깎는 것 같은 고통이 멎기를, 이 악몽 같은 괴로움이 그만 사라지기를 기다리며 주검처럼 엎드려 있었다. 그 순간 아홉 개의 꼬리 중 하나가 심지가 다

한 불꽃처럼 허공 속에서 훅 꺼졌다. 미호가 하얗게 질린 얼굴로 제 꼬리를 쳐다보았다.

"꼬리가 하나 없어졌어. 나 정말 죽는 거구나."

기력이 쇠한 미호는 바닥에 축 늘어졌다.

대웅이가 없길 다행이다. 하마터면 이런 모습을 보일 뻔했잖아.

간신히 몸을 일으켜 주변을 둘러보았다. 휑한 방 안에 조금 전 사투의 흔적이 고스란히 남아 있었다. 혜인이 대웅에게 선물한 캠코더가 불이 켜진 채 바닥에 뒹굴고 있었다. 캠코더를 집어서 침대 옆 선반 서랍에 넣어놓고 고개를 드는데 침대 위에 꽃다발이 눈에 들어왔다. 홀린 듯이 걸어가 대웅이 준 꽃다발을 여우구슬인양 가슴에 꼭 끌어안았다. 순간 방문이 벌컥 열리고 대웅이 숨을 헉헉거리며 들어와 그녀를 바라보았다. 마치 꿈처럼…….

다리에 힘이 풀릴 정도로 기뻐서, 머릿속이 하얘질 정도로 행복해서, 눈물이 날 것만 같았다. 대웅이가 없길 다행이라고 생각했는데 돌아와 주니 비교도 할 수 없을 만큼 다행이었다.

"너 괜찮아?"

숨도 고르지 못한 대웅이가 미호를 걱정스럽게 바라보았다. 대웅에게 걱정 끼치고 싶지 않아 미호는 얼른 입 꼬리를 올렸다.

"응."

"아픈 거 아니었어?"

"응. 나 괜찮아."

대웅이 그제야 안도의 한숨을 내쉬었다.

"아픈 줄 알았잖아."

"안 아파. 나는 담벼락도 부수는 구미호지, 연약한 여자 이런 거 아니잖아."

부러 씩씩한 표정을 지으며 전에 대웅이 했던 그대로 턱밑에 꽃받침을 만들어 보였다. 웃고 있는 미호에게 대웅이 다가와 이마에 손을 올렸다.

"너 왜 이렇게 차가워."

잔뜩 인상을 찌푸리며 내려다보는 대웅과 시선이 마주친 순간 심장이 쿵쿵 뛰었다.

대웅의 걱정거리가 되어서는 안 돼.

미호는 필사적으로 머리를 굴렸다.

"피곤해서 그런가 봐. 불판을 너무 열심히 닦았잖아."

대웅이 미호 이마에서 손을 거두고 버럭 혼쭐을 냈다.

"그러게 오백 년 동안 꼼짝도 안 하던 애가 밤낮으로 불판을 닦으니까 탈이 나지! 너 앞으로 불판 닦으러 다니지 마!"

대웅은 그대로 척척 걸어가 냉장고 문을 열고 여기저기를 체크했다. 그런 대웅을 미호는 놀란 눈으로 바라보며 그저 눈치만 살피었다.

"그 고깃집 장사도 되게 잘 되던데. 하루에 불판을 몇 장이

나 닦게 했기에 구미호가 탈이 나. 아, 내가 갔을 때 더 따져줬
어야 하는데! 당장 한 번 더 가?"

대웅이 화를 내고 성질을 내면 싫고 걱정돼야 마땅할 텐데
이상하게 기분이 좋아졌다.

"그러지 마, 대웅아. 그 아저씨 되게 겁먹었던데 나 때문에
무섭게 하지 마."

"네가 말리니 참는다."

대웅이 봐줬다는 듯 말하고는 냉장고 문을 닫았다.

"집에 고기도 많고 사이다도 많으니까 이거 먹고 쉬면서 있
어. 액션스쿨 관리도 쉬어가면서 하고."

할아버지가 편찮으신가?

미호의 표정이 걱정으로 굳어졌다.

"너 다시 가야 해? 할아버지 많이 아파?"

"안 가면 이제부터 아플 태세라 바로 가봐야 해. 너 괜찮은
거 봤으니까 안심하고 갈게."

그대로 등을 돌리고 밖으로 나가려는 대웅을 미호가 급하게
불러 세웠다.

"언제 와?"

"할아버지 안심시킬 때까지 옆에 있어야 할 것 같아. 다년간
경험한 바로는 지금 강도면 며칠 걸릴 거 같은데…… 혼자 있
을 수 있지?"

순순히 고개를 끄덕거렸다.

"응. 나 벌어놓은 돈도 있어. 걱정하지 마. 할아버지 좋아지면 우리 집으로 빨리 와."

"알았어. 갔다 올게. 간다."

방에서 나와 계단을 척척 내려가다 대웅이 뭔가 생각난 얼굴로 걸음을 멈췄다.

"우리 집이라니. 우리 집이 언제부터 여기야? 또 깜빡 헷갈렸네. 나 정신 나간 거 아니야?"

고개를 절레절레 젓는데 등 뒤에서 미호가 부르는 소리가 들렸다.

"웅아!"

순식간에 층계참까지 내려온 미호가 대웅을 보며 물었다.

"대웅아, 네가 준 꽃 다 시들기 전까진 올 수 있어?"

조심스레 대답을 기다리는 미호와 시선을 마주하자 아까의 그 장면이 오버랩되었다.

― 지금부터는 나를 좋아해 줄 수 있어?

복잡해진 마음 때문에 무어라 대답할 수 없어 잠자코 서 있는데 복도 전등이 깜빡깜빡 시야를 어지럽혔다.

"어, 저거 왜 저래?"

미호가 놀란 표정으로 전등을 쳐다보았다.

"쟤도 깜빡깜빡하네."

정신이 들어왔다 나갔다 헷갈리는 게 나하고 똑같구나.

묘한 표정으로 서 있던 대웅이 갑자기 미호 곁으로 다가가 등 뒤에 있는 전등 스위치를 꺼버렸다.

"머리 아파."

컴컴해진 복도 창 너머로 수줍게 떠 있는 달이 미호의 얼굴을 어슴푸레 비추었다.

"정신 *끄고* 보면, 그럴 수도 있을 거 같아."

지금처럼 이렇게 미친 척 눈을 감으면 미호를 좋아할 수도 있을 것 같다. 그게 정말 가능한 일이라면 충분히 그렇게 할 수도 있을 것 같다.

그러니까 나는 미호를…….

순간 핸드폰 벨 소리가 둘 사이의 적막을 깨고, 대웅에게 경고하라도 하는 듯 액정화면에 할아버지의 얼굴이 나타났다.

"그래, 정신 차려야 해. 나, 간다."

대답을 마음속으로 삼킨 채 대웅이 뒤도 안 돌아보고 척척 걸어갔다.

"웅아, 기다릴게."

절대로 뒤를 돌아보아선 안 된다. 여기서 뒤돌아보았다가는 모든 게 끝장나 버린다. 차라리 이렇게 떨어져 지내는 게 잘된 일인지도 모른다는 생각을 하며 대웅은 잰걸음으로 미호에게서 멀어져 갔다.

미호는 꽃다발을 들고 동물병원으로 동주를 찾아갔다. 오늘은 할 얘기가 유독 많았다.

"나 꼬리가 하나 없어졌어. 나 이제 팔미호야."

동주가 좋아라 헤헤거리는 미호의 얼굴을 걱정스럽게 바라보았다.

"목숨을 하나 끊어내는 거만큼 아팠을 텐데. 그래도 좋아요?"

"어젠 되게 아팠는데 다 까먹었어."

죽을 만큼 아팠지만 분명히 끝은 있었고 그 고통을 겪어야 사람이 될 수 있다고 생각하면 못 견딜 것도 없었다.

"그 고통이 여덟 번이나 더 남았어요. 앞으로 점점 더 심하게 아플 거고요."

"더 아프다고? 아픈 건 싫은데."

미간을 찌푸리며 걱정하는 미호에게 동주가 차분하게 일렀다.

"그럼 고통이 찾아오면 차대웅 옆에 있어요. 구슬이 곁에 있으면 도움이 될 거예요."

미호가 대번에 고개를 내저었다.

"싫어. 대웅이한테 그런 거 보여주고 싶지 않아."

"하긴 당신이 인간이 되려고 한다는 것도 말하지 못했죠. 차대웅이 알면 싫다고 도망갈 테니까."

미호가 당치도 않다는 표정으로 동주를 쳐다보았다.

"곧 말할 수 있을 거 같아. 대웅이가 날 싫어하지는 않는댔어."

"싫어하지 않는다고 곧 좋아하게 되는 건 아니죠."

울컥한 마음에 미호가 동주 앞으로 꽃다발을 디밀었다. 결정적인 증거라도 되는 것처럼.

"대웅이가 꽃도 줬어. 이렇게 예쁜 꽃 본 적 없지?"

"꽃다발 받아낸 거까진 좋았는데 좋아해 달라고 매달린 건 실수한 거 같네요."

차트나 들여다보면서 딱 잘라 말하는 동주가 야속해서 따지듯이 물었다.

"왜?"

"도망갔잖아요."

"아니야! 할아버지 아파서 간 거야!"

"안 아프다면서요. 당신의 부담스러운 눈을 피하려고 도망간 거예요."

절대 그럴 리 없지만 만에 하나라도 그럴지도 모른다는 불안감이 미호의 마음을 괴롭혔다. 괴로움이 미움이 되어 미호가 곱지 않은 눈길로 동주를 쳐다보았다.

"그렇게 원망스러운 눈으로 보지 마세요. 인정할 건 인정해야죠. 게다가 그 할아버지가 당신이랑 있는 게 싫다고 데려갔으니 안 돌려보낼 수도 있겠네요."

계속해서 듣기 싫은 말만 골라서 하는 동주가 밉고 싫어서 할 수 있는 최대의 폭언을 퍼부었다.

"동주 선생 나빠! 동주 선생, 개선생!"

그러나 동주는 화를 내기는커녕 한심하다는 듯 말했다.

"개 자만 붙이면 욕 되는 건 어디서 배웠어요?"

"개선생이니까 개선생이라고 하는 거지."

분한 마음에 억지 논리를 갖다 붙이는 미호에게 동주가 담담한 표정으로 미호가 한 말을 그대로 응용했다.

"그러면 당신은 여우니까 여우같은 년이라고 해주죠."

"잘났다, 개선생!"

뒤도 안 돌아보고 쌩하니 나가는 미호의 뒷모습을 동주가 어이없이 바라보며 픽 웃었다. 순간 책상에 두고 간 꽃다발이 눈에 들어왔다. 꽃다발을 드는데 미호가 헉헉거리며 다시 뛰어들어와 동주가 든 꽃다발을 확 뺏듯이 받아들고는 인사도 없이 나가버린다. 미호가 가는 모습을 사라질 때까지 바라보다가 그만 자세를 고쳐 앉는데 책상 위에 꽃잎 두어 장이 떨어져 있다.

"흘리고 갔네."

동주가 꽃잎을 가만히 들여다보았다.

온종일 마음을 괴롭히는 문제를 결론 내리기 위해 대웅은 뚱자를 거실로 불러들였다. 핸드폰에 여우사진을 검색해 들고서는 멀뚱멀뚱 앉아 있는 뚱자의 얼굴과 번갈아 바라보았다.

"정신 차리고 똑바로 보자."

왼편에는 뚱자를, 오른손으로는 핸드폰으로 검색한 여우사진을 들고 둘의 모습을 번갈아 바라보았다.

"미호는 여우야. 뚱자 너는 개. 미호는 여우, 무섭지?"

뚱자에게 핸드폰의 여우사진을 불쑥 내밀었다. 사진에는 눈길도 주지 않은 채 뚱자가 대웅의 손을 스윽 핥았다.

"뚱자, 오빠 좋아해?"

혀까지 내밀며 꼬리를 흔드는 뚱자를 바라보며 대웅이 냉정하게 잘라 말했다.

"하지만 네 마음을 받아줄 순 없어. 난 사람이니까. 그래, 미호를 계속 여우라고 보면 헷갈리지 않을 거야. 미호는 여우다, 여우."

근데 잘 보니까 여우란 게 생각보다 별로 안 무섭게 생겼다. 눈도 댕그랑 게 귀엽기까지 하다. 그러고 보니 미호랑 좀 닮은 것도 같다.

"근데 얘는 전화 한 통이 없네."

하릴없이 한숨을 푹 내쉬다가 불쑥 뚱자를 툭 건드렸다.

"뚱자야, 너 미호 얼굴 궁금하지? 한 번 보러 갈래?"

뚱자가 왈왈 짖자 대웅이 반색하며 일어섰다.

"궁금했구나? 진작 말을 하지. 그게 뭐 그리 어려운 말이라고. 가자!"

액션스쿨로 향하는 골목길에 접어들자 대웅이 저도 모르게 발걸음이 빨라졌다. 그러다 저 혼자 찔려서는 걸음 속도를 늦추며 괜스레 뚱자를 툭 건드렸다.

"뚱자야, 천천히 좀 걸어. 뭐가 그리 급하니?"

영문을 모르겠다는 뚱자의 시선에 헛기침을 한 번 하고는 모른 척 걸음을 옮겼다. 액션스쿨에 다다라 옥상으로 향하는 계단을 오르는 순간 이유도 없이 웃음이 튀어나올 것 같았다. 대웅은 일부러 걸음을 멈추고 뺨을 두어 번 두드리며 마음을 가라앉혔다.

뚱자 데리고 산책 나온 길에 액션스쿨 점검 차 잠깐 들른 것뿐이야.

얼굴에 힘을 꽉 주어 근육을 경직시키고는 뚱자를 앞세워 다시 계단을 올랐다.

"뚱자야, 천천히. 천천히."

"대웅아!"

옥상에 다다른 순간 그의 이름을 부른 것은 미호가 아닌 혜인이었다.

"어, 누나가 여긴 웬일이야?"

"아, 창고에 뭐 좀 찾을 게 있어서. 그런데 좀 전에 선녀 말로는 대웅이 너 여기서 나갔다고 하던데. 집에 들어갔다며 왜 왔어? 짐 가지러 왔어?"

혜인의 질문에 대웅은 용건도 없이 뚱자를 툭 건드렸다.

"그냥 산책."

"여기까지?"

대웅이 고개를 들어 혜인을 쳐다보았다.

"미호 만나러 왔어."

아닌 척 변명하는 제 모습이 우스워서 부러 당당하게 대답했다.

"네 여자친구는 여기 계속 있나 보구나?"

놀란 것 같은 혜인에게 대웅이 당연한 표정으로 말했다.

"응. 나도 할아버지 때문에 잠깐 집에 가 있는 거야."

"네가 여기 없는 동안 걔 왜 여기 있어? 걔 집이 어디야? 집이 멀어서 못 가는 거야? 선녀는 걔 외국에서 살다 온 애라 그러고, 병수는 지방에서 온 애라고 그러던데, 어떤 게 맞는 말이야? 대웅아, 걔 도대체 어떤 애니?"

다소 흥분한 혜인의 질문 공세에 딱히 대답해줄 말이 없으니 그저 난감할 뿐이다.

"이런저런 사정이 있어."

대강 얼버무리며 말을 다른 데로 돌렸다.

"마침 잘 됐다. 누나한테 볼 일 있었는데. 기다려."

급하게 문을 열고 창고방으로 들어가는 대웅의 뒷모습을 혜인이 싸늘한 눈빛으로 바라봤다.

대웅은 방 안으로 들어와 혜인이 준 캠코더를 찾았다. 테이블 위를 보다가 미호의 이부자리로 가서 그 옆 선반 서랍을 열어보았다. 서랍 안에 캠코더가 얌전히 들어 있었다.

"이게 뭐야? 백일 세는 거야? 영화 촬영 일수 같진 않은데?"

대웅의 뒤를 따라 들어온 혜인이 벽에 걸린 백일 달력 앞에 서서 고개를 갸웃거렸다. 대웅이 흘긋 쳐다보고는 별일 아니라는 듯 씩 웃었다.

"미호랑 뭐 좀 날짜를 셀 일이 있어서."

아무렇지 않은 척 고개를 끄덕이는 혜인의 표정이 점점 불쾌하게 굳어갔다.

대웅이 서랍에서 꺼낸 캠코더를 박스에 담아 들고 혜인에게 건넸다.

"이거 돌려줘야 할 거 같아."

"같이 연기 연습하는데 도움 되자고 준 거야. 다른 뜻 없어."

혜인의 얼굴에 씁쓸한 미소가 그려졌다.

"나도 캠코더 있어. 그냥 그거 쓰면 돼."

계속되는 대웅의 거절에 혜인이 무안한 표정으로 박스를 받아들었다.

"난 이만 갈게."

화가 난 사람처럼 등을 팩 돌리고 계단을 내려가는 혜인을 불편한 마음으로 바라보다 대웅은 다시 창고방 안으로 들어왔다.

근데 얘는 대체 어디를 나간 거야.

텅 빈방을 휘휘 둘러보던 대웅이 눈살을 찌푸리며 미호의 이부자리로 걸어갔다. 머리맡에 마호의 핸드폰이 충전기에 꽂힌 채 놓여 있다.

"이러고 두고 다니니까 암만 전화를 해도 안 받지."

발끈하며 충전기에서 핸드폰을 뽑아 통화 기록을 보았다.
아침부터 동주 선생에게 전화를 두 통씩이나 했다.

"뭐야, 그러면 동주 선생한테 전화 걸고 전화기 내팽개치고
놀러 갔구먼."

잔뜩 열이 올라 전화기를 홱 팽개치고 뚱자를 크게 불렀다.

"뚱자야, 그만 가자. 그깟 여우 얼굴 볼 필요도 없어! 봐야
무섭기만 하지."

뚱자를 앞세우고 골목길을 씩씩거리며 걸어가는데, 갑자기
뚱자가 뚱뚱해 보이는 게 비만이 아닌지 신경쓰였다.

"얘가, 얘가 요즘 살이 더 쪘네. 자고로 비만이 만병의 근원
이랬는데."

미호에게만 신경 쓰느라 뚱자한테 너무 무신경했나 보다.
대웅은 큰맘 먹고 뚱자를 동물병원에 데려가기로 마음을 굳
혔다. 지금 당장! 기왕이면 아는 데로!

동주 선생이 일한다는 복덩이 동물병원을 핸드폰 로드뷰로
검색해 더듬더듬 찾아갔다. 제법 외진 곳에 있어 찾기가 쉽지
않았으나 로드뷰가 지시하는 대로 방향을 틀며 걸어가다 보
니 복덩이 동물병원 간판이 보였다.

"목동이 동물병원, 이름 진짜 유아틱하다. 그치, 뚱자야. 우

린 지금 미호 찾아가는 게 아니고 너 비만 진단하러 가는 거야. 너 동주 선생 앞에서 없어 보이면 안 된다."

대웅은 무릎을 꿇고 앉아 손가락으로 뚱자의 머리털을 단정하게 빗겨주며 진지하게 중얼거렸다.

"우리 뚱자 비싸게 보여야 하는데."

문 앞에서 헛기침 두어 번으로 목청을 가다듬고 호기롭게 동물병원 안으로 들어갔다. 어차피 동주 선생이 자기를 알아볼 리는 없고 미호가 놀란 표정을 지으면 우연을 가장하면 될 일이다.

"무슨 일이십니까?"

미호와 마주칠 마음의 준비를 단단히 하고 대사까지 머릿속에 입력해 두었는데, 당연하게 있을 줄 알았던 미호의 모습이 어디에도 보이지 않았다. 동주의 눈빛이 어딘가 살펴보는 듯한 대웅을 위아래로 훑었다. 대웅은 저도 모르게 등줄기에 힘이 들어갔다.

저 선생이 날 알아봤을 거로 생각하는 건 말이 안 되지. 남의 얼굴을 빤히 들여다보는 습관을 보니 선수가 확실하네. 느끼하게 시리.

"얘가 비만이 심해서요, 체크 좀 하려고."

동주가 뚱자를 진료하는 동안 대웅은 뒷짐을 진 채 병원을 이리저리 둘러보았다.

"병원이 좀 외진 데 있어서 찾기가 어렵더라고요. 장사하는 게 쉽지 않으시겠어요."

대웅이 짐짓 걱정스러운 표정을 지으며 생각보다 적은 규모의 동물병원을 은근슬쩍 깔아뭉갰다.

"걱정해주실 만큼은 아닙니다."

예의 바르게 대꾸하는 동주를 힐끔 보니 자기 심보가 너무했나 싶었다.

아무리 그래도 이런 식의 꼬투리는 너무 치사하지.

"그래도 아담한 맛에 단골은 많겠어요. 개 병원은 단골 장사가 중요하죠."

마음 넓은 척, 다방면에 유식한 척 멘트를 딱 날리고 자못 만족스럽게 있는데 동주 선생이 말했다.

"이 개는 아직 비만은 아닙니다. 식사조절이랑 적당한 운동만 꾸준히 시키면 별문제 없겠는데요."

"네, 감사합니다."

대웅은 뚱자를 데리고 나와 후련한 표정으로 복덩이 병원 간판을 다시 한 번 훑었다.

"우리 미호 여기 안 왔구나. 닭집으로 먼저 가볼 걸 그랬어."

집에 도착해서 막상 초인종을 누르려니 어쩐지 쓸쓸한 생각이 든다. 허전한 마음에 옆에 서 있는 뚱자를 툭 건드렸다.

"뚱자야, 섭섭하지? 얼굴이나 한 번 보여주려고 했더니."

휴, 한숨을 내쉬고 초인종을 눌렀다.

— 누구세요?

"고모, 나야. 문 열어."

철컹 대문 열리는 소리가 들렸다. 문으로 들어가려는 순간 뚱자가 왈왈 하고 요란스레 짖었다.

"왜 그래?"

옆을 돌아본 순간 대웅은 홀린 듯이 바닥을 내려다보았다. 바닥에 낯익은 꽃잎이 떨어져 있다. 그냥 떨어져 있는 게 아니라 글자처럼 보인다.

"이 글자가 웅이야, 웅이야?"

바닥에 쭈그리고 앉아 꽃잎을 살짝 건드렸다. 바닥에 찰싹 달라붙은 채 움직이지 않는다. 손톱을 세워 꽃잎을 집었다. 접착제로 붙였는지 꽃잎은 손톱 끝에 긁힌 그대로 바닥에 단단하게 고정되어 있었다.

웅, 꽃잎, 접착제.

미호다! 미호가 여기 와서 접착제로 딱 붙여서 웅이라고 쓴 거다.

벌떡 일어나 미친 듯이 달렸다. 대웅 옆에서 뚱자도 육중한 몸으로 부지런히 다리를 움직였다. 한 3분쯤 달렸을까, 저 앞에 미호가 꽃다발을 꼭 끌어안고 서 있다.

"웅아, 웅아, 웅아, 웅아, 웅아, 웅아. 보고 싶어."

대웅은 미호의 어깨를 붙잡아 휙 돌려세웠다. 미호가 깜짝 놀란 얼굴로 멍하니 그를 쳐다봤다.

"순간접착제처럼 달라붙으러 온 거 아니야? 왜 그냥 가?"

톡 던지듯 내뱉은 한 마디에 미호가 대웅의 가슴팍에 쏙 뛰어들었다.

"너는 정말 순간의 망설임도 없이 달라붙는구나. 떨어져."

대웅이 미호의 어깨를 잡아 찍 떼어내려 들자 미호가 고개를 도리도리 저으며 도로 찰싹 들러붙었다.

"싫어."

대웅이 기겁하여 어깨를 잡은 손에 힘을 주었지만 힘으로는 도저히 당해낼 재간이 없다.

"야, 여기 우리 동네라 보는 눈도 많단 말이야."

"알았어."

선심 쓰듯 말을 하고는 손바닥으로 대웅의 눈을 가려준다. 대웅이 어이없는 얼굴로 허허 웃고 말았다.

"내가 안 보인다고 다른 사람들도 안 보이냐? 너 완전 닭이구나."

"개라고 하고 뱀이라고 하고 이제 닭이라고 하냐?"

투덜거리는 미호의 익숙한 목소리에 어처구니없게도 마음이 푸근해졌다.

대웅은 미호를 공원으로 데려가 벤치에 앉히고 뚱자와 미호를 소개했다.

"이쪽은 여우 미호, 이쪽은 개 뚱자. 서로 악수해."

일단 시키는 대로 뚱자와 악수를 하긴 했는데 미호가 불만이 많았나 보다.

"날 꼭 여우라고 소개해야 해?"

"그럼 뭐라고 해?"

그러자 미호가 뚱자에게 얼굴을 바싹 디밀었다.

"난 대웅이 여자친구 미호야. 이거도 받았다."

보란 듯이 반지 낀 손가락을 내세우자 대웅이 뚱자를 대신해서 말해주었다.

"야, 뚱자는 나한테 목걸이 받았어."

허를 찔린 표정으로 뚱자의 목줄을 바라보던 미호가 마침내 인정한다는 듯 고개를 끄떡였다.

"그것도 좋아 보인다. 뚱자도 패셔니스타다."

"아무 데나 갖다 붙이긴."

대웅이 픽 웃으며 미호의 옆자리에 털썩 앉았다.

"웅아, 할아버진 괜찮아?"

걱정스럽게 물어보는 미호를 향해 대웅이 어깨를 으쓱해 보였다.

"딱히 어디가 아프진 않은데 나한테 보여준다고 죽만 먹어서 노인네가 기운이 없어."

"넌 구슬이 있어서 괜찮은데 너희 할아버진 그걸 모르니까 네가 되게 걱정되나 보다."

"우리 할아버지가 겁이 좀 많아서 그래. 울 아빠, 엄마가 사고로 돌아가시고 난 뒤로는 간이 콩알만 해졌어. 여우구슬 같은 거 있었으면 울 엄마, 아빠도 사고 나서 다쳤을 때 살았을 텐데."

유감스러운 표정을 짓는 대웅을 쳐다보며 미호가 걱정스럽게 물었다.

"너희 엄마, 아빠가 많이 다쳤어?"

"나 어릴 때 놀러 가다 크게 사고 나서 두 분은 돌아가시고 나만 살았어. 나도 다들 죽는다는 걸 우리 할아버지가 기적같이 살렸대. 노인네가 만날 하는 말로는 백일 동안 내 손잡고 한 번도 안 놔서 살아난 거라나 뭐라나."

공연히 멋쩍은 표정으로 흙바닥을 툭툭 차는 대웅을 진지하게 바라보던 미호가 가만히 입을 열었다.

"네 할아버지가 너한테는 여우구슬이었네."

미호의 얘기에 대웅이 뭔가 깨달은 것처럼 몇 번씩이나 고개를 끄덕거렸다.

"그러네. 우리 할아버지도 구미호만큼 대단한 거네."

대웅이 핸드폰 시계를 들여다보며 아쉬운 표정을 짓더니 벤치에서 일어났다.

"할아버지 밥 먹게 이만 들어가야겠다."

"벌써? 그럼 가서 전화해."

안타까운 듯 한숨을 내쉬며 말하는 미호에게 대웅이 갑자기 울컥했다.

"전화? 야, 너는 전화 사줬으면 갖고 다니기나 해."

"전화 집에 있어. 힘이 다 떨어져서 줄에다 꽂아놨어."

"그래. 충전기에 잘 꽂혀 있더라. 충전했으면 갖고 다녀야지. 그게 집 전화냐? 휴대전화지."

투덜거리는데 미호가 갑자기 반색하며 입을 벌렸다.

"웅아, 너 집에 갔었어?"

아차 하는 마음에 입술을 꾹 다물고 있는데 미호가 다시 한 번 확인 사살을 했다.

"집에 갔었구나. 왜? 왜 갔었는데?"

대웅이 시큰둥한 표정으로 대수롭지 않다는 듯 툭 던졌다.

"지나다 들렀어."

"왜 들렀는데? 왜? 왜?"

마구 들이대며 이유를 물어보는 미호의 말을 못 들은 척 대웅이 뚱자를 살펴보며 정색을 했다.

"뚱자, 지지. 에퉤."

"대웅아, 왜 갔는데. 나 보고 싶어서 간 거지?"

집요하게 묻는 미호의 질문에 대웅은 그저 기막히다는 듯 콧방귀만 내뿜었다.

"맞지? 내가 보고 싶었구나. 나도 너 보고 싶어서 너희 집에 왔는데. 너도 나 보고 싶어서 우리 집에 간 거지?"

대웅이 답답하다는 듯 오히려 소리를 높였다.

"나는 그냥 뚱자랑 산책하다가 잠시 들른 거야."

미호가 대웅을 간절하게 바라보며 애원했다.

"웅아 나 보고 싶어서 간 거라고 말해봐. 그럼 나도 너한테 해줄 말이 있는데."

차마 그렇다고도, 아니라고도 할 수 없어 잠자코 서 있는데 미호가 잔뜩 기대를 품은 얼굴로 대웅을 바라봤다.

"나 보고 싶었던 거지?"

우물쭈물하고 있다가는 이상한 쪽으로 결론이 나버릴 것 같아 대웅이 주춤거리며 맘에 없는 말을 했다.

"아니야. 그런 적 없어."

그리고는 핸드폰을 쳐다보며 바쁜 척 뚱자를 데리고 서둘러 일어섰다.

"할아버지가 찾겠다. 난 이제 들어간다. 너도 가."

등 뒤에서 미호의 흥분된 목소리가 들렸다.

"대웅아, 나 보고 싶었던 거 맞지? 맞구나!"

상대를 해주면 다시 말이 길어질 것 같아 도망치듯 걸음을 옮겼다. 그러자 미호가 동네가 쩌렁쩌렁 울릴 만큼 큰 소리로 말했다.

"대웅아, 나도 네가 너무너무 보고 싶었어!"

지나가던 사람들이 놀라 쳐다보는 시선에 대웅은 이제 거의 뛰기 시작했다. 냅다 줄행랑을 치는 대웅의 등 뒤로 미호의 들뜬 고함이 계속해서 따라붙었다.

"웅아, 나는 네가 너무너무 좋아!"

제발 좀 닥치라는 눈빛을 쏘려고 등을 돌린 순간, 오지명 총알을 쏘아대며 눈을 끔뻑거리는 미호와 눈이 딱 마주쳤다.

으악, 여기서 한시라도 빨리 도망치는 게 상책이다.

대웅은 발이 보이지 않을 정도로 빠르게 집을 향해 돌진했다.

뚱자를 마당에 데려다 놓고 집안으로 들어서는 순간 거실에서 수박을 먹던 할아버지가 후다닥 포크를 내던지며 안 먹은척 시침을 뚝 뗐다. 못 본 척하며 이층 방으로 올라가려는데 할아버지의 근엄한 목소리가 대웅을 불러 세웠다.

"대웅이 너, 그 여자애 보고 싶어서 거기 갔다 왔냐?"

보고 싶었냐는 말에 충격받고 잠자코 서 있으려니 고모가 기름을 부었다.

"잠깐 떨어져 있었는데 그렇게 보고 싶디?"

뭘 자꾸 보고 싶다는 거야?!

멋대로 결론을 내리고 사람을 이상하게 몰아세우는 고모 때문에 순간 짜증이 폭풍처럼 밀려왔다.

"아니야! 절대로 아니야! 난 걔 한 번도 안 보고 싶었어! 안보고 싶었다는데 나한테 왜 그래!"

얼굴이 시뻘게지도록 고래고래 악을 쓰는 대웅을 할아버지와 고모가 황당하게 쳐다봤다.

아, 창피해! 얼결에 내가 보고 싶었던 걸로 됐잖아. 더 강하게 부성을 했어야 하는데. 뭐가 무섭냐고 얼간이처럼 도망치기에만 급급했던 건지 짜증이 나서 미칠 지경이다.

액션스쿨로 걸어가는 미호의 발걸음이 춤을 추듯 경쾌하다. 꽃다발을 든 채 제멋대로 붙인 멜로디를 흥얼거리는 미호의 모습은 너무 발랄해서 오히려 괴기스러워 보인다.

"웅이는 나를 보고 싶었대. 왜냐면 나를 좋아하니까. 그러면 나도 말해줘야지. 나는 사람이 될 거라고!"

감격의 스텝을 밟고 있는 미호의 옆쪽으로 자동차 경적 소리가 빵빵 울렸다. 걸음을 멈추고 돌아선 순간 동주의 차가 보이고 그 옆에서 동주가 빙긋 웃으며 인사를 했다.

"혼자 있기 심심할 거 같아서 고기 사주러 왔어요. 그런데 혼자서도 굉장히 즐거워 보이네요."

동주의 말을 귀로 흘려 넘기고 미호가 냉큼 들뜬 목소리로 털어놓았다.

"동주 선생, 나 대웅이한테 인간이 될 거라고 얘기할 거야."

순간 동주의 표정이 눈에 띄게 굳어졌다.

"일단 타요."

동주는 미호를 고급 레스토랑으로 데리고 가 안심 스테이크를 시켰다. 그 좋아하는 스테이크를 앞에 놔두고서도 미호의 들뜬 수다는 계속 이어졌다.

"대웅이는 날 보고 싶어했어. 인간이 된다고 얘기해도 도망가지 않을 거야. 나를 곁에 있게 해 줄 거 같아."

어설픈 칼질로 소란스럽게 고기를 자르는 미호의 접시 위에 동주가 제 접시에서 썬 고기를 옮겨 주었다.

"그 사람 마음을 조금씩 얻고 있으니 적어도 배신당할 걱정은 없겠네요."

동주가 고개를 들어 미호를 가만 바라보았다.

"그런데 차대웅이란 인간이 그렇게 좋아요?"

"어, 너무 좋아. 점점 더 좋아."

눈웃음을 치며 입 꼬리를 올리는 미호의 들뜬 모습이 안 돼 보여 동주는 마음 한구석이 욱신거렸다.

"만약 인간이 된 뒤에 당신 옆에 차대웅이 없어진다면 어떨 거 같아요?"

동주가 조심스럽게 미호의 반응을 살폈다. 그런 일은 단 한 번도 생각해보지 못한 것처럼 미호가 어안이 벙벙한 얼굴로 동주를 쳐다보았다.

"지금은 인간이 되기 위해서 차대웅이 필요하지만 인간이 된 뒤엔 그가 없어도 상관없잖아요."

동주가 고기를 써는 척하며 은근슬쩍 미호의 표정을 살폈다.

"대웅이 없으면 안 돼. 나는 대웅이가 좋아서 옆에 있는 거지, 필요해서 같이 있는 거 아니야. 인간이 되고 싶은 제일 큰 이유도 대웅이야."

한 치의 망설임도 없이, 단 한 번의 주저함도 없이 당당하게 제 마음을 밝히는 미호의 모습이 동주의 가슴을 무직하게 했다. 아무런 말도 하지 못하고 다 썬 고기를 미호의 접시로 딜어주었다. 이게 지금으로서는 그가 미호를 위해 해줄 수 있는 유일한 일이었다.

"아, 맛있겠다."

무슨 일이 벌어질지도 모른 채 해맑은 표정으로 고기를 먹는 모습을 잠자코 바라보다가 동주가 어렵사리 입을 떼었다. 이대로 가만히 수수방관하고 있기에는 양심의 가책이 느껴졌다.

"당신의 실체를 아는 자는 곁에 없는 게 더 나아요. 그러니까 백일이 다 채워지면 차대웅 곁을 떠나요."

미호가 고기를 먹다 말고 동주를 이상한 눈으로 쳐다보았다.

"싫어!"

"싫다면 난 더 이상 당신을 돕지 않겠어요."

동주의 단호한 말에 미호가 당황스럽다는 듯 아예 포크를 내려놓았다. 어떻게든 미호를 설득하고 싶어서 부러 위협적인 표정을 지어 보였다.

"난 분명 모든 걸 얘기해주지 않았다고 했어요. 당신이 무사히 인간이 되려면 반드시 내 도움이 필요해요."

아무 말 없이 멍하니 바라만 보는 미호를 보며 씁쓸하게 말을 이었다.

"당신이 죽지 않고 무사히 원하는 것을 이루길 바라요. 그러니 차대웅 곁에 있겠다는 욕심은 버려요."

미호가 격하게 따지고 들었다.

"동주 선생, 왜 그래? 내가 대웅이랑 같이 있으면 왜 안 되는데?"

동주가 냉정한 눈으로 미호를 바라보았다.

"그 이유도 아직 말해줄 수 없어요. 날 믿고 내 말대로 해요. 지금까지 해온 것처럼."

미호가 한 치의 흔들림도 없이 단호하게 고개를 내저었다.

"안 돼. 난 대웅이가 나 싫다고만 안 하면 무조건 대웅이 옆에 있을 거야."

미호는 접시에 남아있는 고기를 한 입에 털어 넣고 동주를 무섭게 노려보더니 일언반구도 없이 자리를 떠났다. 화가 나서 걸어가는 미호의 뒷모습을 향해 동주가 쓸쓸한 시선을 던졌다.

"당신이 그 사람의 죽음을 견딜 수 없을 거 같아서 그래요."

레스토랑을 나온 미호는 허공에 대고 비장하게 중얼거렸다. 결코 깨어져서는 안 되는, 주문처럼.

백일 다 가면 나는 사람이 되고 그 뒤에도 계속 대웅이랑 있을 거야.

밖에 나갔다 들어온 고모가 대웅을 거실로 불러 앉혔다. 소파에 앉아서 고모와 서로 눈짓을 주고받더니 할아버지가 말문을 열었다.

"대웅아, 네 고모가 병원 예약해뒀단다. 네가 그렇게 멀쩡하고 선강하다면 가서 확실하게 성빌검사를 받아. 결과를 보고 얘기하자."

"병원?"

대웅이 석연치 않은 표정을 지으며 대답을 미루었다.

설마 사진으로 찍으면 덜 나은 것처럼 보이고 그런 건 아니겠지?

"그래. 대웅이 너 선배 중에 은혜인이라고 있지. 혜인 양 아버지 병원에 미리 부탁해서 예약해 뒀어."

고모가 혜인 누나는 어떻게 알고?

대웅이 의아한 표정으로 고모를 쳐다본 것과 거의 동시에 할아버지가 미심쩍은 표정으로 질문을 던졌다.

"대웅이 선배 아버지 병원이면 혹시 대웅이랑 짜고 우리 속이려는 거 아니냐?"

고모가 당치도 않다는 표정으로 손을 휘휘 내저었다.

"절대 아니에요. 대웅이 아픈 것도 그 학생이 알려줬잖아요. 공연히 자기가 끼어드는 바람에 대웅이 일 망친 거 같아서 걱정된다고 자기 아버지한테 일부러 부탁했대요. 얼마나 착한지 몰라요."

"알았어. 내일 가서 검사받고 괜찮으면 나 다시 영화 찍으러 가도 되지?"

더 이상 영양가 없는 대화를 듣고 있을만한 마음의 여유가 없어서 대웅은 서둘러 자리를 털고 일어났다.

미호는 방 안에 오도카니 앉아서 닭다리 인형을 대웅이 삼아 꼭 끌어안고 있었다. 낮에 동주가 했던 말이 신경쓰여 우울해하고 있는데 핸드폰 벨 소리가 울렸다. 혹시 대웅인가 싶어 부리나케 달려가 발신자를 확인했다.

대웅이다!

"대웅아, 너 목소리 너무 듣고 싶었는데 너도 내 목소리 듣고 싶어서 전화했구나."

이렇게 멀리 떨어져 있는데도 바로 곁에 있는 것처럼 목소리가 가깝게 들리다니 너무 신기하고 감동스럽다.

— 아니! 용건만 간단히 알아보려고 전화했어.

냉정하게 잘라 말하는 대웅의 목소리에 미호가 금새 시무룩해졌다.

"뭔데?"

— 네 구슬이 내 뱃속에 들어온 지 열흘도 넘었는데 내 몸이 완전히 나았을 거 같냐?

"응. 다 죽어갈 때도 열흘도 안 돼서 괜찮아졌잖아. 지금쯤은 완전 다 나았을걸."

얘기를 하던 미호의 얼굴이 갑자기 퍼렇게 질렸다.

"왜! 이제 내 구슬 필요 없으니까 가져가라고 하려고?"

기겁을 하며 묻자 대웅이 당치도 않다는 듯 버럭 소리를 질렀다.

— 안 그래! 할아버지 안심시키려면 몸이 괜찮다는 걸 보여줘야 해서 그래. 백일 꼭 채워서 구슬의 효과 뽕을 뽑을 거다.

아니라고 큰소리치는 대웅이 믿음직스럽게 느껴졌다. 그래서일까, 이제 대웅의 마음을 들여다보고 싶은 용기가 불쑥 일었다.

"웅아, 너 나 잠깐 안 보는 사이에도 내가 보고 싶었잖아."

— 아니야. 안 보고 싶었다니까 자꾸 우기네.

대웅의 말을 뒤로 넘긴 채 용기를 내어 마음의 문에 대고 똑똑 노크를 했다.

"그러면 백일 다 채우고 나서 내가 네 옆에 없으면 어떨 거같아?"

어색한 침묵이 흐른다. 다시 한 번 똑똑 문을 두드렸다.

"나 보고 싶을 거 같지 않아?"

— 몰라. 그때 가 봐야 알지. 용건 끝났다. 끊어.

도망치듯 뚝 끊은 전화기를 가만 들여다보며 미호의 표정이 울상이다.

"네가 보고 싶어 해줘야 내가 동주 선생한테 우겨서 네 옆에 꼭 있겠다고 하지……."

"우리 왔다!"

아침 일찍 병수와 선녀가 창고방으로 찾아왔다. 도망가지 않아도 되는 손님이 찾아온 건 처음이라 왠지 기뻤다.

"어, 웬일이야?"

"미호 씨, 오늘 대웅이 병원 진료 있는 거 알아요?"

병수의 질문에 미호가 선뜻 고개를 끄덕거렸다.

"응."

"우리랑 같이 가요."

"대웅이가 나, 오란 말 안 했는데."

"가면 대웅이 만날 수 있어. 대웅이 메롱될지 아닐지 검사하는 거니까 너도 같이 가자."

병수에 이어 선녀까지 나서서 권유하는 통에 얼떨결에 승낙을 하고는 서둘러 가방을 챙겨 두 사람을 따라나섰다.

병원은 액션스쿨에서 제법 멀리 떨어진 곳에 있었다. 버스를 두 번이나 갈아타고 병원에 도착해 로비에 들어서자 선녀가 미호의 귀에 대고 조그맣게 말을 했다.

"여기 병원 되게 크네. 혜인 언니 아빠가 대웅이 검사해준대."

혜인이라는 이름에 놀라 새삼스럽게 주위를 둘러보았다.

"병원이라는 덴 되게 이상한 냄새 난다."

코를 찌를 듯이 달려드는 괴이한 냄새에 얼굴을 찡그리며 손가락으로 코를 꼭 쥐었다.

"전화를 안 받아."

대웅에게 전화를 걸겠다던 병수가 핸드폰을 도로 내리며 고개를 갸웃했다.

"검사받고 있겠지. 근데 혜인 언닌 어디 있는 거야? 미호랑 같이 오라고 그렇게 신신당부 했으면 자기가 먼저 와서 기다리고 있어야 하는 거 아니야?"

툴툴거리는 선녀를 곤란한 표정으로 바라보고 있던 병수가 안내 데스크를 가리켰다.

"저기 가서 물어보자."

그때 혜인이 반가운 얼굴로 세 사람이 있는 곳으로 다가왔다.

"미호야."

난생처음 듣는 혜인의 상냥한 목소리가 뜨악하긴 했지만 어쨌거나 미호도 손을 들어 반가운 표시를 했다.

"악플이네."

어쩐 일인지 인상 한 번 찌푸리지 않고 혜인이 미호의 손을 다정하게 붙잡았다.

"대웅이 만나러 왔지? 이리 따라와."

미호가 주춤거리며 뒤에 서 있는 병수와 선녀를 바라보자 혜인이 부드럽게 재촉했다.

"쟤들은 알아서 오겠지. 가자."

혜인의 옆에서 걸음을 옮기는데 고약한 냄새 때문에 머리가 지끈거렸다.

"여긴 이상한 냄새가 너무 세서 대웅이가 어디 있는지 모르겠네."

미호가 숨을 크게 들이쉬며 인상을 찌푸렸다.

"너는 매번 대웅이 어디 있는지 신기하게 잘 찾더라. 지난번에 백화점에서도 그렇고. 어떻게 그럴 수 있는지 참 이상해."

순간 이상한 기분이 들어 경계하는 눈빛으로 혜인을 바라보았다.

"지금 대웅이한테 가는 거 맞아?"

혜인이 걱정하지 말라며 미호를 방 안으로 안내했다.

"저기 가서 기다리면 돼."

그러나 혜인이 데리고 들어간 방 어디에도 대웅은 없었다. 대신 난생처음 보는 커다란 기계만 윙 소리를 내고 있을 뿐이다.

"여기가 어디야?"

혜인이 아무렇지 않은 얼굴로 당당하게 답했다.

"검사실이야."

"검사실?"

미호가 멍한 표정으로 혜인을 바라보았다. 혜인은 문 앞에 서서 문고리를 꼭 붙잡고 있다.

"어, 너 검사 좀 해보자고."

검사라는 말에 멈칫하며 아무 말 못 하고 서 있는데 혜인이 말을 이었다.

"지난번에 너 옥상에서 떨어졌잖아. 혹시 어디 이상 있나 걱정이 돼서."

지나치게 상냥한 혜인의 태도가 오히려 섬뜩했다.

"됐어. 나갈래."

미호가 미처 문에 다다르기도 전에 혜인이 잽싸게 문을 닫고 바깥에서 잠금장치를 걸어 잠갔다. 미호가 싸늘하게 굳은 얼굴로 닫힌 문을 향해 물었다.

"야, 너 뭐 하는 거야?"

문밖에서 혜인의 차가운 목소리가 들렸다.

"여기서 기다려. 의사가 와서 너 자세하게 검사해줄 거야."

방 안에 가두고 강제로 검사를 받게 한다는 말을 저토록 당당하게 하는 혜인의 안하무인에 미호는 뜨거운 분노가 부글부글 끓었다. 문을 부술 기세로 씩씩거리며 걸어가는데 문밖에서 혜인의 목소리가 들렸다.

"내가 그날 창고방으로 찾아간 날 대웅인 네가 당장에 죽기라도 한 것처럼 사색이 돼서 뛰어 내려갔는데 넌 아무렇지 않았어."

예상치 못한 얘기에 우뚝 멈춰 서서 혜인이 얘기가 어떻게 이어질지 긴장하며 기다렸다.

"반 감독님이 찾는다는 하늘을 날고 자동차보다도 빨리 달린다는 여자도 너지."

여전히 침묵한 채 문쪽을 주시했다.

"전에 나한테 넌 다르다고 했어. 어떻게 다른데? 대체 넌 뭐야? 너 괴물이니?"

괴물. 인간의 눈에는 어쩌면 그녀가 괴물처럼 비추어질 수도 있겠다는 생각이 그녀를 얼어붙게 했다.

"내가 너무 궁금해서 너 검사해보려고 데려온 거야. 그러니까 조금만 기다려."

문밖으로 혜인이 걸어가는 소리가 들렸다. 미호가 사색이 된 얼굴로 초조하게 중얼거렸다.

"난 검사 받으면 안 되는데."

이대로 붙들려서 사진 같은 거라도 찍힌다면 그날로 끝장이었다.

미호는 검사실 문의 손잡이를 있는 힘껏 비틀었다.

도망가야 한다!

지금 당장 여기서 도망가야 한다는 생각 외에는 다른 생각은 아무것도 나지 않았다. '팡' 소리와 함께 잠금장치가 부서졌다. 문을 열고 나가는데 놀란 얼굴로 뒤돌아선 혜인과 정통으로 눈이 마주쳤다. 미호가 혜인을 매섭게 노려보며 반대편 비상계단을 미친 듯이 올라갔다.

옥상으로 올라가자. 거기서 뛰어내리면 돼.

"야! 너 여기 있지? 나와. 안 나와?"

계단 아래쪽에서 혜인의 목소리가 쩌렁쩌렁 울렸다. 미호는 걸음을 멈추고 구석으로 몸을 감추었다. 지금은 맞설 때가 아니라 조용히 도망치는 게 급선무다. 가만 숨을 죽이고 있는데 다시 혜인의 목소리가 들려 왔다.

"역시 너 검사 받는 걸 두려워하는구나. 알았어. 난 지금 대웅이한테 갈 거야. 할아버지랑 고모님이랑 대웅이 친구들 다 있는 데서 너 이상하다고 다 말할 거야! 네가 대체 뭔지 대웅이 입으로 들을 거야!"

어쩔 수 없이 계단을 내려갔다. 어떻게든 혜인을 설득해야 한다. 설득해서 입을 다물게 만들어야 한다. 층계참에 다다르자 긴장한 얼굴로 노려보는 혜인의 모습이 보였다.

"내가 뭐든 무슨 상관이야. 나한테 왜 이래?"

미호가 담담한 목소리로 이유를 따져 물었다. 아무리 생각해도 혜인이 이렇게까지 해야 할 이유가 없다.

"너같이 이상한 걸 대웅이 옆에 그냥 둘 수 없으니까."

대웅의 곁에서 해로운 짓을 하고 있다는 것을 확신한다는 듯한 혜인의 말에 미호의 눈초리가 매서워졌다.

"난 나쁜 짓 한 거 없어."

"대웅이 몸에 무슨 짓 한 거야? 다쳐서 아픈 거 모르게 하는 이상한 약 같은 거 먹인 거 아냐?"

"아니야. 대웅이 낫게 해줬어."

긴장한 표정으로 바라보던 혜인이 한참만에 입을 떼었다.

"너 대체 뭐야?"

가만히 침묵하고 있자 혜인이 매섭게 몰아세웠다.

"계속 이렇게 시침 뗄 거야?"

"나 나쁜 거 아니야. 그냥 좀 다른 거라고 했잖아. 날 그냥 놔두면 안 돼?"

"그럼 너 뭔지 안 물어보고 아무한테도 말 안 할 테니까 이대로 사라져버려."

생각지도 못한 요구에 당황하여 혜인을 바라보았다.

"사라져 주면 나도 그냥 놔 줄게."

사라져달라고?

미호는 멍한 표정으로 오도카니 서서 혜인이 한 말을 계속해서 곱씹었다.

"아무 이상 없습니다. 아주 건강합니다."

혜인의 아버지가 진료실에 줄줄이 앉아 걱정스러운 표정을 짓고 있는 대웅의 가족들을 향해 자신 있게 말했다.

"전에 혜인이 말로는⋯⋯."

고모의 미심쩍은 표정에 지레 놀랐는지 한쪽에 앉아 있던 혜인이 불쑥 끼어들었다.

"지난번 사진 보셨을 때는 많이 안 좋다고 하셨잖아요."

그러나 혜인의 아버지는 단호하게 고개를 내저었다.

"지난번 강남 병원에서 받은 검사는 뭔가 착오가 있었던 모양이다. 사진으로 보나 뭐로 보나 아주 깨끗해. 나쁜 데라고는 전혀 없다."

"그렇습니까?"

믿기지 않는 표정을 짓는 할아버지를 향해 대웅이 거 보라는 듯 큰소리를 쳤다.

"내가 괜찮다고 했잖아."

"어쨌든 괜찮다고 하니까 모두 다 잘 된 거잖아요."

혜인이 만족스러운 표정으로 주변을 다독였다.

"근데 친구 한 명은 어디 있니?"

부친의 말에 혜인이 당황한 표정으로 손을 내저었다.

"아니에요. 걘 괜찮아요. 잘 해결됐어요."

진료실 밖으로 나오자 고모가 객쩍은 표정으로 대웅에게 말을 걸었다.

"괜찮다니 다행이다."

"그럼 나 이제 가도 되지?"

뒤도 안 돌아보고 걷는 대웅이 못내 아쉬운지 할아버지가 대웅의 뒤통수에 대고 소리쳤다.

"밥이라도 먹고 가."

대웅이 걸음을 멈추고 돌아서서 할아버지를 향해 환하게 웃었다.

"할아버지 많이 먹어. 이제 죽 먹지 말고 밥 먹어!"

대웅은 소고기와 사이다를 잔뜩 사들고 옥상으로 뛰어올라가며 미호부터 불렀다.

"미호야! 미호야!"

십리 밖부터 눈치 채고 달라붙었어야 할 애가 얌전히 있을 때부터 수상쩍더라니, 방 안 어디에도 미호의 모습이 보이지 않았다.

"얜 또 어디 간 거야. 나 온 거 알면 되게 좋아할 줄 알고 밥도 안 먹고 뛰어왔더니."

서운해 돌아보는데 식탁 위에 대웅이 선물한 꽃다발이 꽂혀 있다. 얼마나 들고 다닌 건지 포장이 너덜너덜하다. 그래도 꽃송이는 아직 싱싱했다.

"거의 안 시들었네. 되게 오래 나가 있었던 거 같은데. 얼마 안 됐구나."

그때 핸드폰 벨 소리가 울렸다. 시큰둥한 표정으로 발신자를 들여다보는 대웅의 얼굴에 환한 미소가 걸렸다.

"미호냐. 왜 전화했어?"

일부러 퉁명스레 말을 뱉었다.

— 너 어디야? 집에 언제 와? 보고 싶은데 일찍 올 수 있어?

나 원 참, 어이가 없어서.

"글쎄. 난 별로 안 보고 싶어서 일찍 갈 생각은 없는데. 왜?"

빙글빙글 웃으며 손가락으로 꽃다발을 툭툭 건드렸다.

— 정말로 너는 내가 안 보고 싶구나. 다행이다.

서운해하는 것 같아 괜스레 미안해져 솔직하게 털어놓으려 입을 여는데 미호가 먼저 선수를 쳤다.

— 웅아, 나 할 말이 있어.

"뭐?"

— 너 내가 안 무섭게 해도 구슬 잘 지켜줄 거지?

"응."

— 필요 없어도 지켜줄 거지?

"그래. 아직도 너 나 못 믿냐?"

당연한 소리를 진지하게 묻는 미호를 도통 이해할 수 없어 대웅의 목소리가 살짝 격해졌다.

— 믿어. 그러니까 내가 옆에 없어도 내 구슬 잘 지켜줘.

꼭 어디로 떠날 것처럼 말을 하는 게 이상해서 대웅이 꽃다발을 어루만지던 손길을 멈추었다.

"뭐?"

— 대웅아, 나 네 곁에서 사라져야 할 거 같아.

위기의 여우구슬

— 대웅아, 나 네 곁에서 사라져야 할 거 같아. 나중에 구슬 찾으러 꼭 갈게.

생각지도 못한 얘기에 황당하게 서 있는데 울 것 같은 목소리로 미호가 또박또박 힘주어 말했다.

— 그때까지 기다려.

기다려? 떠날 테니까 얌전히 기다리라고? 얘가 진짜 웃기고 있어.

"오지 마!"

홧김에 버럭 소리부터 질렀다. 자기 옆에서 벗어나면 큰일이라도 날 것처럼 위협할 때는 언제고 인제 와서 떠나겠다며 일방적인 전화 통보라니 완전 제멋대로잖아.

"너 지금 내가 안 보고 싶다고 했다고 시위하는 거야? 지난번엔 말도 없이 사라지더니 이젠 전화 달랑 한통하고 사라진다고? 너 이대로 사라지기만 해봐!"

대웅은 자리에서 벌떡 일어나 당장에라도 달려갈 태세다.

"너 지금 어디야?"

— 병원.

대답을 듣는 순간 갑자기 긴장이 탁 풀렸다.

"나 검사받으러 간 데까지 따라왔던 거냐? 그러면서 어딜 사라져. 꼼짝 말고 거기서 기다려. 지금 당장 찾으러 갈 테니까."

핸드폰을 손에 꼭 쥔 채 미호는 괴로운 얼굴로 병원 앞 벤치에 앉아 있었다. 대웅이 오기 전에 얼른 사라져야 할 텐데 이리로 달려오고 있을 대웅일 생각하면 차마 발길이 떨어지지 않았다.

어쩌지? 사라져야 하는데. 안 사라지면 악플이 나 검사시키고 소문 낼 텐데.

눈물이 꽉 들어차서 눈에 묵직한 통증이 느껴졌다.

울면 안 돼. 울면 비 와. 나중에 사람 되고 떳떳하게 검사받을 수 있을 때 웅이 보러 가면 돼.

손가락으로 눈두덩을 꾹 누르고 벤치에서 일어섰다. 한 걸음, 한 걸음 걸을 때마다 가슴이 부서지는 것처럼 아팠다. 꼬리를 떼어낼 때보다 대웅 곁에서 떨어지는 게 몇 배는 더 아프다.

"미호 씨!"

등 뒤에서 부르는 소리에 돌아다보니 미호를 향해 손을 흔드는 병수와 선녀의 모습이 보였다.

"미호 씨, 여기 있었어요?"

"대웅이는 검사 받았어? 괜찮대?"

선녀의 얘기를 듣고 나서야 대웅의 얼굴은 보지도 못했다는 걸 깨달았다. 씁쓸한 마음을 툭 털어내고 애써 웃어 보였다.

"대웅이는 괜찮을 거야."

그러자 선녀가 기겁한 표정을 지었다.

"너 대웅이 못 만났어? 혜인 언니는 만났니?"

"응."

"그 언니 진짜 이상하네. 너랑 같이 오래 놓고 너만 만나고, 우린 완전 메롱시킨 거야?"

선녀가 분통을 터뜨리며 씩씩거리자 병수가 적당히 하라는 듯 그녀의 옆구리를 푹 찔렀다.

"미호 씨, 우리 밥 먹으러 가는데 같이 가요."

"기분도 꿀꿀한데 고기나 씹자."

여전히 망설이는 미호의 팔뚝을 병수가 붙잡아 이끌었다.

"가요, 제가 쏠게요."

"가자!"

팔짱을 꽉 낀 채 무조건 앞장을 서는 선녀의 보폭에 맞추어 하는 수 없이 걸음을 옮겼다.

"사라져야 하는데⋯⋯."

병원 근처 고깃집으로 들어가 자리를 잡고 앉았다. 미호는

고기가 구워지기를 기다렸다가 빠른 속도로 먹어치우기 시작
했다.

"미호 씨 왜 이렇게 빨리 먹어요?"

병수가 깜짝 놀라며 미호를 쳐다보았다.

"고기 먹고 사라져야 해."

침통한 표정으로 고기를 부지런히 씹고 있는데 대웅에게서
전화가 걸려왔다.

— 너 어디야?

"고깃집."

그러자 뜨악한 목소리가 들려왔다.

— 뭐? 사라진다더니 고기 먹냐? 어디 있는 고깃집인데?

"대웅이에요?"

통화 내용을 듣고 있는 병수에게 맞다고 고개를 끄덕이는
데 대웅이 병수의 목소리를 들었는지 한풀 꺾인 목소리로 물
었다.

— 병수랑 같이 있냐?

"응."

대답을 하기가 무섭게 전화가 뚝 끊겼다. 아마 이리로 곧장
달려올 것이다.

"나는 사라져야 해. 안녕."

슬픈 얼굴로 작별 인사를 구하자 병수와 선녀가 황당하다는
듯 서로 마주 보았다.

미호는 식당에서 나와 목적도 없이 거리를 터덜터덜 걸었다. 몸에 기운이 하나도 없었다.

목적지가 있을 때는 신나게 걸을 수 있었는데. 대웅이한테 갈 때는 걷는 게 나은 것 같았는데. 어디로 사라지지. 동주 선생은 싸워서 싫고. 어쩌지……

"야, 미호는?"

병원에서 식당까지 단숨에 달려오느라 대웅의 콧잔등에 땀이 송골송골 맺혀 있었다.

"미호 씨 사라진다고 좀 전에 갔는데."

병수가 유감스러운 표정으로 대웅의 눈치를 살폈다.

"좀 잡지! 너희끼리 고기나 먹고 있냐."

대웅이 버럭 소리를 지르자 선녀가 이맛살을 찌푸리며 역정을 냈다.

"야! 여기 있던 고기 개가 다 먹고 갔어!"

주머니에서 핸드폰을 꺼내 미호에게 전화를 걸었다.

"애 전화 안 받네."

대웅이 핸드폰을 맥없이 내려놓으며 한숨을 푹 내쉬었다.

"오늘 혜인 언니 보고 맘 상했나?"

선녀가 짐작 가는 데라도 있는 것처럼 고개를 갸우뚱거렸다. 대웅이 의아한 표정을 지으며 선녀의 맞은편에 앉았다.

"미호가 누나를 왜 봐?"

"혜인 언니가 너 검사 받는데 미호랑 같이 오라고, 같이 오면 끝나고 밥 사 준다 그랬는데 그 언니 전화도 안 받았어. 우리만 완전 메롱됐어."

"미호 씨도 표정 안 좋던데. 혜인 누나랑 있으면서 안 좋았나?"

병수가 뭔가 좀 이상하다는 듯 말을 꺼냈다.

"걔도 메롱시켰나 보네."

선녀가 빤하다는 듯 콧잔등을 찡그렸다. 잠자코 얘기를 듣고 있던 대웅이 자리에서 일어섰다. 여기서 이렇게 있을 게 아니라 혜인을 만나 직접 얘기를 듣는 편이 확실하다.

대웅은 혜인을 만나기 위해 제작사 건물로 찾아갔다. 커피숍에 앉아 대웅을 향해 반갑게 웃던 혜인이 뭔가 이상한 낌새를 느꼈는지 정색하며 물었다.

"무슨 일이야?"

대웅이 혜인의 맞은편 의자를 꺼내 앉으며 말했다.

"누나, 오늘 병원에서 미호 만났다면서."

당황한 혜인이 시선을 피하다 이내 작정했는지 도전적으로 대웅을 쳐다보았다.

"너 지금 그거 따지러 온 거니? 걔가 뭐라는데?"

그러니까 미호에게 뭔가 고자질할 만 한 일을 하기는 한 모양이다. 대웅은 화를 내는 혜인의 얼굴을 가만 바라보며 신중하게 입을 열었다.

"난 누나한테 미호를 만났냐고 물었을 뿐이야."

혜인이 당혹스러운 눈빛으로 머리카락을 귀 뒤로 야무지게 넘겼다. 뭔가 생각을 정리하는 것처럼.

"처음부터 걔, 뭔가 이상하다는 생각이 들었어."

흥분한 탓에 평소보다 혜인의 목소리 톤이 조금 높아졌다.

"갑자기 나타난 여자애한테 네가 돌아선 것도 그렇고 서너 달 지나야 회복된다는 몸이 며칠 새 멀쩡해진 것도 영 납득이 안 갔는데, 그러다 이런 걸 봤어."

혜인이 내민 것은 사진이었다.

"내가 너한테 준 캠코더에 찍힌 거 캡처해서 뽑은 거야."

사진을 자세히 본 순간 충격으로 머리가 하얘졌다. 뭉개지듯 번지긴 했지만 분명히 미호의 꼬리가 찍힌 사진이다. 아무 말도 못 하고 사진만 들여다보는 대웅에게 혜인이 확신에 찬 표정을 지었다.

"걔 사람 아니지? 맞지?"

고개를 들어 혜인을 바라봤다.

"그래서 누나가 걔한테 사라지라고 했어?"

싸늘한 목소리에 자신감 넘치던 혜인의 얼굴이 당혹감으로 굳어졌다.

"병원에서 걔 정체가 뭔지 확실하게 밝히려고 했는데 자기를 그냥 놔주면 알아서 없어지겠다고 하더라. 좀 무섭기도 하고 섬뜩해서 더 상대할 순 없었어."

미호가 무슨 혐오스러운 생물이라도 되는 양 몸서리를 치며 유난을 떠는 모습에 피가 식는 기분이 들었다.

"걔가 알아서 없어진다고 했다고?"

"그래. 그런 끔찍한 괴물이 지금이라도 네 주변에서 사라지게 돼서 너무 다행이야."

괴물을 처치한 영웅담이라도 털어놓는 것 같은 혜인에게 대웅은 끓어오르는 분노를 느꼈다. 그 분노를 참으려고 주먹을 꽉 쥐었다.

"미호는 끔찍하지도 않고 괴물도 아니야."

"뭐?"

혜인이 이해할 수 없다는 얼굴로 대웅을 쳐다보았다. 이해하지 못하는 그녀를 이해한다. 그러나 미호와 함께 지내온 그가 분명하게 알고 있는 것은 미호는 무섭지도, 나쁘지도, 해롭지도 않다는 사실이다.

"그리고 미호는 누가 억지로 떼어내지 않는 한 나한테서 절대로 떨어지지 않아. 난 걔 억지로 떼어낼 생각 없으니까 누난 상관하지 마. 걔가 뭔지 신경 쓰지도 마. 그냥 이대로 놔둬."

대웅의 위압적인 목소리에 혜인이 겁먹은 표정이다.

"너 왜 이래? 그렇게 위험한 애를 그냥 두라고? 너 정신 나갔니?"

그래, 정신이 나가도 아주 제대로 나갔다. 그것도 벌써 진작부터. 미호가 사라질지도 모른다는 생각만으로도 이렇게 가슴이 미어지는 걸 보면 제정신이 아니다.

"그래. 나 정신이 깜빡깜빡 나가서 아주 돌겠거든! 그러니까 그냥 놔둬."

혼이 나간 것처럼 멍해 있는 혜인을 남겨두고 커피숍에서 나오는 순간 맑은 하늘에서 빗방울이 쏟아졌다.

비가 온다. 미호가 우는구나.

입구에 오도카니 서 있는데, 빗줄기가 점점 더 강해진다.

비가 오니까 갈 수가 없잖아.

미호에게 전화를 걸었다. 받지 않으면 또, 다시 또, 다시, 받을 때까지 계속.

미호는 창고방에서 대웅이 준 닭다리 인형을 품에 꼭 끌어안은 채 대성통곡을 하였다. 한 번 터진 울음은 좀처럼 멈춰지질 않았다. 짐까지 다 챙겼으니 더 이상 여기 머물 수 있는 핑계거리도 없다. 대웅이가 오기 전에 얼른 사라져야 하는데 도저히 걸음이 떼어지질 않는다. 가지 말라는 대웅일 두고 제 발로 나가려고 하니 마음이 찢어질 것처럼 아프다.

"가야 해."

가까스로 일어섰지만 핸드폰 벨소리가 계속해서 발걸음을 잡았다.

받지 말아야 해, 받으면 안 돼.

몇 번을 되뇌고 되뇌었지만 지치지 않고 울리는 핸드폰 소리에 결국 지고 말았다.

"응아······"

이름을 부르는 순간 간신히 누르고 있던 울음이 목구멍까지 차올랐다.

— 미호야, 너 지금 울지?

"응."

북받쳐 오른 설움 때문에 목구멍이 뻐근하다.

— 비가 너무 많이 온다. 나 우산도 없는데 그만 좀 울면 안 돼?

"계속 눈물이 나오는데 어떡해."

— 나 비 맞기 싫어. 네가 그만 울어야 내가 가지.

대웅이가 이리로 오기 전에 얼른 사라져야 해.

순간 꾹꾹 눌러 참았던 울음이 폭발하듯 터져 나왔다. 전화기를 붙들고 통곡하는데 전화기에서 깊은 한숨 소리가 들렸다.

— 울음 그치게 하려면 어쩔 수 없네. 미호야, 보고 싶어.

이제 막 글을 뗀 어린 아이가 책을 읽는 것처럼 띄엄띄엄 서툴게 말하는 소리에 미호가 그만 울음이 뚝 그쳤다.

보고 싶어라고 대웅이 지금 내게 보고 싶어라고 말을 했어.

— 죽도록 보고 싶어. 빨리 가게 그만 울어.

협박 같은 무뚝뚝한 고백을 끝으로 전화가 뚝 끊겼다. 이미 끊긴 수화기를 미호는 그저 멍하니 귀에 댄 채 가만있었다.

눈물은 이미 저 멀리 도망간 지 오래다. 언제 비가 왔냐 싶을 정도로 쨍한 햇살에 미호는 눈을 가늘게 뜨고 옥상 밖으로 나갔다.

보고 싶다는 말도 들었는데 나는 절대로 사라질 수 없어. 그 여자애를 어떻게든 처리하는 거야.

미호는 혜인의 차가 주차된 제작사 건물 주차장 한쪽 구석에 서서 혜인이 나오기를 기다렸다. 십 분쯤 서 있었을까 혜인이 주차장으로 걸어왔다.

"뭐야, 사이드도 안 풀어놨네. 짜증 나."

자신의 차를 가로막은 트럭을 향해 혜인이 신경질적으로 발길질을 해댔다. 트럭 뒤에 서 있는 미호를 전혀 알아보지 못한 눈치다. 미호는 혜인을 돕기 위해 기꺼이 트럭을 밀었다. 혜인이 고와 보이진 않지만 어쨌거나 지금은 그녀의 환심을 사야할 때다. 타이어가 바닥에 밀리는 소리가 끼익끼익 요란스레 울렸다.

"엄마야, 이거 뭐야!"

혜인이 기겁하며 내지르는 소리에 트럭에서 그만 손을 떼고 혜인 앞으로 다가갔다.

"너, 뭐야!"

괴물이라도 맞닥뜨린 것처럼 혜인이 새하얗게 질린 얼굴로 주춤주춤 뒷걸음질을 쳤다. 핸드백을 주섬주섬 열어 자동차

키를 잡아 빼는 손이 바들바들 떨렸다.

"너 만나러 왔어. 네가 사라지라고 했는데 난 사라져 버릴 수가 없거든."

담담하게 말했건만 혜인은 겁에 질린 얼굴로 날카롭게 소리쳤다.

"그래서 나한테 어쩌게? 협박하러 온 거야?"

아니라고 고개를 저었는데도 혜인은 여전히 겁먹은 표정으로 손을 부들부들 떨고 있다.

"여기 사람들 지나다녀."

혜인의 말에 숨을 한 번 크게 들이쉬었다. 사람 냄새 같은 건 전혀 나지 않는다.

"여기 다른 사람 없어."

있는 그대로 말을 해주었을 뿐인데 지레 겁에 질려서는 혜인이 느닷없이 자동차 문을 열었다. 아직 얘기는 시작도 못 했는데 시동을 걸고 출발을 하려는 바람에 부랴부랴 차 앞에 서서 혜인을 막았다. 유리창 하나를 사이에 두고 자동차를 움직이게 하려 헛된 몸부림을 치는 혜인은 영락 없이 겁먹은 생쥐다.

협박을 하면 간단할 것이다. 힘으로 저 여자를 꼼짝 못 하게 하는 것쯤은 일도 아니다. 그렇지만 그렇게 하기는 싫다. 어디까지나 인간답게 해결을 하고 싶어서 미호는 차창 옆으로 다가가 창문을 두드렸다. 혜인이 사색이 된 채 핸드백에서 핸드폰을 꺼내려다 바닥에 떨어뜨렸다. 그때를 틈타 차 문을 벌컥 열었다. 당장에라도 숨이 넘어갈 것처럼 숨을 몰아쉬는 혜인의 얼굴에 대고 미호는 인간답게 요구했다.

"너 나 한 번만 봐줘."

아무 말도 못 한 채 바라만 보는 혜인에게 다시 한 번 부탁했다.

"나 사라지기 싫거든. 한 번만 봐줘. 내가 자존심상 사람한테 이러고 싶지 않은데……"

눈을 질끈 감은 채 손까지 모아쉬었다.

"한 번만 봐줘. 제발."

파랗게 질렸던 혜인이 차츰 제 혈색을 찾아가더니 입가에 거만한 미소가 그려졌다.

"너 도대체 대웅이한테 무슨 짓 한 거야?"

"대웅이 산에서 굴러서 죽을 뻔했는데 내가 살려줬어."

"어떻게?"

어디까지 얘기하면 좋을까.

"내가 구슬이 하나 있는데, 그걸 대웅이 몸속에 넣어줘서 대웅인 절대 다치지도 않고 아프지도 않게 됐어."

이걸 믿어야 하나 말아야 하나 하는 표정으로 헛웃음을 치던 혜인이 언제 그랬냐 싶을 정도로 진지하게 물었다.

"정말 그 구슬만 줬단 말이야?"

조금 흥분한 듯 보이는 혜인에게 얼른 고개를 끄덕여 보였다.

"그래. 그 구슬이 대웅이 나쁘게 하는 거 아니고 좋게 하는 거야."

미호는 자신이 옆에 있는 게 대웅에게 해가 되는 일이 아니라는 사실만 알리면 된다고 생각해 열심히 설명했다.

"그래서 그렇게 겁 없이 연기할 수 있었구나."

혜인이 그제야 이해하는 표정으로 고개를 끄덕거린다.

휴, 다행이다. 안도의 한숨을 쉬고 있는데 혜인이 눈을 반짝이며 미호를 불렀다.

"너 그 구슬 나도 줘. 그거 나 주면 나도 너 모른 척 해줄게. 대웅이도 그래서 너 덮어주는 거잖아."

기가 확 막혔다. 구슬이 무슨 어린애 장난감이라도 되는 줄 아나 보네.

"안 돼. 그건 하나 밖에 없는데 대웅이한테 준 거 절대 못 꺼내."

혜인이 몹시나 실망스러운지 한숨 섞인 푸념을 내뱉었다.

"그게 있으면 나도 대웅이처럼 연기하고 감독님한테 잘 보일 수 있는데……"

대웅에 대해서만 안심시켜주면 될 줄 알았는데 이야기가 점점 엉뚱한 쪽으로 흐른다. 아무래도 안 되겠어서 혜인을 붙잡고 다시 얘기를 꺼냈다.

"난 널 무섭게 해서 협박할 수도 있고 힘으로 꼼짝 못 하게 할 수도 있는데 그건 인간다운 게 아니잖아. 나는 괴물이 아니야. 인간처럼 너한테 부탁하러 왔잖아. 너한테 해 되는 것도 없는데 그냥 나 좀 봐줘."

간절하게 부탁을 하는데 혜인이 갑자기 의미심장한 미소를 지었다.

"부탁을 하려면 대가를 치러야지. 그게 인간다운 거야."

"뭐?"

"너 내가 시키는 거 뭐든 할래?"

혜인이 시키는 대로 해야 한다니 그다지 내키지는 않았지만 눈 한 번 질끈 감기로 했다.

대웅의 곁에 있기 위해서인데 이 정도쯤은 감수해야지.

미호는 혜인이 이끄는 대로 영화 제작사 건물로 들어갔다. 혜인은 득의만만한 미소를 지은 채, 미호는 침울한 표정으로, 확연하게 다른 분위기를 풍기며 들어오는 두 사람을 향해 병수가 반짝 손을 들어 보였다.

"어, 미호 씨, 혜인 누나!"

"병수구나?"

평소와는 다르게 반갑게 맞는 혜인에게 병수는 가볍게 목례만 해보이고는 급하게 미호를 쳐다보았다.

"미호 씨, 대웅이한테 연락 했어요? 엄청 찾아다녔는데."

아무 말도 없이 어깨를 축 늘어뜨리고 걸어가는 미호의 뒷모습을 의아하게 쳐다보며 병수가 핸드폰을 꺼내들었다.

"대웅이한테 전화 해봐야겠다."

사무실 안으로 들어서는 순간 반 감독이 자리에서 벌떡 일어나 감격스러운 표정으로 미호를 맞았다.

"드디어 만났네요! 이렇게 가까운 데 있는 줄도 모르고 저혼자 정처없이 동네를 돌아다니며 무수한 밤을 하얗게 지새웠군요. 미호 씨, 진심으로 반갑습니다."

반갑다는 말은 그러니까, 만나서 좋다는 얘긴데 그럼 감독은 날 싫어해서 쫓았던 게 아니었나?

미호가 아무 말도 못 하고 머뭇거리다 혜인이 대신 나서서 대변인 노릇을 했다.

"미호가 낯을 너무 가려서 감독님이 쫓아오는 게 되게 부담스러웠나 봐요."

"나 누구 부담스럽게 하고 그런 사람 아닙니다. 나는 미호씨의 재능을 보고 함께 새로운 액션 영화를 만들어보고 싶은 열정에 쫓아간 겁니다. 함께 해볼 생각 있습니까?"

대답을 하기 전에 곁눈질로 혜인의 눈치를 살폈다. 혜인이 슬쩍 눈짓하는 것을 확인한 후 미호가 해보겠다고 고개를 살짝 숙였다. 그러자 반 감독이 웃음을 터뜨리며 호탕하게 소리쳤다.

"드림컴트루!"

악수를 하자고 내민 손을 멀뚱멀뚱 바라보며 미호가 미리 연습해둔 대사를 읊었다.

"난 액션만 할 거예요. 얼굴은 나오기 싫어요."

반 감독이 뜨악한 표정으로 미호를 쳐다봤다.

"대역을 하겠다는 겁니까?"

혜인이 미호를 대신해 얼른 말을 받았다.

"낯도 많이 가리고 연기도 전혀 안 돼요. 연기자가 되고 싶은 생각도 전혀 없고요."

반 감독이 침통한 표정으로 고개를 떨어뜨렸다.

"그렇군요. 미호 씨를 대형 신인으로 만들 자신이 있는데, 본인이 의지가 없다면 할 수 없죠. 그럼 주인공을 연기할 스타를 캐스팅하면 그 액션 대역을 미호 씨가 맡아주십시오."

안 그래도 말을 하려고 했는데, 혜인이 성질 급하게 옆구리를 쿡 찌르며 재촉했다. 일단 혜인을 향해 알았다는 신호를 보내고 반 감독을 쳐다보았다.

"얘가 해야지 나도 할 거예요. 얼굴은 얘가 나오고 액션은 내가 할게요."

반 감독이 날카로운 눈빛으로 혜인과 미호를 번갈아 바라봤다.

"난감하네요. 미호 씨를 잡으려면 주인공으로 은혜인 씨를 캐스팅하라는 말이군요."

"감독님, 저 잘할 수 있어요."

반 감독이 있게 나서는 혜인을 고민스럽게 쳐다보았다.

"일단 생각을 좀 해봐야겠네요."

사무실에서 나오는 미호의 얼굴에 만족스러운 미소가 그려졌다. 일이 잘 풀린 것 같아 다행이다.

"감독님이 오케이하시면 영화 찍는 석 달 동안은 너 그냥 놔둘게."

"그럼 그 뒤엔 또 나한테 뭐라고 할 거야?"

"봐서."

얌체처럼 구는 혜인에게 굳이 아쉬운 소리를 하기 싫어 당당하게 쏘아붙였다.

"됐어. 석 달 뒤에 나도 떳떳한 몸이 되니까."

혜인이 궁금한 얼굴로 뭔가 물으려고 하는데 대웅이 언제 와 있었는지 미호 곁으로 다가와 섰다. 대웅의 얼굴이 화가 난 것처럼 굳어 있다.

"누나 얘한테 또 뭐 한 거야? 내가 그냥 두라고 했지."

차갑게 쏘아붙이는 대웅을 보며 미호가 깜짝 놀라 물었다.

"대웅아, 너도 알았어? 나 들킨 거 알았어?"

대웅이 미호의 손목을 꽉 붙잡았다. 자신만 믿으라는 듯.

"너 지금 거꾸로 된 거 아니니? 재한테서 사람인 날 보호해야 맞는 거잖아."

대웅은 일언반구도 없이 미호의 손목을 잡아당겼다.

"가자."

"차대웅!"

혜인의 목소리가 복도를 쩌렁쩌렁 울렸다.

"네가 왜 쟤를 옆에 두려고 하는지 나도 알겠어. 쟤 구슬은 벌써 네가 써먹는다며. 대신에 난 쟤 대역으로 세우고 주인공 따낼 것 같아."

잡아먹을 듯 노려보며 차갑게 이죽거리는 혜인을 향해 대웅이 황당하게 반문했다.

"뭐?"

"네가 쟤 이용해 먹는 것처럼 나도 그러는 거야. 어쨌든 나도 쟤가 필요하니까 그냥 놔둘게."

혜인이 유난 떨지 말라는 듯 차갑게 일소하고는 또각또각 구둣발 소리를 내며 경쾌하게 걸어갔다. 한 방 먹은 얼굴로 맥없이 서 있는 대웅을 쳐다보며 미호가 분한 표정을 지었다.

"저 여자는 알지도 못하면서. 웅이 너는 이제 구슬 필요 없는데도 품어주는 건데. 저 여자 참 나쁘다. 에이, 아까 트럭도 밀어주지 말 걸."

"미호야, 미안해."

땅바닥만 들여다보는 대웅에게 어떤 말을 해야 좋을지 몰라 미호도 덩달아 애꿎은 땅바닥만 쳐다보았다.

"너 이용하려고 한 거 진짜, 진짜 미안해."

"나도 첨에 너한테 잡아먹는다고 협박하고 그랬잖아."

대웅이 고개를 들고 미호와 시선을 마주했다.

"미호야, 정말 미안해."

투덜투덜 마지못해 하는 것도, 농담처럼 툭 던지는 것도 아닌 진지한 사과에 미호는 도리어 당황했다. 미안하다는 말은 틀렸다. 그건 잘못 했을 때 하는 말이니까. 이용을 당한 게 아니라 도움이 된 거니 고맙다는 말이 맞다. 고맙다는 말을 해야 하는 상황에 미안하다는 말을 들었다면 그건 그녀의 잘못이다.

"웅아, 나도 미안해."

시선을 마주한 채 대웅은 미안하다 웃고 미호는 괜찮다 웃는다. 그저 그렇게 마주 웃는 것만으로도 서로의 진심이 전해졌다.

"웅아, 나 스턴트우먼이래. 되게 멋지지?"

대웅이 으쓱해 하는 미호를 염려스럽게 쳐다보았다.

"그거 힘든데, 정말 할 거야?"

"난 구미호잖아. 적성에 딱 맞는 거 같아."

"너무 잘 해서 티 나는 것도 걱정이다. 와이어 필요 없어도 꼭 매고 가끔 힘든 척 찡그려도 주고 해야 해."

너무나 심각한 대웅을 향해 그런 것쯤은 문제없다는 표정을 지어 보였다.

"잘할 수 있어. 전 너무 힘들어요. 연약한 여자예요."

턱에 꽃받침 만드는 것쯤은 이미 여러 번 해본 기술이라 자부하고 있었건만 곧바로 대웅의 태클이 들어왔다.

"그게 아니지. 아, 힘들어. 좀 쉬었다 하죠."

이번에는 손바닥으로 땀을 닦는 척하는 기술이다. 대사 하나에 딸린 다양한 행동기술을 죄다 습득하고 있다니, 정말이지 대단한 인간들이다.

대웅은 창고방 소파에 미호를 앉히고 영화에 대한 기본적인 상식들을 가르쳐주었다.

"이게 영화 시나리오야. 이제 너도 이거 보면서 공부해야 해. 너는 여주인공 만월, 남주인공은 신월이야."

"만월, 신월이면 보름달, 초승달이네."

"이 영화에서 달은 두 사람의 사랑과 운명을 상징하는 거야. 가득 찬 보름달이었던 여자는 남자에게 모든 걸 다 내주고 사라지고 빈 초승달이었던 남자는 그녀로 인해 가득 채워지지만 쓸쓸히 혼자 남게 되는 슬픈 얘기야."

이 기회에 미호에게 지적인 이미지를 심어줘야겠다는 생각으로 대웅의 목소리에 기합이 바싹 들어갔다.

"아, 아무튼 둘이 좋아한단 얘기네. 그럼 내가 보름달이니까 너는 초승달 해."

시 같은 이야기를 통속적인 러브스토리로 퉁 쳐버리는 것으로도 모자라 캐스팅까지 제멋대로 바꾸다니, 우리 미호가 영화상식이 많이 부족하긴 하구나. 내가 없었으면 어쩔 뻔했어.

"그건 안 돼. 나는 검은비 현우야."

"너 초승달 안 시켜주면 나 보름달 안 한다고 해볼까?"

아쉽지만 고개를 내저었다.

"두 번은 안 통하지. 시나리오 연구나 해. 만월 나오는 부분이……."

시나리오를 펄럭거리는 대웅 옆에서 따라 찾던 미호가 불쑥 나섰다.

"여기 나온다. 장미꽃잎 떨어진 욕조 앞, 만월 스르르 옷고름을 풀어 내리고 하얀 어깨가 드러난다."

대웅이 흥미진진하게 읽는 미호를 향해 격하게 제지했다.

"잠깐!"

눈을 똥그랗게 뜨고 의아해 하는 미호의 손에서 시나리오를 빼앗으며 엄한 표정을 지었다.

"넌 이런 거 하는 거 아니야. 그런 건 쳐다보지도 마."

"나 목욕하는 거 좋아하는데."

대웅이 구시렁대는 미호를 향해 따끔하게 일렀다.

"넌 액션만 대역하는 거야. 멜로, 에로 이런 거 하는 거 아니야."

"알았어."

시나리오를 들여다보던 미호가 몹시 반가워하며 대웅을 불렀다.

"대웅아, 여기 검은비 현우도 나온다. 서현 낭자를 그윽하게 쳐다보는 거 해봐."

"멜로가 아직 안 풀렸는데."

말은 이렇게 해놓고는 자리에서 일어나 감정몰입을 하기 위해 눈에 힘을 바싹 주었다. 미호를 서현 낭자라 생각하고 지긋이 쳐다보았다.

"처음 그대의 눈물이 내 옷자락을 적셨을 땐 그저 잠시 서서 마르기를 기다리면 된다 여겼소. 헌데 점점 더 큰 구름이 되고 바람이 되어 나의 발길을 묶는 비가 되어 내리고 있소. 막을 수도 피할 수도 없는 그 비를 맞으며 나는 어디로 가야 할지 갈 길을 잃었소."

감탄하며 바라보는 미호가 너무나 사랑스럽게 느껴졌다. 아무래도 연기에 지나치게 몰입을 한 모양이다.

"멀리 도망가고 싶어도 자꾸 밟혀서 돌아오게 돼. 지켜주고 싶고 잘해 주고 싶어. 비 맞고 정신이 나갔나 봐."

입이 제멋대로 움직여 대사도 아닌 말을 지껄이고 말았다.

아니야, 이건 그러니까 말이 아니라 애드립이야, 애드립. 연기에 너무 몰입한 나머지 나도 모르게 대사를 지어낸 거라고.

안 그래도 멍해 있는데 미호가 덥석 품에 안겨오는 바람에 그만 뒤로 넘어갈 뻔했다.

"뭐야."

질겁하며 묻자 미호가 품 안에서 속삭였다.

"서현 낭자 마음이야."

순간 마음이 덜컥 무너지는 느낌이 들어 미호의 어깨를 붙잡아 똑바로 바라보았다.

"시나리오에 이런 거 없잖아. 너, 앞으로 이러지 마."

"네가 마지막에 한 말도 여기 없잖아."

"그건 애드립이야. 베테랑들만 할 수 있는 고난도 연기기술이지."

이로써 영화에 대한 강의는 끝이다. 더 이상 하다가는 무슨 미친 짓을 할지 모르겠다.

나 진짜 제대로 미쳤구나, 젠장.

대웅이 대본 리딩 연습을 하러 나간 사이 미호는 혜인에게 정체를 들킨 것을 상의하려고 동주네 집으로 찾아갔다.

"역시 차대웅 주변에 있으니까 당신의 존재를 들킨 거예요."

"걔가 다른 사람한테 절대 말 안 한댔어."

"또 다른 사람이 알게 되면 그땐 또 뭘 해줄 건가요?"

"석 달만 있으면 사람이 되니까 그때까지만 안 들키게 견디면 되잖아."

"당신의 몸만 인간이 되는 거죠. 당신이 구미호였다는 과거는 또 들키게 될 걸요."

자신을 괴물로 몰아세우던 혜인의 모습이 떠올라 금세 시무룩해졌다.

"그건 걱정돼. 걔 나더러 괴물이랬어. 내가 뭔지 알면 다른 사람들도 다 그러겠지?"

동주가 책상 서랍에서 봉투를 꺼내 미호에게 건넸다.

"구미호인 당신을 완전히 지우고 완벽한 인간으로 새로 시작하게 해줄게요."

미호는 봉투를 열어 안을 들여다봤다. 주민등록증에 여권, 졸업증, 심지어 적금통장에 집문서까지 갖가지 문서들이 들어 있다.

"이게 뭐야?"

"박선주란 이름으로 인간이 가져야 할 모든 걸 갖춰 놨어요."

동주의 말에 새삼스레 봉투 안에 있는 서류들을 꺼내 다시 보았다.

"와, 진짜 다 있네. 이것만 있으면 진짜 인간처럼 살 수 있겠다."

희희낙락 기뻐하는 미호를 향해 동주가 냉정하게 운을 뗐다.

"예, 진짜 인간으로 살 수 있죠. 그런데 박선주란 사람으로 살아가려면 차대웅 곁에 있을 수 없어요."

미호의 얼굴에서 웃음기가 사라졌다.

"싫다니까 왜 자꾸 그래?"

"차대웅 주변 사람들은 모두 당신을 미호란 이름으로 알고 있고 심지어 진짜 정체를 아는 자도 생겼어요. 이제 점점 더 많은 사람이랑 엮이게 될 텐데 그러다 보면 반드시 들키게 될 거예요. 무사히 인간이 되었을 때는 아무도 당신을 알지 못하는 곳으로 가야 해요. 그걸 약속하면 완벽한 인간이 될 수 있게 내가 도와줄게요."

미호가 혼란스러운 표정으로 서류들을 들여다보았다.

박선주. 이름도 예쁘다. 자동차 면허증이 있으니 멋지게 차려입고 드라이브를 즐길 수도 있을 것이다. 그렇게나 가기 어렵다는 대학 졸업장도 있으니 인간들만 들어갈 수 있는 도서관에 앉아서 책을 읽고 컴퓨터도 할 수 있다. 집문서도 있고 통장에 돈도 잔뜩 들어 있으니 그야말로 멋진 인생이 될 것이다.

그렇지만 그런 게 다 무슨 소용이야. 가장 중요한 대웅이가 없는데.

〈월하검객〉 여주인공 역으로 혜인의 캐스팅이 확정되고 미호는 처음으로 액션 연습에 참가하게 되었다. 난생처음 트레이닝복이라는 것을 입고서 무술 교관이 가르쳐준 대로 검을 아래로 내질렀다.

"와, 굉장히 잘했어요."

교관의 감탄 섞인 칭찬 소리에 선녀가 혜인의 옆구리를 쿡 찔렀다.

"쟤가 어쩌다 언니 대역을 하게 됐어요?"

"쟤가 주연을 할 순 없잖아."

새침하게 대꾸하며 칼을 휘두르는 혜인의 등 뒤에서 선녀는 입술을 비죽거리고는 미호에게 다가갔다.

"야, 너 주스 마실래?"

선녀가 내미는 주스를 유심히 살펴보더니 미호가 아쉬운 표정으로 고개를 저었다.

"아니, 난 오렌지는 안 마셔."

"오늘 저녁에 우리 아빠 한국영화제에서 특별상 받는다! 상받고 나면 아빠 친구네 가게에서 축하파티할 건데, 영화 출연진들이랑 스태프들 회식 겸해서 다 같이 가는 거래."

"나도 가도 돼?"

솔깃한 표정으로 묻는 미호에게 선녀가 파티의 여주인공이라도 되는 양 선심 쓰듯 말했다.

"그래, 너도 와."

미호는 대웅이 연습하는 곳으로 쪼르르 달려가 귀에 대고 조용히 물었다.

"웅아, 파티가 뭐야?"

"사람들끼리 먹고 놀면서 재미있게 지내는 거야."

아리송한 표정으로 눈만 끔뻑이는 미호에게 대웅이 환하게 웃으며 한방에 이해를 시켜주었다.

"잔치야, 잔치."

"아, 덩실덩실 이런 거?"

철 지난 어깨춤에 대웅이 어이없이 웃었다.

"그건 언제 적 춤이냐?"

"오백 년 전엔 이렇게 했어."

"오백 년 전이면 유행에 너무 뒤처지잖아."

곰곰 생각에 잠겨 있던 미호가 돌연 검지 두 개를 곧추세우더니 위아래로 과감하게 찔렀다.

"그럼 이런 거?"

"너 그건 또 누구한테 배웠어?"

또 동주는 아닐까 싶어 대웅이 곱지 않은 눈길로 미호를 쳐다보았다.

"닭집 아줌마가 친구들이랑 놀면서 이렇게 해."

그제야 대웅이 느긋하게 팔짱을 끼고 서서는 미호의 디스코를 품평했다.

"미호야, 옆으로도 찔러 봐."

"옆으로?"

신나게 검지를 찌르고 있는데 저쪽에서 혜인의 날 선 목소리가 들렸다.

"미호야, 잡담 그만 하고 얼른 와! 연습해야지."

얼른 원위치한 미호에게 혜인이 씩씩거리며 짜증을 부렸다.

"틈만 나면 대웅이한테 들러붙어서는!"

"물어볼 게 있어서 간 거야. 넌 상관하지 마."

혜인이 기막히다는 듯 헛웃음을 지었다.

"괴물이 사람한테 들러붙어 있는데 내가 상관 안 하게 생겼니?"

"너한테 들러붙은 거 아니니까 신경 꺼."

잠자코 검을 휘두르며 연습에 매진하고 있는데 등 뒤에서 혜인이 새침하게 말했다.

"야, 너 오늘 있을 감독님 축하파티에 오지 마."

"왜?"

미호가 검을 내려놓고 혜인을 쳐다봤다.

"원래 즐거워야 할 자리에 위험한 건 끼어드는 거 아니야. 난 네가 사람들 사이에 있으면 불안하고 신경 쓰여서 무슨 말이 나올지 몰라. 대웅이도 너 신경 쓰여서 제대로 놀지도 못할 거야. 너랑 있고 나서 대웅이 원래 만나던 친구들이랑 못 어울리는 건 알지? 오늘 같은 날은 좀 봐 줘."

대웅이가 나 때문에 신경 쓰느라 친구들하고도 못 어울리나. 순간 기분이 축 가라앉았다.

연습을 먼저 마치고 대웅이 끝나기를 기다리며 의자에 앉아 있는데 같이 훈련을 받는 남자 두 명이 미호에게 다가왔다.

"미호 씨, 이것 드세요."

"이것도요."

경쟁하듯 커피와 주스를 내미는 남자들을 멀뚱멀뚱 쳐다보자 둘 중 커피를 내민 남자가 볼을 붉히며 가방을 뒤적였다.

"혹시 샌드위치 좋아하세요?"

소고기가 들은 샌드위치였다. 군침을 삼키고 받아들려는 찰라 대웅의 목소리가 복도에 쩌렁쩌렁 울렸다.

"미호야!"

붉게 상기된 얼굴로 저벅저벅 걸어오는 대웅을 향해 미호가 손을 반짝 들었다.

"웅아!"

대웅이 사이다를 기운차게 내밀었다.

"뽀글이 물 마셔."

"와, 내가 제일 좋아하는 거다!"

환호를 지르는 미호를 흐뭇하게 바라보며 대웅이 머리를 만지는 척 반지를 어필해 보였다. 취향 하나 파악 못 하고 커피나 주스로 미호의 환심을 사려는 어리석은 것들을 한 방에 쫓아내려면 이 방법이 최선이다.

"미호 씨, 이따 파티에서 봬요."

할 수 없다는 듯 포기하고 돌아서는 얼간이들에게 승리의 미소를 한 방 날리고 미호의 맞은편에 편하게 앉았다.

"내가 잠깐도 신경을 끌 수가 없어."

"대웅아, 너는 내가 다른 사람들이랑 있을 때 신경 쓰여? 걱정돼?"

물끄러미 쳐다보는 미호의 시선에 대웅이 지레 놀랐다.

혹시 질투하는 것처럼 보였나?

"일부러 걱정하는 게 아니고 네가 워낙 예……."

예쁘다는 말을 내뱉는 순간 질투 쪽으로 못 박힐 것 같아 머뭇거리며 적당한 단어를 찾았다.

"예사롭지 않은 애니까 그렇지. 아무하고나 말 섞고 그러지 마. 올라가서 옷 갈아입고 가자. 파티가 뭔지 내가 제대로 보여줄게."

"웅아, 너 먼저 가. 나는 닭 아줌마한테 들렀다 갈게."

"어딘지 찾아올 수 있어?"

"응. 가서 재미있게 놀아."

미호는 파티에 가는 대웅을 배웅하고 창고방 이부자리에 가만 웅크리고 앉아 있었다.

파티라는 데는 굉장히 신나겠지.

부러움과 우울함이 섞여 가슴 싸해 있는데 동주에게서 전화가 걸려왔다.

— 집 앞에 있어요. 나오세요.

하릴없이 집에 처박혀 있으니 동주라도 만나 속내를 털어놓으면 좀 나을 것 같아서 서둘러 가방을 메고 집을 나섰다.

"파티라고 이름 붙여도 별거 아닌데 그게 그렇게 아쉬워요?"

미호의 서러운 사정을 듣고 나서 동주가 어이없다는 듯 물었다.

"동주 선생은 많이 가봤으니까 별로라고 하겠지만 나는 한 번도 못 가봤으니까 그렇지!"

버럭 성질을 내는 미호를 담담하게 바라보던 동주가 슬며시 입술 끝을 올리며 웃었다.

"역시 구미호로는 제대로 즐길 수도 없죠?"

미호는 입술을 바쭉 내밀며 차창을 내다보았다. 정말이지 무수히 많은 사람이 거리를 오가고 있다. 저 많은 사람 속에서 혼자서만 튀는 모습을 하고 있다는 게 이렇게 불편한 것인지 예전에는 미처 몰랐다.

"박선주가 되는 건 생각해봤어요?"

동주가 전에 했던 얘기를 조심스레 꺼내며 미호의 눈치를 살폈다.

"걔가 되는 게 좋긴 한데 아무리 좋아도 대웅이가 없으면 별로야."

평범한 사람이 되어 사람들 틈에 살고 싶다. 그 사람들 속에는 반드시 대웅이가 있어야 한다. 평생 대웅이가 없어 뻥 뚫린 자리를 그리워하며 살고 싶지는 않다.

"얼마나 좋은지 한 번도 안 가봤으니까 별로라고 하는 거겠죠. 한 번 가 볼래요?"

궁금한 눈으로 쳐다보는 미호를 마주보며 동주가 빙긋 웃었다.

"오늘 남은 시간 동안 박선주가 돼 보는 거예요. 괜찮죠, 박선주 씨?"

동주가 데리고 간 곳은 고급 의상실이었다. 난생처음 와 보는 의상실이라는 곳은 고운 옷들로 가득 차 있다.

"여기 와서 뭐 사려고?"

"박선주에게 어울리는 모습을 갖춰야죠."

"난 돈이 없어."

"당신은 그렇지만 박선주는 안 그래요."

동주가 익숙한 태도로 점원을 불러 미호에게 어울릴만한 옷을 추천해달라고 정중하게 부탁했다. 점원이 갖고 온 옷들을 입고 벗기를 반복하는 동안 미호는 마치 인형이 된 것 같았다. 어떤 옷은 입으면 굉장히 똑똑해 보이고, 어떤 옷은 섹시하게 보이고 또 어떤 옷은 어여쁜 공주님 같았다. 옷에 따라 달라 보이는 제 모습이 신기해서 미호는 지루한 줄도 모르고 거울을 바라보았다.

"그게 제일 예뻐요."

동주가 골라준 옷으로 정하고 그 옷에 맞는 구두도 골랐다.

"직접 계산을 해보세요."

동주의 도움을 받아 미호는 난생처음 계산대 앞에 서서 직접 돈을 건네고 수표 뒷면에 이서도 했다. 정말로 인간 박선주가 된 것 같은 기분에 가슴이 콩닥거렸다.

의상실에서 볼일을 마치고 이번에는 호텔로 갔다.

"박선주 씨는 무슨 대학 무슨 과 몇 학번인지 기억해뒀죠?"

호텔 로비 안으로 들어서면서 동주가 미호에게 물었다.

"한국대학 동양학과 07학번."

미호가 곧바로 대답을 하자 동주가 흡족하게 웃었다.

"여기서 당신과 같은 대학에 다닌 사람들이 모여서 동창회를 해요. 일종의 파티죠."

"파티?"

그제야 어리바리한 표정으로 호텔 로비를 둘러보았다. 엄청 높은 천장에 무거운 샹들리에가 위용을 뽐내며 매달려 있고, 잘 차려입은 사람들만 오가는 고급 호텔이다. 코스모스 홀이 있는 2층으로 올라가자 문 앞에 한국대학 동양학과 동창회라고 쓰인 안내판이 서 있다. 굳게 닫혀 있는 문 앞에는 양복을 입은 직원 두 명이 지켜 서서 명단을 확인한 뒤에야 사람들을 안으로 들여보냈다. 들어가는 사람들은 모두 턱시도에 드레스 차림이었다.

"저런 데를 내가 들어갈 수 있어?"

겁먹은 목소리로 묻는 미호를 바라보며 동주가 부드럽게 미소를 지었다.

"당신은 박선주니까 들어갈 자격이 있어요."

"나 아닌 거 티 나지 않을까?"

여전히 근심스러운 듯 묻는 미호를 찬찬히 살펴보던 동주가 뭔가 발견한 듯했다.

"하나가 걸리긴 하네요. 잠깐만 여기서 기다려요."

빠르게 걸어가는 동주의 뒷모습을 바라보다 의자를 찾아

걸터앉았다. 어깨에 메고 있던 가방을 무릎 위에 올려놓고 주섬주섬 들여다보았다. 로션, 물파스, 순간접착제, 쿠폰, 핸드폰…… 어느 하나 소중하지 않은 것이 없다. 대웅을 생각하며 핸드폰에 매달린 구슬을 만지작거리고 있는데 동주가 미호에게로 걸어왔다.

"어, 왔네!"

반가운 얼굴로 자리에서 일어서자 동주가 조그마한 클러치를 건네주었다.

"지금은 이게 어울려요."

난생처음 보는 보석 박힌 가방이 신기하기만 했다.

"이것도 박선주가 사는 거야?"

"이건 제가 선물로 드리는 거예요. 그건 이리 주세요."

동주가 어깨에 메고 있는 가방을 달라며 손을 내밀었다. 왠지 대웅이가 준 가방을 떼놓기가 싫어 미호는 벽면을 가득 차지한 커다란 거울 앞에 서서 자신의 모습을 비추어 보았다.

"그 가방은 안 어울리죠?"

미호는 거울에 비친 동주의 얼굴을 고집스럽게 쳐다보았다.

"여긴 되게 소중한 게 많아."

"그렇지만 안 어울려요."

동주가 미호의 가방을 벗겨내고는 클러치를 들게 했다.

"이게 맞아요."

클러치를 열어 안을 들여다보았다. 작은 명함지갑 안에 주민등록증과 은행 카드와 면허증 같은 게 꽂혀 있다.

"자, 이제 들어가죠. 박선주 씨."

동주의 에스코트를 받으며 남자 둘이 지키는 문을 향해 걸어갔다.

반 감독의 특별상 수상 축하파티가 참석한 대웅은 연신 시계를 들여다보느라 분주했다.

"왜 이렇게 안 오지?"

닭집 아줌마를 만났어도 벌써 몇 번은 만났을 시간인데 전화 한 통 없이 안 오는 미호 때문에 도무지 파티를 즐길 수가 없었다.

"야, 차대웅!"

선녀가 술에 취해 비틀거리며 대웅의 옆자리에 털썩 엉덩이를 붙였다. 미호에게 전화를 걸다 말고 황당하게 쳐다보려니 선녀가 검지를 세워 대뜸 얼굴에 들이댔다.

"넌 내 마음에서 완전 메롱이야."

지금 누가 누구더러 메롱이래.

"병수야, 선녀 좀 챙겨라. 선녀 메롱이다."

스태프들 틈에 끼어 있는 병수를 향해 소리를 치는 순간 갑자기 선녀가 대웅의 볼을 꽉 움켜쥐었다. 이게 무슨 해괴한 짓인가 싶어 병 쩌 있는데 선녀가 비장한 표정을 지었다.

"마지막으로 안녕의 도장을 찍고 끝내겠어."

그리고는 그대로 제 입술을 들이미는 바람에 대웅은 으악 소리를 지르며 뒤로 몸을 빼다가 선녀와 함께 바닥으로 나뒹굴었다.

"선녀야!"

병수가 허옇게 질린 얼굴로 대웅의 몸 위에 철퍼덕 엎드려 있는 선녀를 부축해 일으켰다.

"너 설마 선녀랑……"

잡아먹을 듯이 노려보는 병수를 향해 마른 한치를 척하니 내밀었다.

"이 한치가 날 구했다. 큰일 날 뻔했네. 진짜 다행이다."

가슴을 쓸어내리며 안도하는 대웅을 고깝게 쳐다보던 병수가 갑자기 목소리를 높였다.

"야, 차대웅. 무사해서 다행이긴 하지만 선녀가 너 좋아했던 마음에 술 먹고 오바한 건데 무슨 큰일이라도 난 것처럼 구는 거 좀 재수 없다."

만취해 정신 못 차리는 선녀를 한쪽 팔로 감싸 안은 채 불쾌한 표정을 짓는 병수를 향해 차분하게 일렀다.

"큰일 날 뻔한 거 맞아. 내 한 몸 버리는 건 참고 견딜 수 있지만 잘못하면 미호가 큰일 나."

병수가 허공을 향해 어이없는 웃음을 날렸다.

"아이고, 차춘향 났네."

"난 목에 칼이 들어와도 정절을 지켜야 해. 그러니까 선녀

저쪽으로 치워."

선녀를 부축해 데리고 가는 병수의 뒤에서 대웅이 조심스레 제 배를 어루만졌다.

"괜찮겠지."

바로 옆 테이블에서 둘의 대화를 엿듣고 있던 혜인이 골똘하게 생각에 잠겼다.

"선녀와 입맞춤을 하면 미호가 큰일 난다고?"

백화점에서 만났을 때, 그리고 자판기 앞에서 음료수를 건넸을 때 부자연스러울 정도로 접촉을 피했던 대웅의 모습이 퍼뜩 떠올랐다.

그럼 그때 그랬던 것도 다 미호 때문이었나…….

대웅이 자리에서 일어서는 것을 보고 혜인도 잽싸게 일어나 뒤를 따라갔다. 대웅이 화장실로 가는 통로에서 멈춰 서더니 핸드폰을 꺼내들었다.

미호한테 전화를 걸려는 건가.

연결이 되지 않았는지 다시 통화 버튼을 누르는 대웅의 모습을 지켜보고 서 있다가 아무래도 안 되겠어서 화장실에 가는 척 그쪽으로 걸어갔다. 시선이 마주치는 순간 대웅이 굳은 얼굴로 고개를 돌렸다. 이제는 눈도 마주치기 싫은가 보다. 가슴 한쪽이 욱신거렸다.

"대웅아, 나한테 아직도 화났니?"

혜인이 먼저 화해의 손길을 내밀었다. 그제야 시선을 마주하며 멋쩍은 표정을 짓는 대웅이다.

"누나가 그렇게 생각하는 거 이해 못 하는 건 아니야."

"나는 정말 네가 걱정돼. 이건 진심이야."

혜인이 걱정스러운 눈빛으로 대웅을 바라봤다.

"누나. 나는 지금 걔가 걱정돼. 이건 진심이야."

그러니 걔를 그냥 놔둬. 함부로 대하면서 상처 주지 마.

경고라도 하는 것처럼 딱 잘라 말하고 야멸치게 등을 돌려 뚜벅뚜벅 걸어가는 대웅의 뒷모습을 바라보는데 눈물이 고여 시야가 뿌예졌다. 슬픈 게 아니라 분했다. 정체도 알 수 없는 수상한 괴물에 밀렸다는 게 자존심 상했다.

괴물한테 홀린 게 아니라면 어떻게 감히 차대웅이 다른 사람도 아닌 나한테 이럴 수 있어?

대웅은 일찌감치 파티 장소에서 빠져나와 닭집부터 들렀다.

"미호 오늘 여기 안 왔는데?"

닭집은 아예 들리지도 않았다고 하고 전화도 받지 않으니 점점 불안한 생각이 들었다.

"닭집에도 없고 집에도 없고 애 도대체 어디 간 거야?"

창고방을 계속 서성이다가 이렇고 있을 게 아니라 동네라도 한 바퀴 돌아봐야겠다 싶어 밖으로 나왔다. 계단을 내려가려는 순간 올라오는 미호와 정통으로 부딪쳤다.

"너 어디 갔어? 파티엔 왜 안 왔어?"

불안했던 마음이 한꺼번에 펑 터지면서 목소리가 절로 높아졌다. 미호가 입은 옷차림이 시야에 들어온 순간 입이 떡 벌어졌다. 처음 보는 드레스에 화려한 클러치.

"너 그렇게 차려입고 어디 갔었냐?"

목에 핏대를 세우는데 미호가 새삼스레 제 옷차림새를 살펴보더니 질겁하며 소리를 질렀다.

"어, 내 옷! 내 가방!"

가방을 통째로 두고 왔다는 미호에게 핸드폰을 빌려주고 옆에 서서 통화 내용을 엿들었다.

"동주 선생! 내 옷이랑 가방 거기 있어?"

동주 선생! 내 그럴 줄 알았어.

번지르르하게 생긴 남자와 즐겁게 노는 모습을 속으로 씨씨거리며 그리고 있는데 미호가 퍽이나 다행스럽다는 듯 핸드폰을 내밀며 말했다.

"다행이다. 동주 선생 차에 있대."

핸드폰을 빼앗듯이 받아들고 등을 홱 돌려 방 안으로 들어갔다. 미호가 쪼르르 따라와 대웅의 팔목을 붙잡았다.

"대웅아, 오늘 파티 재미있게 잘 놀았어?"

기죽기 싫어서 일부러 과장되게 목소리를 높였다.

"어, 되게 재미있었어. 너도 어디서 재미있게 놀다 왔나 보다. 너야말로 진짜 어디 파티 갔다 왔냐?"

"응."

찔려 하지도 않고 순순히 고개를 끄덕이는 미호다.

"아주 제대로 옷도 사 입고 갔구나."

대웅이 빈정거리는 것을 아는지 모르는지 미호는 그저 눈동자를 한 군데로 모으고 뭐라 대답할지 곰곰이 생각하는 눈치다.

"이 옷은 박선주란 사람한테 빌려 입은 거야."

박선주는 또 누구야? 순간 비슷한 이름이 퍼뜩 떠올랐다.

"박동주 식구야?"

미호가 대답 없이 들고 있던 클러치를 이부자리 위에 조심스레 올려놓았다. 여자 가방 같은 건 하나도 모르는 대웅의 눈에도 무지 비싸 보이는 클러치였다.

"이제 동주 선생 가족도 같이 만나냐? 그 정도로 친해진 거야?"

동주 선생한테 선수를 빼앗긴 것 같아 기분이 확 잡쳤다.

"대웅아, 너는 가족이랑 친구들한테 나에 대해 뭐라고 설명했어? 나는 어떤 애라고 그랬어?"

걱정스럽게 말하는 미호와 눈빛이 맞닥뜨리는 순간 한숨이 절로 났다.

"뭐라고 하긴. 암말 못 했지."

"그럼 물어보면 뭐라고 할 거야?"

"대충 둘러대는 것도 한계가 있고, 하루 날 잡아서 네 사연을 구구절절 구체적으로 지어내긴 해야 할 것 같아."

그냥 심란해서 한 소리인데 미호가 당치도 않게 미안한 눈으로 그를 쳐다봤다.

"대웅아, 나 때문에 거짓말하게 해서 미안해."

당황스러운 마음에 손을 절레절레 저으며 큰소리부터 치고 봤다.

"괜찮아. 나 그런 거 타고났어. 걱정하지 마."

여태 동주와 함께 있었다는 게 아무래도 찜찜해서 대웅은 구슬이 있는 가슴 근처를 어루만지며 너스레를 떨었다.

"그런데 미호야, 내가 걱정돼서 하나 물어보는데 내가 품은 구슬이 좀 부작용이 있는 거 같아."

미호의 표정이 대번에 심각해졌다.

"왜?"

"원래 이 구슬을 품은 내가 다른 여자랑 기를 나누면 구슬이 깨져서 네가 다친다 그랬잖아."

"응."

"그거랑 마찬가지로 네가 다른 남자를 만나면 구슬을 품은 나한테도 좀 영향이 있는 거 같아."

아직도 구슬 부작용의 여진이 남아 있는 것처럼 심각하게 가슴을 어루만지자 미호가 깜짝 놀라 대웅을 쳐다봤다.

"그래? 안 그럴 텐데."

"아니야. 구슬이 반응이 와. 특히나 네가 동주 선생을 만나고 왔을 때는 가슴이 뻐근하니 더 안 좋은 거 같아. 나 건강상 안 좋으니까 동주 선생 만나는 거 자제해줬으면 해."

눈을 내리뜨며 진지하게 나가자 미호가 어쩔 줄 몰라 하며 절절맸다.

"그럼 동주 선생 만났을 때 좀 떨어져 있어야겠다. 너무 가까이 있었나?"

순간 머릿속에서 불꽃이 일었다.

"가까이 있었어?! 그러니까 내 몸이 이렇지! 최소한 5미터, 아니 10미터의 거리를 유지해줘."

격하게 반응하는 대웅에게 미호가 순순히 고개를 끄덕였다.

"알았어. 구슬이 왜 그러지? 지금도 이상해?"

미호가 진찰이라도 하는 것처럼 대웅의 가슴 위로 손바닥을 가만히 올렸다.

"좀 이상한 것도 같고. 어쨌든 구슬이가 주인이 옆에 있으니까 좀 진정이 된 거 같아."

그런데 미호의 손바닥 치료가 효과가 있긴 한 모양이다. 열받았던 가슴이 이렇게 흐뭇해지는 걸 보면.

드디어 〈월하검객〉의 첫 촬영이 시작되었다. 카메라, 조명 등 갖가지 세트를 정비하느라 소란스러운 가운데 두홍이 스태프들을 향해 기분 좋게 지시를 내렸다.

"첫 촬영은 가볍게 액션으로 시작해서 액션으로 끝내자고."

촬영장으로 들어서던 대웅이 반 감독 옆에 서 있는 병수를 발견하고는 손을 들어 인사를 건넸다. 병수가 급하게 다가왔다.

"야, 너 박동주란 사람 알아?"

"네가 그 사람을 어떻게 알아?"

대웅이 경계하는 눈빛으로 병수를 쳐다봤다.

"미호 씨 촬영 중이라 그랬더니 가방 돌려줄 게 있다고 이리로 온다네."

대웅이 씩씩거리며 길길이 날뛰었다.

"그 사람한테 여긴 왜 가르쳐줘. 가방은 그냥 집 앞에 두라고 하면 되지."

그런 대웅을 병수가 재미있는 구경거리라도 되는 것처럼 빙긋 웃으며 놀렸다.

"차춘향 투기가 심하오. 넌 촬영도 없는데 여기 계속 있을 거냐?"

"그래! 끝까지 지켜볼 거다."

이제 하다 하다 병수한테까지 전화를 걸다니. 도대체 전화번호는 어떻게 알고.

아무래도 미호에게 따끔하게 일러둬야겠다는 생각에 대웅은 미호가 있는 분장실로 성큼성큼 걸어갔다. 그런데 분장실 거울 앞에 앉아 있는 사람이 미호가 아닌 혜인이다. 아무래도 얼굴을 마주하기 껄끄러워 슬그머니 분장실 문을 닫아버렸다.

거울 앞에 앉아 있던 혜인의 얼굴이 분노로 얼어붙었다.

미호 보러 왔다가 날 보고는 그냥 가버린 거야?

혜인의 등 뒤에서 미호가 그녀와 똑같은 의상을 입고 만월 분장을 하고 있다. 사람인 척 가증스러운 모습으로 대웅을 홀린 저 괴물이 죽이고 싶도록 미웠다.

분장사가 나가고 미호와 둘만 남게 되자 혜인이 일어섰다.

"야, 너 그 반지 빼."

아까부터 아니 그전부터 줄곧 이 반지만 보면 성질이 머리 끝까지 치밀었다.

"왜?"

삐딱하게 쳐다보는 미호의 얼굴에 확 침이라도 내뱉어주고 싶다.

"사극인데 그런 반지 끼는 게 말이 되니?"

사납게 쏘아붙이자 미호가 마지못한 듯 손가락에서 반지를 뺐다.

"미호 씨 나와 보세요."

문밖에서 병수가 부르는 소리에 얼른 뛰어나간 틈을 타서 혜인은 화장대 위에 올려둔 반지를 집어들었다. 괴물한테 커플링이라니 정말이지 우습지도 않은 농담이다. 반쯤 충동적으로 반지를 손가락에 밀어 넣었다. 일부러 맞춘 것처럼 꼭 들어맞는다. 깜짝 놀라 반지 낀 손가락을 바라보고 있는데 미호가 분장실 안으로 들어왔다.

"이거 봐. 이 반지 너 같은 괴물보다는 나한테 더 잘 어울리지?"

얼굴 앞으로 반지 낀 손가락을 들이밀며 약을 올리자 미호가 씩씩거리며 혜인에게 다가왔다.

"그거 이제 네 거 아니야. 내 거야. 내 놔."

"무슨 소리야? 이제 내 거가 아니라니? 그럼 원래는 내 거였다는 거야?"

혜인이 놀란 표정으로 물었다.

"내 거야. 내 놔."

다짜고짜 소리를 지르는 미호를 피해 얼른 등 뒤로 손을 감추었다.

"확실히 말해봐. 원래 내 거였니?"

미호가 등 뒤로 팔을 집어넣어 손목을 아프게 붙잡았다. 터져 나올 것 같은 비명을 가까스로 참고 있는데 미호가 무서운 눈으로 쳐다봤다.

"넌 나 못 이겨. 다치게 하고 싶지 않아. 빨리 내 놔."

더는 버티지 못할 것 같아 그만 손을 앞으로 뺐다.

"알았어. 줄게. 난 힘으론 괴물한테 안 되겠다. 결국 반지는 너한테 뺏길 수밖에 없겠네."

들은 척도 하지 않고 반지에 더러운 것이라도 묻은 양 후후 입 바람을 부느라 정신이 없는 미호를 보자 그나마 남아 있던 이성마저 날아갔다.

"너 대웅이한테 구슬 주고 내 반지 뺏어간 거지? 그 구슬이 그렇게 대단해? 그 구슬 잘못되면 너 큰일 나는 거지? 맞지?"

"넌 몰라도 돼."

무시하듯 툭 내뱉고는 쌩하니 나가버렸다. 미호가 나가버린 분장실 문을 노려보며 혜인이 이를 꽉 물었다.

"손만 대도 큰일 난다고 대웅이가 피했었어. 두고 봐. 다치게 해줄 거니까."

화가 머리끝까지 솟구친 상태로 분장실 문을 열려고 하는 순간 대웅과 미호의 목소리가 들렸다.

"웅아, 이거 반지 좀 갖고 있어."

"촬영할 때 내가 얘기한 대로 요령껏 해야 해. 알았지?"

"아, 너무 힘드네요. 쉬었다 해요. 이렇게?"

"잘했어. 우리 미호 파이팅!"

"파이팅!"

죽고 못 사는 연인처럼 다정해 보이는 두 사람의 모습에 피가 거꾸로 솟는 느낌이다.

두고 보자, 이것들.

혜인은 세트 아래쪽에 서서 미호와 반 감독이 동선을 짜는 모습을 지루하게 올려다보았다. 미호가 와이어에 매달려 점프를 하면 그녀는 마무리 동작만 하면 되었다.

"미호야!"

그때 사이다 캔을 들고 다가오는 대웅의 모습이 보였다. 같은 의상을 입고 있으니 혜인을 미호로 착각한 모양이다. 높은 단 위에 올라서 있는 미호 쪽으로 흘긋 시선을 던졌다. 바로 지금이 기회다! 혜인은 얼른 대웅에게 등을 지고 섰다.

"미호야."

바로 등 뒤에서 부르는 기척에 잽싸게 대웅에게로 몸을 돌려 입술을 맞췄다. 대웅이 기겁하며 혜인을 확 밀쳐냈다.

"뭐 하는 거야!"

그것과 동시에 세트장 안에서 미호를 부르는 스태프들의 목소리가 쩌렁쩌렁 울렸다.

"미호 씨!"

지금 고백하러 갑니다

겁먹은 듯 주춤거리는 혜인의 뒤로 스태프들이 당황하며 우왕좌왕했다.

"미호 씨가 바닥으로 떨어졌어."

"많이 다쳤나?"

웅성대는 소리에 대웅은 가슴이 덜컥 내려앉았다. 구슬이 상했구나.

"미호야!"

세트장 안쪽으로 미친 듯이 달려갔다. 바닥에 두껍게 쌓아 놓은 안전 매트 위로 미호가 널브러지듯 누워 있고 그 옆에서 반 감독을 비롯한 스태프들이 걱정스럽게 쳐다보고 있었다.

"미호야, 미호야 정신 차려봐."

대웅은 핏기 하나 없이 하얗게 질린 미호를 품에 꼭 끌어안았다. 그제야 정신이 좀 드는지 미호가 눈을 가늘게 떴다.

"구급차는?"

반 감독이 세트장으로 뛰어들어오는 병수를 붙잡고 물었다.

"5분 내로 도착한답니다."

순간 또 다른 불안이 대웅의 마음을 무겁게 했다.

미호는 병원에 가면 안 되는데.

대웅은 다급하게 일어나 반 감독을 쳐다보았다.

"구급차 필요 없습니다. 제가 알아서 하겠습니다."

"저 위에서 정신을 잃고 떨어졌어. 크게 다쳤을 수도 있는데 병원을 안 가겠다니."

반 감독이 언성을 높이며 흥분했다.

"미호 떨어져서 다친 게 아닙니다. 미호 상태는 제가 잘 압니다. 병원은 안 갑니다."

"아니, 의식을 잃고 저 높은 데서 떨어졌다니까. 자네 지금 제정신인가?"

대웅이 반 감독과 입씨름을 벌이고 있을 때 갑자기 탕탕탕 소리가 나면서 세트장 불이 모조리 꺼졌다.

"뭐야?"

"정전이야?"

뭔가 이상한 예감에 대웅은 몸을 돌려 안전매트를 살폈다.

역시, 미호가 없다!

미호가 다쳤으니 더 이상의 촬영은 불가할 터. 혜인은 옷을 갈아입고 유유자적 분장실을 나섰다. 그 순간 누군가 그녀의

팔목을 확 잡았다. 소스라치게 놀라 고개를 들었다. 까만 정
장을 입은 말쑥한 남자가 그녀의 얼굴을 유심히 쳐다보고 있
었다.

"이 손 놔요. 당신 뭐예요?"

혜인이 곱지 않은 눈길로 노려보자 남자의 입술이 차갑게
비틀어져 올라갔다.

"어리석은 짓을 했군요."

모든 것을 꿰뚫어보는 것 같은 눈길에 가슴이 서늘해졌다.

"당신의 기가 구슬의 기를 흐려놨으니 당신을 죽이려고 할
거예요."

밑도 끝도 없는 소리에 혜인이 날 선 목소리로 반문했다.

"뭐라고요?"

"살고 싶으면 도망쳐요."

순간 등줄기에 한기가 돌았다. 손목을 붙잡고 있는 남자의
손을 있는 힘껏 뿌리쳤다.

"넌 뭐야. 너도 그 여자애 같은 거야?"

남자가 대수롭지 않은 표정으로 손바닥을 폈다.

"당신 기를 찾아올 거예요. 살고 싶으면 여길 빠져나가 멀리
도망가요."

무시무시한 말을 하면서도 표정 하나 바꾸지 않는 남자를
혜인은 두렵게 쳐다보며 주춤주춤 뒷걸음질을 치다가 냉큼
등을 돌려 달음박질을 쳤다. 10센티미터는 족히 넘어 보이는

하이힐을 신고 부리나케 뛰어가는 혜인의 뒷모습을 바라보는
남자의 표정이 싸늘했다.

남자의 모습이 보이지 않게 되자 혜인은 사방을 두리번거리
며 조심조심 걸어갔다. 주변에 있는 모든 것이 위험하고 두렵
게만 느껴졌고 괜한 짓을 벌인 걸까 뒤늦은 후회가 엄습했다.
등 뒤에 느껴지는 인기척에 뒤를 돌아보는 순간 사지가 부들
부들 떨렸다. 미호가 시퍼런 눈으로 그녀를 죽일 듯이 노려보
고 있었다.

"너, 왜 이래?"

겁에 질린 목소리는 허공에서 맥없이 흩어졌다. 미호가 감
정을 읽을 수 없는 차가운 표정으로 빠르게 다가왔다. 도망을
쳐야 마땅할 텐데 오히려 한 발자국도 움직일 수가 없다.

"죽어."

서늘한 목소리가 마치 죽음의 전주처럼 느껴졌다. 미호가
높게 쌓여 있는 나무판을 하나 집어들어 혜인을 향해 던졌다.
비명도 내지 못한 채 그대로 얼어있는데 대웅이 나무판을 향
해 몸을 날렸다.

"미호야, 이러면 안 돼."

대웅이 미호를 막은 틈을 타서 혜인은 죽을힘을 다해 무조
건 달렸다.

"비켜!"

미호는 성가시게 붙잡는 대웅을 확 밀치고 혜인을 뒤쫓았다. 구슬을 상하게 한 저 여자를 죽여야 한다는 것 외에 다른 생각은 아무것도 나질 않았다. 막다른 벽에 막혀 우뚝 서 있는 혜인의 등 뒤로 다가가 목을 잡으려는 순간 대웅이 그녀를 확 끌어안았다.

"미호야, 이러지 마."

이성을 잃은 미호에게 지금의 대웅은 그저 눈앞에 있는 사냥감을 잡지 못하게 훼방놓는 성가신 존재에 불과했다. 팔을 힘껏 휘두르자 대웅이 벽으로 날아가 맥없이 쓰러졌다. 다시 사냥감을 향해 손을 뻗치려는데 귓가에 익숙한 목소리가 들렸다.

"안 돼, 미호야."

꽉 끌어안기는 감촉에 온몸을 휘감고 있던 분노가 조금씩 사그라졌다.

"미안해, 미호야. 미안해. 미안해."

귓가를 간질이는 대웅의 목소리가 슬프고 아파서 아무것도 없는 허공을 멍하니 바라보았다.

대웅은 지쳐 있는 미호를 데리고 분장실로 들어갔다.

"구슬 괜찮은 거야? 잘 진단해봐."

대웅이 걱정스러운 표정으로 미호의 안색을 살폈다.

"깨지진 않았어. 그냥 좀 다쳤어."

미호는 의자에 맥없이 앉아 대웅을 바라봤다. 긁히고 멍든 자국 때문에 얼굴이 말이 아니다.

"금가고 그런 거 아냐? 보이지가 않으니 알 수가 있나……."

대웅이 초조한 표정으로 제 가슴을 어루만졌다. 구슬보다는 대웅의 상처가 더 미호의 가슴을 아프게 했다.

"너도 다쳤어. 내가 널 다치게 했어."

대웅을 바라보는 미호의 표정이 슬펐다.

어떻게 내 손으로 대웅일 다치게 할 수가 있었을까.

"너 때문이 아니라 나 때문이야."

당치도 않다는 듯 속삭이는 대웅에게 힘겹게 말을 꺼냈다.

"오늘 난 그 여자 죽일 수도 있었고 너도 어떻게 했을지 몰라. 그 여자 말대로 난 무섭고 싫은 괴물이었어."

동주 말이 맞았다. 아무리 발버둥쳐도 자신의 정체는 구미호이고, 설사 사람이 된다고 해도 대웅의 기억 속에서는 언제나 구미호일 뿐이다.

"아니야! 미호 너는 괴물이 아니야. 내가 전에 말했었잖아. 넌 하나도 안 무섭고 같이 있는 게 전혀 싫지 않다고."

필사적으로 부정을 하는 대웅의 말이 하나도 귀에 들어오지 않았다. 구미호라는 사실은 말 몇 마디로 부인할 수 있는 게 아니다. 그걸 지금에서야 깨달았다. 어리석게도.

"그 여자가 날 무서워해서 도망가는 거나 네가 내 마음을 무서워해서 도망가는 건 똑같은 거야. 내가 구미호니까 그건 당연한 건데, 나 내가 뭔지도 까먹고 널 자꾸 쫓아갔어. 넌 날 좋아해 줄 수도 없는 건데 그걸 모르고. 웅아, 너 참 무서웠겠다."

조금만 더 가면 다다를 줄 알았던 목표가 처음부터 아예 존재하지조차 않았다는 뒤늦은 깨달음이 미호를 절망케 했다.

"나는 내가 무서워. 자꾸 까먹고 네가 계속 쫓아오게 그냥 내버려두고 있는 내가 무서워."

대웅이 괴로운 얼굴로 거울에 비친 자신의 모습을 바라보았다. 저렇게 다치게 한 걸로도 모자라 대웅에게 괜한 죄책감까지 느끼게 한 것 같아 그저 미안했다.

"대웅아, 그 여자가 화난 건 반지가 원래 그 여자 거였다는 걸 알아서 그런 거야. 그러니까 이렇게 된 거 너 때문이 아니라 나 때문이야."

"반지……."

대웅이 주섬주섬 주머니를 뒤지다가 당황한 표정을 지었다.

"왜 없지? 어디다 흘렸나 보네."

반지를 찾으러 한밤중에 학교로 찾아갔던 그날, 좋아하는 여자를 그냥 돌려보내고 비를 맞으며 앉아 있던 그날의 대웅의 쓸쓸한 표정이 떠올라 가슴이 저렸다.

"대웅아, 들러붙어서 미안해. 그런데 나 당장은 너한테서 떨어져 나갈 수가 없어. 그것도 미안해."

대웅의 입장에서는 무서워서 피하고 싶은 게 당연한데, 그 마음을 헤아리지 못하고 억지를 부리며 들러붙었던 자신이 너무나 한심하고 밉다.

"네가 왜 미안해! 원래 인간들은 다 그래! 남자 친구가 바람 난 거 같으면 눈 뒤집혀서 괴물같이 변하고 다 뒤집어엎고 악 작내는 게 정상이야!"

자신의 마음을 달래주려고 목에 핏대를 세우는 대웅을 바라보면서도 미호는 여전히 절망스러웠다. 대웅이 억지로 우긴다고 해도 그녀가 인간이 될 수 없듯이, 아무리 노력해도 인간이 아닌 존재를 그가 좋아하게 될 수는 없는 일이다. 처음부터 불가능한 꿈이었다.

"너는 여자친구로서 할 일을 한 것뿐이야. 여기 있어. 내가 가서 네 반지, 찾아올게."

대웅이 결연한 표정으로 분장실 밖으로 나갔다.

이제 어떻게 할까. 난 이제 어떻게 해야 하지.

대웅이 곁에 있고 싶다고, 반드시 그래야만 한다고 믿었는데 그 믿음이 송두리째 흔들린 지금 그녀에게는 아무런 의욕도, 욕심도 남아 있지 않았다.

"가방 돌려주러 왔어요."

동주가 분장실 안으로 들어와 들고 있던 가방을 미호 옆에 내려놓았다. 미호가 가방에는 시선도 주지 않은 채 힘 없이 입을 열었다.

"대웅이한테 괴물 같은 모습을 보여줬어."

동주가 의자를 끌고 와 미호의 맞은편에 앉았다.

"당신의 정체를 아는 차대웅한테는 당신이 아무리 인간처럼 굴고 진짜 인간이 된다고 해도 결국은 구미호로만 보일 뿐이에요."

단 한 마디도 부정을 할 수가 없었다. 그럴 수 있는 의욕도, 기운도 남아 있지 않았다.

"내가 구미호여도, 내가 대웅이랑 달라도 날 좋아해주길 바랐는데 내가 많이 많이 좋아하면 그렇게 될 거라고 기대했는데 역시 나는 안 되겠다."

눈물이 터져 나올 것 같아서 주먹을 꼭 쥐고 눈두덩을 눌렀다. 맑은 날 비 내리게 해서 우산도 없이 나온 대웅일 당황하게 하고 싶지는 않다.

"기대하지 않으면 상처받지 않아요. 이룰 수 없는 기대는 이제 놔 버려요."

동주의 말이 이제야 귀에 들어왔다.

"백일이 다 차면 대웅이 곁을 떠나야 하나. 그렇게 될 거로 생각해본 적 없는데."

동주가 절망 속에서조차 마지막 기대의 끈을 놓지 못하는 미호를 안쓰럽게 바라보았다.

"그렇게 해야 해요. 지금부터 차대웅 없이 인간이 돼서 살아야 하는 당신을 준비하세요."

'그럴 바에는 차라리' 하는 생각이 들었지만 이미 엎질러진

물이다. 벌써 꼬리는 하나 잘려나갔고 대웅의 곁에 들러붙어서 평생 민폐나 끼치며 살아가지 않으려면 어떻게든 혼자 살아갈 준비를 해내야 한다.

"앞으로 당신의 능력도 조금씩 사라져갈 거예요."

"나도 느끼고 있어. 예전처럼 멀리까지 들리고 냄새 맡아지지 않아."

"곧 두 번째 죽음이 올 텐데 구슬이 다쳐서 걱정이에요."

"참을 수 있어."

동주가 손바닥으로 미호의 머리를 짚으며 부드럽게 일렀다.

"가서 쉬어요."

"갈게."

미호를 먼저 보내고 동주는 비어 있는 분장실에 혼자 앉아 곰곰이 생각에 잠겼다. 위험하기는 했지만 미호의 마음속에 있던 기대와 희망이 깨진 것만큼은 오히려 잘된 일이었다. 이 상황을 제대로 이용한다면 난공불락처럼 여겨졌던 과제를 손쉽게 해결할 수도 있을 것이다. 백일이 되기 전 미호를 대웅에게서 상처 없이 떼어놓는 것.

그때 분장실 문이 열리고 대웅이 안으로 들어왔다. 동주가 굳은 표정으로 서 있는 대웅을 향해 먼저 손을 내밀었다.

"안녕하세요, 차대웅 씨. 저희 만난 적 있죠. 박동주입니다."

대웅이 손을 마주 잡으며 깜짝 놀란 표정을 지어 보였다.

"전에 우리 뚱자 봐주신 선생님이 동주 선생님이었군요. 우리 미호한테 잘 해주신다고 얘기 많이 들었습니다. 그런데 우리 미호는 어디 갔나요?"

천연덕스럽게 연기를 하는 대웅을 슬쩍 흔들어놓고 싶어서 정중히 고개를 숙였다.

"전 그때 차대웅 씨라는 거 알고 있었어요. 모른 척해서 죄송합니다."

"날 알았다고요?"

어떻게 그런 짓을 할 수 있냐는 듯 말하는 능청스러운 태도에 잠시 어이가 없어졌다.

생각했던 것보다 훨씬 뻔뻔한 남자군.

"미호 씨 데려다 주면서 본 적 있어요. 저도 차대웅 씨에 대해 얘기 많이 들었습니다. 남자친구라고요."

남자친구라는 게 무슨 대단히 높은 벼슬이라도 되는 양 대웅이 당당하게 턱을 치켜세웠다.

"네, 남자친구 맞습니다. 잘 알고 계시네요."

임자 있는 여자를 넘보기라도 한 것처럼 쳐다보는 시선이 동주의 감정을 슬쩍 건드렸다.

"네, 다 들었습니다. 백일 동안 계약 연애를 하신다고요."

대웅의 표정이 눈에 띄게 굳어졌다. 감정이 그대로 얼굴에 드러나는 타입이군.

"아, 모르는 척 해드렸어야 했나. 죄송하네요."

놀리듯 사과를 하면서도 어째 뒷맛이 개운치가 못했다. 대웅이 이렇게 일일이 질투를 보일 정도로 여우에게 정을 주고 있는지는 몰랐다.

대웅은 혼자 창고방으로 돌아와 날짜 판을 불안하게 쳐다보았다.

"계약 연애. 그래, 내가 그렇게 얘기하기는 했지."

백일이 끝나면 그 남자에게로 가기로 이미 합의를 본 건가. 불안하기도 하고 미안하기도 하고 마음이 복잡해졌다. 그때 문이 열리는 기척이 소리와 함께 미호가 커다란 비닐봉지를 질질 끌면서 안으로 들어왔다.

"야, 기다리라니까 왜 혼자 갔어! 어디 갔다 와?"

여태 불안해하며 전전긍긍했던 마음이 미호를 보자마자 폭발했다.

"그냥 버스 오기에 타고 오다가 닭집 아줌마한테 들렀어. 반지는 찾았어?"

순간 마음이 툭 내려앉았다. 병수까지 동원해 한창 찾고 있는데 관리 아저씨가 촬영장을 정리해야 한다며 쫓아내는 통에 제대로 찾지도 못했다.

"못 찾았어. 내일 다시 가서 꼭 찾아줄게!"

"됐어. 안 찾아도 돼."

한 대 맞은 것처럼 머리가 띵했다.

"뭐?"

"너도 반지 안 끼고 있어도 돼. 우리 계약의 증표는 반지가 아니라 구슬이니까 앞으로 다시는 다치지 않게 구슬이나 잘 지켜줘."

미호의 입에서 나온 계약이라는 말에 가슴이 선뜩해졌다. 이렇게 냉정하고 정떨어지는 단어를 그동안 그렇게 쉽게 내뱉었던 건가 생각하니 어깨가 절로 움츠러들었다.

"구슬도 잘 지키고 네 반지도 꼭 찾아줄 거야. 내 것도 끼고 있을 거고."

미안한 마음에 필요 이상으로 열을 올리며 말을 했다.

"그래."

무안해질 정도로 시큰둥하게 대답을 하던 미호가 들고 온 짐을 풀었다.

"너 그건 뭐야?"

비닐봉지에 가득 들어 있는 인형을 보고 대웅이 놀란 표정을 지었다.

"닭 아줌마가 눈깔 하나에 백원씩 준다고 해서 하는 거야. 사람답게 살려면 나도 돈 벌어야지."

"뭐?"

갑자기 철 든 소리를 하는 미호가 낯설었다.

"앞으로 공부도 열심히 해서 똑똑해질 거고 일도 많이 해서 돈도 많이 벌 거야. 내가 인간 세상 나와서 너무 대책 없이 너

만 따라다니고 너만 좋아하고 너만 믿고 너한테 잘 보이려고
만 하면서 살았던 것 같아. 이제 너 없이 사는 방법도 준비해
야 할 것 같아."

자신에게서 벗어나려고 하는 미호가 불안하기도 하고, 되지
도 않을 일을 꿈꾸며 노력하는 것도 안쓰러워 대웅은 마음이
안 좋았다.

"미호야, 무리하지 마. 그런다고 진짜 학교에 갈 수도 없고
정식 직장을 얻을 수도 없잖아."

미호가 대웅을 쳐다보며 차분하게 일렀다.

"방법은 생각해뒀어. 걱정하지 마."

미호의 낯선 모습에 대웅은 점점 불안해졌다.

"미호야, 고기 먹을래? 너 구슬도 회복할 겸 내가 진짜 맛있
는 일등급 한우 사줄게. 진하게 우린 사골 국물도 한 잔 하자."

"됐어. 내가 먹을 거 내가 사 왔어."

백 퍼센트 확률을 자랑하는 고기 미끼조차 안 통하다니 이
말도 안 되는 사태로 대웅이 받은 감정은 충격 그 이상이었다.
오다가 슈퍼마켓에 들렀는지 미호가 상호가 찍혀 있는 비닐
봉지를 식탁 위에 올려놓고 안에 든 것들을 꺼냈다. 당연히 고
기려니 예상했던 것과는 달리 봉지에서 나온 것은 계란과 우
유였다.

"이게 뭐야, 고기가 아니잖아."

대웅이 경악한 표정으로 입을 떡 벌렸다.

"아직은 고기 사먹을 만큼 돈 못 벌었어. 닭 대신 계란 먹고 소 대신 우유 먹으면 돼."

냉장고 문을 열고 계란과 우유를 넣는 미호의 뒷모습을 멍하니 바라보고 있다가 거의 애원하듯 말을 꺼냈다.

"내가 고기 사줄게!"

미호가 등을 돌리고 대웅을 향해 섰다.

"언제까지?"

침착한 눈빛에 대웅이 오히려 당황했다. 아무 말 못 하고 서 있는 대웅을 쳐다보며 미호가 날짜 판을 손가락으로 가리켰다.

"저 날 다 지날 때까지 너한테 고기만 얻어먹다가 가라고? 이제는 싫어. 내가 알아서 할 테니까 고기 안 사줘도 돼."

더는 할 말도, 해야 할 말도 모조리 잃은 채 대웅은 침대로 가 드러누웠다. 믿기 힘들 정도로 급격하게 변화한 미호의 모습을 어찌 해석해야 좋을지, 갈팡질팡이었다.

구슬이 금가면서 나에 대한 믿음과 신뢰도 금이 간 건가.

초조한 마음에 이불 끝을 잘근잘근 씹으면서 조심스럽게 미호를 살펴보았다. 아무렇지 않은 얼굴로 인형 눈알을 붙이면서 계란 프라이를 먹고 있다.

어쩌지. 쟤 정말 변했네.

이불을 머리끝까지 뒤집어쓰고 한참을 끙끙 앓던 대웅이 갑자기 이불을 박차고 튀어나왔다. 이대로 가만 침묵하고 있을 일이 아니었다. 관계를 되돌리려면 오해를 바로잡는 것이 급선무다. 저벅저벅 걸어가 인형 속에 파묻혀 있는 미호의 앞에 우뚝 섰다.

"미호야, 할 말 있어."

미호가 고개를 들어 그를 쳐다보았다.

"내가 정말 남자가 우스워 보이고 변명하는 것 같아서 말 안 하려고 그랬는데 오해를 풀기 위해서는 확실히 해줘야 할 것 같아. 나, 누나한테 당한 거야. 절대로 내가 먼저 기를 나누고 그러지 않았어! 아니, 나는 아예 받아들이지를 않았어."

참고 참았던 울분이 폭발하듯 터져 나왔다. 그러나 아무 상관없다는 듯한 미호의 표정과 맞닥뜨린 순간 다시 가슴이 꽉 막혔다.

"알아. 구슬이 다치는 걸 아는데 네가 일부러 그러진 않았을 거라고 생각해."

미호는 담담하게 말하는데 대웅은 순간적으로 억울한 생각이 들었다.

"근데 뭐가 문제야! 고의로 바람을 피운 것도 아니고 고기도 꼬박꼬박 사준다 그러는데 왜 그래? 사람 불안하게."

미호가 침착한 시선으로 그를 바라보았다.

"너는 다른 여자를 좋아하진 않지만 나를 좋아할 수는 없고 고기를 줄 수는 있지만 마음을 줄 순 없지?"

허를 찌르는 질문에 말문이 막혔다.

"오늘 너한테 그런 모습 보이고 확실히 알았어. 나는 구미호고 너한테 그런 나를 좋아해 달라고 하는 건 틀렸다는 거. 더이상 너를 신경 쓰게 하고 거짓말하게 하면서 힘들게 만들지 않을 거야. 그러니까 약속한 백일 다 차면, 갈게."

미호에게 퍼부었던 말이 고스란히 그에게로 돌아와 이런 식으로 마음을 흠집 낼 줄은 몰랐다. 냉정하게 선을 긋는 미호가 야속하고 서운했지만 그렇다고 아니라고 붙잡을 수도 없는 상황이 답답해서 울화가 치밀었다.

"그래! 가려면 가라!"

억지라는 것을 빤히 알면서도 확 내지르자 미호가 기다렸다는 듯 고개를 끄덕였다.

"알았어."

서운한 기색 하나 없이 담담히 인정하는 모습에 열이 받아 벌컥 문을 열고 밖으로 나갔다. 어떻게 하루아침에 저렇게 돌변할 수가 있는지 도무지 이해가 안 간다.

어차피 백일짜리 연애라 이거야?

갑자기 동주 선생이 했던 말이 떠올라 다시 열이 올랐다. 찢어질 땐 찢어지더라도 따질 것은 따지고 넘어가야 한다는 생각에 방으로 도로 들어갔다.

"내가 정말 치사해서 이것도 말 안 하려고 그랬는데! 너 그래서 동주 선생한테 다 얘기했냐?"

영문을 모르는 듯 쳐다보는 미호를 향해 냅다 소리를 쳤다.

"우리는 백일 동안만 연애하는 거라고 동주 선생한테 다 말했더라. 그러면 백일 끝나고 나면 너 동주 선생한테 갈 거냐?!"

얼굴이 벌게지도록 흥분하는 대웅에게 미호가 냉정하게 잘라 말했다.

"동주 선생에 대해서는 묻지 말랬잖아."

이거야 원, 변심한 애인의 치맛자락 붙잡고 늘어지는 한심한 놈이 따로 없구나.

"알았다, 알았어! 약속 꼭 지켜라. 101일도 안 되고 딱 100일 되는 날 가!"

될 대로 되라는 심정으로 확 내지르고 다시 밖으로 나와버렸다.

미호는 쾅 닫힌 문을 처량하게 바라보며 한숨을 깊이 쉬었다.

"역시 절대로 나를 좋아해주겠다는 말은 안 하네."

대웅은 무작정 제작사 사무실로 쳐들어갔다. 달리 갈 곳도 없고 아까 잃어버린 반지가 신경쓰이기도 했다. 이 시간에 촬영장으로 들어가려면 경비 아저씨와 친한 병수를 구슬리는 게 최선의 방법이다.

"청화백자 이런 소품은 어디서 구하지……."

친구는 다 죽어가고 있는데 팔자 좋게 컴퓨터나 들여다보면서 촬영 소품 걱정에 여념이 없는 병수 녀석에게 순간 울컥했다.

"야! 청화백자 그거 우리 할아버지 거 내가 갖다줄게. 반지 좀 찾게 해줘!"

그제야 병수가 컴퓨터에서 시선을 떼고 대웅을 쳐다봤다.

"정말? 알았어. 내가 경비 아저씨한테 바로 전화해볼게."

병수의 도움으로 불이 꺼진 촬영장으로 잠입해 들어가 옅은 플래시 조명 하나에 의지한 채 바닥을 구석구석 살폈다. 바닥을 기어가다시피 하며 샅샅이 뒤지는데도 도대체 어디로 간 건지 도통 보이지를 않는다.

"대체 어디로 간 거야. 진짜 엉뚱한 데로 굴러간 건가."

그때 갑자기 심장이 쿵쾅거리며 불쾌한 느낌이 들었다.

"왜 이러지?"

대웅이 허리를 펴고 심장 부근을 어루만졌다.

혹시 구슬에 이상이 생겨서 그런가? 그럼 미호가 큰일인데.

순간 불안해져서 병수의 어깨를 툭 쳤다.

"병수야, 나 갈게."

허리를 구십 도로 숙이고 바닥을 살피던 병수가 의아한 표정으로 고개를 들었다.

"반지는?"

"내일 다시 찾아볼게."

병수의 대답을 미처 들을 새도 없이 부리나케 집으로 달려갔다. 숨을 헉헉 몰아쉬며 방문을 여는데 잠겨 있다. 무슨 일이지?

"미호야! 문 열어."

문을 쾅쾅 두드리며 재촉하는 와중에도 고통스러워하는 미호의 비명이 문틈 사이로 생생하게 전해졌다.

"미호야!"

순간 머리가 새하얘지면서, 대웅은 닫혀 있는 문을 향해 온몸으로 돌진했다. 쾅, 쾅. 대여섯 차례의 충돌 끝에 잠금장치가 부서졌다. 방 안으로 뛰어들어가자 바닥에 쓰러져 고통스럽게 신음하고 있는 미호의 모습이 눈에 들어왔다.

"미호야."

이마에 땀을 흘린 채 정신을 잃고 괴로워하는 미호를 쳐다보면서 아무것도 해줄 수 없는 자신에게 절망하며 대웅은 무작정 복덩이 동물병원으로 뛰어갔다. 지금 이 시간에 아무 조건 없이 진통제를 얻을 수 있는 유일한 장소였다.

영업이 끝난 동물병원의 문을 쾅쾅 두드리자 동주가 평상복 차림으로 문을 열었다. 그다지 놀란 눈치가 아니라 다행이었다.

"너무 늦어서 약을 구할 데가 없어서 왔어요."

어떻게 설명을 해야 좋을지 몰라 잠깐 머뭇거리다가 대강 둘러댔다.

"너무 아파하는데 진통제 같은 거라도 좀 주세요."

동주가 자세한 질문은 삼간 채 잠깐 기다리라는 말만 하고는 안으로 들어갔다.

미호야, 조금만 기다려. 조금만.

대웅은 기도하듯 두 손을 맞잡고 악몽 같은 시간을 견디었다. 정신을 잃고 쓰러져 신음하는 미호의 모습이 머릿속을 떠나지 않았다.

빨리 가야 하는데.

애꿎은 시계만 노려보며 초조하게 서 있는데, 드디어 동주가 약 봉투를 들고 나왔다.

"도움이 될진 모르겠네요. 많이 아파하나요?"

생각지 못한 질문에 순간 당황했다.

"네, 뚱자가 많이 아파하네요. 고마워요."

돌아서 달리는 대웅의 등 뒤로 동주의 목소리가 들렸다.

"계속 곁에 있어 주세요."

대웅이 걸음을 멈추고 동주를 돌아보았다.

"떨어지지 말고 곁에 있어주는 게 그 약보다 더 도움이 될 거예요."

진심으로 염려하고 있는 동주를 향해 고개를 끄덕여 보이고는 집을 향해 냅다 달렸다. 한순간의 부주의로 미호를 그렇게 고통스럽게 만들었다고 생각하니 가슴이 찢어졌다.

미호야, 미안해. 미안해.

대웅의 얼굴이 울 것처럼 일그러졌다.

언제 잠이 들었는지 눈을 떠보니 아침이다. 게다가 잠자리에 든 기억도 없는데 침대에 누워 있다. 대웅은 깜짝 놀라 몸을 일으켜 미호의 이부자리부터 살폈다. 텅 비어 있는 이부자리에 당황해 하고 있는데, 화장실 쪽에서 미호의 목소리가 들렸다.

"나 이제 괜찮아. 정말 고마워."

휴, 다행이다. 안도의 한숨을 내쉬는 순간 다시 말소리가 들렸다.

"걱정 많이 한 거야, 동주 선생?"

대웅의 얼굴에서 웃음기가 싸악 사라졌다.

"동주 선생?"

침대에서 벌떡 일어나 화장실 쪽으로 다가갔다. 미호가 벽에 기대 선 채 동주 선생과 통화를 하고 있었다.

"동주 선생이 준 약이 도움됐나 봐. 밤새 하나도 안 아팠어."

순간 머리에서 불꽃이 일었다.

그게 어떻게 동주 선생 때문이야, 나 때문이지.

생색을 내려고 한 일은 아니지만 전혀 알아주지 않으니 속이 상했다.

"다음에 아플 땐 동주 선생 집에 있는 게 좋을 거 같아. 대웅이? 대웅이는 지금 자. 나 지금 일 나가야 해. 끝나고 병원으로 갈게. 기다려."

결국 이렇게 돌아설 거면 애당초 동주 선생은 그냥 고기고 나는 최고급 한우 고기라는 말을 하지 말았어야지.

배신감에 몸서리를 치며 화장실에 가는 척 미호에게 다가
갔다.

"잘 잤어?"

태평하게 아침 인사를 건네는 모습에 일순 분노가 솟구쳤다.

"못 잤어! 나 어제 너 간호한다고 한숨도 안 잤어."

"그럼 더 자."

걱정해주는 미호의 말이 어째 대웅의 귀에는 아무것도 아닌
일로 유세 떨지 말고 부족한 잠이나 자라는 소리로 들렸다.

"야! 내가 정말 치사해서 말해도 될까 싶지만, 어제 그 약 받
으러 거기까지 뛰어갔다가 온 거 나거든! 그리고 너 아플 때
손 꼭 잡고 간호한 것도 나야! 재주는 내가 넘고 왜 생색은 동
주 선생이 다 내냐?"

순간 미호가 미안해하며 고개를 떨어뜨렸다.

"고마워. 네가 나 생각하고 걱정해준 거 알아. 정말 고마워."

이런 말을 들으려고 한 건 아닌데. 듣고 싶은 말은 이게 아
닌데.

대웅은 찜찜한 표정으로 미호의 안색을 살폈다.

"근데 넌 정말 괜찮아?"

"응. 괜찮아. 너무 기운 좋아져서 너도 한 손으로 들어 침대
에 데려다 눴어. 피곤하면 더 자. 나 갈게."

"어디 가는데?"

"어제 못한 영화 가서 해야지."

아직 몸도 성치 않을 텐데 괜찮을까.

"괜찮겠어?"

"걱정하지 마. 그 여자 어제 나한테 완전 겁먹어서 이제 꼼짝 못 할 거야."

씩씩하게 웃는 모습이 억지로 무리하는 것 같아 영 마음이 쓰였다.

"기다려. 나도 같이 가."

"아니야, 나 그냥 혼자 갈게."

도망치듯 그대로 달려나가는 미호의 등 뒤로 대웅이 소리를 질렀다.

"야!"

미호는 옥상 계단을 내려와 촬영장을 향해 미친 듯이 달렸다. 가만있으면 눈물이 터져 나올 것만 같아 달음박질을 멈출 수도 없었다.

나를 좋아할 수 없다면 기대를 주지도 말지.

기나긴 고통이 끝나고 눈을 떴을 때 제일 먼저 보인 게 대웅의 얼굴이었다. 손을 꼭 붙잡은 채 쪽잠을 자는 대웅의 모습을 보는 순간 여태껏 굳게 다져온 결심이 단숨에 흔들렸다.

나를 좋아하나?

헛된 기대에 가슴이 떨렸다. 그렇지만 인간이란 기르던 개가 아파도 밤새 간호하며 마음을 쓰는 존재다. 대웅에게 있어 그녀는 뚱자, 그 이상도 그 이하도 아니다. 절대로 기대해서는 안 된다. 사람은 구미호를 사랑할 수 없으므로.

웅아, 나는 너를 너무 좋아해서 이제 좋아하는 걸 멈추는 건 안 돼. 좋아하지 않는 척하는 것도 안 돼. 좋아하는 모습을 보여주지 않는 것밖에는 못 해. 좋아해 달라고 조르지 않는 것밖에 못 해. 조금씩 너한테서 떨어져 나가려면 아주 열심히 뛰어야 할 것 같아.

미호를 엉겁결에 보내버리고 대웅은 방 안에 홀로 남아 생각에 잠겼다. 촬영장에 따라가겠다는데도 부득부득 저 혼자 가버리는 걸 보면, 이제 정말 미호는 대웅을 떠나 살 작정을 한 모양이다.

백일 후면 진짜 여기를 떠나는 건가. 나도 개 없이 사는 날을 준비해야 하나.

날짜 판에 선명하게 그려진 엑스 표시들이 우울하게 가슴을 짓눌렀다. 침대 옆에 세워둔 캠코더 광고판이 오래된 추억처럼 느껴졌다. 새삼스레 광고판 앞에 서서 유심히 사진을 들여다보았다. 이때만 해도 절대로 안 떨어질 것처럼 굴었는데, 며칠 만에 이렇게 변해버리다니.

어떻게 하면 미호의 다친 마음을 치료해줄 수 있을까.

이 광고판을 선물 받은 날 미호한테 사진 속 장소에 같이 가보자 했던 기억이 새삼 떠올랐다. 그렇지만 저긴 외국이라 미호랑은 절대 같이 갈 수가 없다. 그때 사막 배경으로 높게 세워진 철탑이 눈에 들어왔다. 우리나라에 사막은 없지만 탑이라면 얼마든지 있다. 사막의 철탑은 아니라도 타워라면 남산에도 있다! 게다가 사막 철탑엔 아무것도 없지만 남산 타워에는 근사한 레스토랑도 있다. 꿩 대신 닭이 아니라 닭 대신 꿩이란 말이다.

"미호랑 남산 타워에 가야겠다. 전망대에서 야경 보여주고 레스토랑에서 좋아하는 스테이크랑 사이다 사주면 우리 미호 또 꼬리 튀어나오겠네."

상상만으로도 흐뭇해져서 키득키득 새어나오는 웃음을 막을 수가 없었다.

아침 일찍부터 복덩이 동물병원의 문이 열렸다. 하룻밤 사이에 초췌해진 혜인이 안으로 들어왔다. 착하게 굴면 도리어 이용하려고 드는 여자를 다루는 방법을 안다. 절대로 도망갈 구멍을 주지 말 것. 몇백 년 동안 인간을 경험한 동주에게 이런 여자 하나 요리하는 것쯤은 일도 아니다.

"왜 날 여기로 불렀어?"

"협박을 하니까 말을 참 잘 듣네요. 오라면 오고 가라면 가고 닥치라면 닥치고."

"이제 다신 그 애 옆에 가지 않을게. 영화도 그만둘 거야. 너랑 그 애에 대해서 아무 데서도 얘기 안 할 테니까 날 그냥 놔둬."

겁을 많이 먹었는지 말을 하는 입가에 부들부들 경련이 일
어났다.

"그냥 놔줄 순 없는데요. 당신이 해줘야 할 일이 있어요."

바싹 굳은 표정으로 바라보는 혜인의 얼굴에 대고 동주가
차갑게 웃어 보였다.

"그 애 마음이 차대웅에게서 멀어질 수 있도록 당신이 둘
사이에서 막고 서 있어줘야겠어요."

혜인이 놀란 표정으로 동주를 바라보았다.

"둘을 갈라놓으라는 말이야?"

"나한테 겁먹고 도망가지 말고 당신 평소 하던 대로 하면
돼요. 단 어제 같은 행동은 빼고…… 다시 한 번 그런 짓을 하
면 내 손에 죽어요."

정중하게 웃으며 말하는 동주를 두렵게 쳐다보며 혜인이 고
분고분 고개를 끄덕였다.

촬영을 마치고 미호는 동주를 찾아갔다.

"이거 어떻게 해? 난 여기 쓸 게 없는데."

병수가 내일까지 작성해 오라고 준 서류를 동주에게 내밀며
난감한 표정을 지었다. 무술인 협회 가입신청서라고 적힌 서
류를 들여다보며 동주가 간단하다는 듯 말을 했다.

"박선주는 이걸 다 채울 수 있어요."

동주의 말에 미호는 박선주의 신분증이 들어 있는 지갑을 새삼스레 펼쳐들었다. 주민등록번호, 주소, 생년월일 등 서류가 요구하는 대답들이 적혀 있다.

"내일이 박선주 생일이에요."

동주가 신분증을 가리키며 반갑게 말을 꺼냈다.

"생일? 인간이 태어난 날?"

동그랗게 눈을 뜨고 묻는 미호를 향해 동주가 빙긋 웃어 보였다.

"당신도 그걸 갖게 되는 거예요. 축하해 드릴게요."

구미호로 살아온 몇백 년 동안 단 한 번도 생각해보지 않은 게 태어난 날인데 그걸로 축하까지 받다니 갑자기 기분이 묘해졌다.

갈 데를 미리 정해놓고 미호가 오기만을 기다리고 있으려니 시간이 엄청 더디게 흘렀다. 병수한테 들은 바로는 촬영은 진작에 끝났다는데, 여태 전화도 안 받는 걸 보면 또 동주 선생한테 간 게 틀림없다. 하기야 아침에 전화 통화까지 하면서 들르겠다는 말을 하던데 안 갔을 리가 없다.

약 줘서 고맙다고 헤헤 웃으려나.

생각만으로도 분통이 터져서 들고 있던 핸드폰을 침대에 휙 던져버렸다.

전화 걸어봐야 받지도 않는 핸드폰, 괜히 사줬어.

혼자서 씩씩거리는데 문이 열리는 기척이 들렸다.

"미호야, 왔어?"

반갑게 돌아서는 순간, 할아버지가 문을 잡고 황당한 표정으로 쳐다보고 있다.

"할아버지야?"

갑자기 힘이 쭉 빠졌다.

"미호 아니라 실망했어, 웅이 오빠?"

짓궂게 농담하는 할아버지에게 헛웃음 한 번 보이지 않은 채 퉁명스레 물었다.

"할아버지가 웬일이야?"

"웬일은. 너랑 미호 데려가서 맛있는 거 사주려고 왔지."

할아버지가 문을 닫으면서, 부서진 문고리를 유심히 쳐다보았다.

"근데 문짝은 왜 고장 났냐?"

대웅이 힘없이 소파에 주저앉았다.

"그럴 일이 있었어."

할아버지가 의아한 표정으로 방 안을 둘러보았다.

"미호는 어디 가고 너 혼자 있냐. 얼른 불러. 밥 먹으러 가게."

사정도 모르고 채근부터 하는 할아버지를 답답하게 쳐다보다가 일순 좋은 생각이 떠올랐다.

"할아버지가 미호 좀 불러라. 미호한테 얼른 들어오라고 전화 좀 해봐."

대웅이 얼떨결에 핸드폰을 들고 선 할아버지의 곁에 딱 달라붙어서 통화 내용을 엿들었다.

— 할아버지세요?

"그래, 미호냐? 얼른 집에 와라. 저녁 먹으러 가자."

— 지금 친구랑 저녁 먹으러 가는 중인데요.

대웅이 팔로 엑스 자를 크게 그려 보이며 절대 용납해서는 안 된다는 표시를 해보였다. 할아버지가 눈치 빠르게 고개를 끄덕이고는 능청스럽게 우겼다.

"내가 모처럼 왔는데 같이 먹자. 맛있는 한우고깃집도 알아봤다."

대웅이 만족스럽다는 듯 오케이 사인을 보냈다.

— 돌아가려면 시간이 많이 걸릴 텐데. 다음에 드시면 안 돼요?

난처해하는 목소리에 대웅이 할아버지의 귀에 대고 조그맣게 속삭였다.

"안 된다 그래! 아프다고 해. 아프다고."

개떡같이 말해도 찰떡같이 알아들은 할아버지가 제법 그럴싸한 대사를 쳤다.

"아이고. 내가 요즘 몸이 안 좋아서 한 번 나오기가 힘들어."

대웅은 아예 할아버지 앞에 서서 포기하지 말고 계속 진행하라고 더 강하게 밀어붙이라고 수신호를 보냈다. 지휘봉만 안 들었다 뿐이지 표정으로 보나 행동으로 보나 여느 지휘자에 비교해도 뒤처지지 않는다. 조마조마 결과를 기다리고 있는데 할아버지가 전화를 끊으며 만족스러운 표정으로 대웅을 향해 손바닥을 척 내밀었다. 승리의 하이파이브를 시원스레 치고는 대웅은 할아버지의 열연을 목 놓아 칭찬했다.

"할아버지 최고!"

"너 미호랑 싸웠냐?"

살펴보는 듯한 할아버지의 눈빛에 대웅이 별거 아니라는 듯 큰소리를 쳤다.

"싸우기는. 걔가 좀 섭섭한 게 있는 것 같아서 좋은 데 데려가서 마음 풀어주려고. 걱정하지 마!"

대웅의 너스레에 할아버지가 심란한 표정으로 방 안을 둘러보았다.

"너희들 언제까지 여기서 이러고 지낼 거냐?"

딱히 대답하기가 어려워 입을 꾹 다물고 있는데 할아버지가 걱정스럽게 말을 이었다.

"앞으로 어떻게 할지 정해야지. 너희들이 아직 어리고 또 세상이 아무리 많이 변했다고 해도 기약도 없이 이러는 건 아니다."

"나는 그냥 지금이 좋아. 걔랑 쭉 이렇게 잘 지내는 것만 생각하면 좋겠는데 그게 안 돼서 좀 복잡해."

미간을 찌푸리며 하소연하는 대웅을 향해 할아버지가 버럭 호통을 쳤다.

"이놈아, 앞으로 어떻게 할지 정해야지. 싫고 복잡한 것 피하려다가 당장에 좋은 것도 잃는 법이야. 철 좀 들었나 했는데 인간 되려면 한참 멀었어."

할아버지가 못마땅한지 혀를 찼다. 평소 같았으면 예사로 넘겼을 혀차는 소리가 마음속에 무겁게 내려앉았다.

한 시간도 넘게 오지 않는 미호를 기다리다가 할아버지가 그만 포기하고 자리에서 일어났다.

"보고 가려고 했는데 배가 고파서 도저히 안 되겠다."

"알았어."

대웅이 어깨를 축 늘어뜨리고 주차장까지 할아버지를 배웅했다. 할아버지가 차 문을 열려다 말고 우울해 보이는 대웅을 유심히 바라봤다.

"미호랑 같이 있다는 친구가 남자냐?"

축 늘어져 있던 대웅이 갑자기 전투적으로 돌변했다.

"묻지도 마. 되게 이상한 사람 있어."

"남자는 맞는가 보네. 뭐 하는 놈이냐?"

"수의사."

입술을 비죽거리며 툭 내뱉은 소리에 할아버지의 표정이 근심으로 굳어졌다.

"수의사? 병원은 크냐?"

"쪼그매. 우리 뚱자 들어가니까 발 디딜 틈도 없어."

그제야 표정을 풀며 할아버지가 대웅의 어깨를 툭툭 두드렸다.

"별거 아니네. 걱정하지 마라."

"걱정 안 해. 미호 그 사람한테 전혀 마음 없어."

그제야 차 문을 열고 할아버지가 차에 올라탔다.

"들어가세요."

할아버지가 차창을 열고 고개를 쑥 내밀었다.

"너 내가 한 말 잘 새겨. 잘못하면 홀랑 날아간다."

할아버지를 태운 차가 가는 모습을 지켜보다가 액션스쿨 건물로 들어가려는데, 몇 번 본 적 있는 동주의 차가 들어오는 게 보였다. 잽싸게 출입구 뒤로 몸을 숨기고 둘 사이의 분위기를 살폈다. 기생오라비같이 생긴 동주 선생이 먼저 차에서 내려 조수석 문을 열고는 미호를 내리게 했다.

쯧쯧. 어디서 본 건 있어서. 저런 거에 넘어가면 안 되는데. 우리 미호가 워낙 순진해서 문제네.

걱정스레 바라보고 있는데, 무슨 할 말이 그리도 많은지 도통 헤어질 생각을 안 한다. 순간 핸드폰으로 손이 갔지만 꾹 눌러 참고 불타는 눈으로 둘의 모습을 지켜보았다.

저, 저! 수다 떠느라 늦었구나.

마침내 지루한 대화를 마치고 동주가 운전석에 올라타자 저도 모르게 만세 소리가 튀어나왔다.

"인제 오냐?"

원망을 담아 묻는 소리에 미호가 놀란 표정으로 대웅의 근처를 살폈다.

"할아버지는?"

나 참. 할아버지 생각한다는 애가 작별 인사를 그렇게 길게 하냐 하는 소리가 목구멍까지 튀어나왔지만 그 수준까지 떨어지고 싶지는 않아서 꾹 눌러 참았다.

"할아버지 너 계속 기다리다가 너무, 너무 배고파하시면서 갔어."

일부러 과장되게 말을 하자 미호가 난처한 듯 어쩔 줄을 몰라 했다.

"정말? 그러게 늦을 거라고 했잖아."

"대신 할아버지가 너 맛있는 거 사주라고 당부하고 갔으니까 나가자. 내가 좋은데 봐둔 데 있어."

확 지르듯 말을 하고는 반응을 짠하고 살피는데 어째 표정이 시큰둥하다.

"나 배고파. 나가지 말고 여기서 빨리 챙겨 먹자."

이쯤 되면 이건 변심이 아니라 변신이다. 쟤가 지금 내가 여태 알아온 구미호가 맞는지, 경악스러운 표정으로 미호를 바라봤다. 그러거나 말거나 미호는 전혀 아랑곳하지 않는 얼굴로 날짜 판 앞으로 다가가 빨간 펜을 집어든다.

"혹시 잊기 전에 미리 표시해놔야겠다."

오늘이 다 가려면 아직 제법 시간이 남았는데도 불구하고 저토록 과감하게 엑스 표를 긋는 미호의 뒷모습을 보고 있으려니 심장이 시큰거렸다. 게다가 미호가 그린 엑스 모양은 벌어진 각도로 보나 두께로 보나 유난히 냉정하고 쌀쌀맞아 보인다.

"너 진짜 안 나갈 거야? 내가 봐둔 데가 있다니까. 진짜 좋은 데야. 너 거기 안 가면 후회할걸."

미련을 버리지 못하고 다시 한 번 찔러 보았지만 미호는 냉랭한 커리어우먼처럼 인형이 가득 든 비닐봉지를 집어들었다.

"됐어. 인형 눈깔도 다 붙여서 내일까지 갖다 줘야 해. 그렇게 좋은 데면 너 혼자 갔다 와."

아무리 봐도 대웅이 알고 지내던 구미호가 아니다. 대웅은 소파에 앉아 미호가 하는 행동을 유심히 관찰했다. 계란말이를 만들어 접시에 담고 우유와 곁들여 먹으면서 그 와중에 인형에 눈깔도 붙이고 핸드폰으로 뉴스까지 시청하고 있다.

"미호야, 너 뉴스 봐?"

"응. 뉴스 보면서 공부해."

핸드폰에서 눈도 떼지 않은 채 냉큼 대답만 하고 마는 미호에게 다시 질문을 던졌다. 이번에는 그녀의 관심을 끌 수 있을 만한 걸로.

"미호야, 너 고기 끊은 거냐?"

"당분간 그래야 할 거 같아."

재가 정말 소고기 때문에 목숨을 위협하던 그 구미호가 맞는지, 고기 한 점을 두고 살기등등하게 노려보던 구미호가 맞기는 한 건지 슬슬 서글퍼졌다. 대웅은 그만 포기하고 일어나 침대로 처량하게 걸어갔다.

"독하다, 미호. 알 수 없는 미호, 미호."

둘리 노래에 미호를 집어넣고 흥얼거리며 미호의 눈치를 살폈다.

"내 친구 미호는 매정한 구미호, 에이에이, 미호는 독하디 독한 구미호……."

시선 한 번 안 주고 완전히 무시하는 미호를 향해 냅다 소리를 질렀다.

"미호야! 여기 좀 봐봐."

미호가 그제야 핸드폰을 끄고 대웅을 쳐다봤다.

"우리 여기 멋진 데, 같이 가보기로 했잖아. 그치?"

미호에게서 관심을 불러일으키고자 광고판 옆에 서서 아련한 표정을 지어 보이는 짓마저 서슴지 않았다.

"내가 여기랑 진짜 똑같은 데 발견했어!"

"정말?! 어딘데?"

미호의 들뜬 표정에 대웅은 거의 감격스러운 기분마저 들었다.

"남산 타워라고, 남산에 있는 탑인데 여기보다 훨씬 좋아. 거기 가면 서울 야경도 한눈에 볼 수 있고 너 좋아하는 스테이크랑 뽀글이 물도 실컷 먹을 수 있어. 내가 내일 데려가 줄게."

호기롭게 외치는 소리에 미호가 손뼉을 치며 웃었다. 저 웃음소리가 대체 얼마 만인지!

"가면 되게 재미있겠다!"

이제야 원래의 미호로 돌아온 것 같아 절로 기운이 샘솟았다.

"우리 가서 이거랑 똑같이 사진도 찍어서 여기 밑에다 걸어놓자. 그럼 진짜 멋지겠지?"

"응!"

좋아라 고개를 끄덕거리던 미호가 갑자기 정색하며 고개를 저었다.

"아니다. 나 안 갈래."

순간 맥이 탁 풀렸다.

"왜!"

"내일 약속 있어."

미호가 도망치듯 시선을 피하며 고개를 푹 숙인 채 무릎에 올려둔 인형만 바라보고 있다.

"그 약속이 그렇게 중요한 거야?"

대웅은 광고판에서 손을 거두고 미호를 똑바로 바라보았다.

"응."

주저하는 기색도 없이 단숨에 거절하는 소리에 피가 싸늘하게 식었다.

"약속 미루고 나랑 가면 안 돼? 내가 여기랑 비슷한 데 찾았잖아. 그거 생각해서 같이 가서 봐주면 안 돼?”

폭풍전야처럼 낮게 가라앉은 목소리 안에서 뜨거운 분노가 부글부글 끓었다.

“백일 차면 가야 하는데 너랑 같이 그런 데 가고 그러면 나중에 더 힘들 거야. 지금부터 떨어져 나가는 연습한댔잖아.”

고개도 안 들고 담담하게 고하는 미호의 냉정한 모습에 꾹꾹 눌렀던 감정이 목구멍까지 차올랐다.

“네가 말하는 연습이란 게 내가 주는 거 다 끊고 내가 말하면 쳐다보지도 않고 어디 가자고 해도 안 가는 거냐?”

“응.”

대웅이 잡아먹을 듯이 미호를 노려보았다.

“그런 거 할 필요 없어. 떨어지는 건 한 방에 떨어져 나가는 거야. 연습 같은 거 할 거 없어. 그놈의 백일! 다 채울 동안 너는 여기 있고 나는 우리 집 가 있으면서 서로 안 보면 뚝 떨어지는 거야.”

목구멍까지 차오른 분노가 한꺼번에 펑 터졌다. 홧김에 속에 없는 말까지 쏟아 내놓고 그대로 문을 열고 밖으로 나가버렸다.

차마 시선을 마주할 용기가 나지 않아 푹 수그리고 있던 얼굴에서 기어이 눈물방울이 뚝 떨어졌다. 인형 털에 난 눈물자국을 바라보며 미호가 고통스럽게 중얼거렸다.

"연습하는 거 너무 아프다. 꼬리 없어질 때보다 더 아프다."

눈물을 쓱 닦아내고 자리에서 일어나 광고판 앞으로 가 섰다. 대웅이가 다른 걸 원하는지도 모르고 온종일 불판 닦아 번 돈으로 멍청하게 이걸 선물이라고 사줬다. 하나도 안 기뻤을 텐데, 오히려 성가셨을 텐데도 네가 사줬으니까 지금부터 좋아할 거라고 대답해준 것만으로도 대웅이에게서 받을 건 다 받은 거다.

욕심을 버려야 해. 더 바라면 안 돼.

그런데 마음이 자꾸만 말을 안 듣는다. 지긋지긋한 미련이, 이기적인 욕심이 지치지도 않고 되살아나 시시때때로 미호를 괴롭혔다. 미호는 손을 들어 사진을 어루만졌다.

가고 싶다. 가고 싶어서 미치겠다.

그렇지만 여기에 가면 미련만, 욕심만 더 커질 뿐이란 것을 너무도 잘 안다.

참아야 해. 견뎌야 해. 대웅을 위해서라도.

촬영장 소품 위에 잠깐 누워 있는다는 게 깜빡 잠이 든 모양이다. 문이 열리는 기척에 눈을 뜨자 병수가 놀란 목소리로 물었다.

"대웅아, 너 여기서 잤어?"

대웅이 뻐근한 몸을 일으키며 눈을 비볐다.

"응."

"너 밤새 반지 찾은 거냐?"

"응."

"찾았어?"

"못 찾았어."

짜증스럽게 옷에 묻은 먼지를 툭툭 털고 있는데 핸드폰 벨소리가 울렸다. 병수가 핸드폰을 받기 전에 급하게 용건을 꺼냈다.

"야, 나 바빠서 그런데. 네가 미호 씨한테 서류 좀 받아오면 안 되냐?"

"서류?"

"응. 감독님이 가입신청서 오늘 접수하라고 하셔서. 네가 좀 갖고 와. 알았지?"

전화를 받으며 부리나케 뛰어나가는 병수를 쳐다보며 대웅이 황당하게 중얼거렸다.

"신청서?"

신청서라면 생년월일에, 학력에 적어 넣어야 할 게 한둘이 아닐 텐데.

걱정스러운 마음에 얼른 걸음을 옮겼다.

분주하게 오가는 스태프들을 피해 벽 쪽에 바싹 붙어 서 있는데, 번쩍 들린 판자 밑으로 반짝 빛나는 게 보였다. 잽싸게 다가가 허리를 구부려 바닥을 살펴보았다. 반지다!

"찾았다!"

밤새도록 찾았던 반지를 이렇게 우연히 만나다니.

반지를 손에 쥐고 감개무량해하고 있는데 혜인이 다가와 말을 걸었다.

"얘기 좀 할래?"

대웅이 반지를 꽉 움켜쥐고 혜인을 쳐다보았다.

"나 누나랑 할 말 없어."

야멸치게 돌아선 등 뒤로 혜인이 다급하게 묻는 소리가 들렸다.

"걔 석 달 안에 떠난다며?"

대웅이 굳은 표정으로 걸음을 멈추고 혜인에게 돌아섰다.

"자긴 곧 떨어져 나간다고 그때까지만 참으라던데. 정말이니?"

그 얘기를 혜인에게까지 했다는 게 충격이었다.

"동네방네 소문 다 내고 다니네."

불쾌하게 중얼거리는 대웅을 보며 혜인이 반가운 표정을 지었다.

"그럼 그때 되면 너 걔한테서 완전히 풀려나는 거 맞지?"

"응. 풀어준대."

"다행이다."

순간 억지로 눌러온 진심이 툭 튀어나와 정체를 드러냈다.

"아니, 나는 풀려나는 거 싫어. 계속 나 좀 꽁꽁 묶어달라고 부탁하러 갈 거야."

대웅의 돌발선언에 혜인이 기겁하며 쳐다보았다.

"너 개한테 홀린 거야!"

"그래, 난 홀려서 정신 나갔어. 그러니까 제정신인 누나는 이해하려고 들지도 말고 상관하려고 하지도 마."

기막힌 얼굴로 병 쩌 있는 혜인을 남겨두고 빠르게 걸었다. 제대로 미치러 간다.

대웅은 집으로 돌아와 미호에게 전화를 걸었다. 미호의 가방 안에서 벨소리가 허망하게 울렸다.

"촬영 없다고 일찌감치 놀러 나갔나 보네."

핸드폰도 두고 나간 걸 보면 누구한테 갔는지 빤하다. 가방 안에서 미호의 핸드폰을 꺼내 들었다. 대롱대롱 매달려 있는 구슬이 어쩐지 처량하게 느껴진다. 어떻게 할까 잠깐 고민 하다가 통화 기록을 쭉 훑었다. 역시나 동주에게서 아침 일찍 문자가 와 있다.

— 유선빌딩 15층 라퓨타로 오세요.

"어제 못 푼 회포를 라퓨타에서 푸시나."

툴툴거리며 핸드폰을 도로 가방에 넣는데 서류봉투 같은 게 보였다. 병수가 말한 신청서인가 싶어서 얼른 꺼내 보았다. 봉투를 열어 안을 들여다보는 대웅의 표정이 의아함으로 굳어졌다. 신청서가 아니라 여권이며 통장, 졸업장 같은 게 들어 있다.

이게 다 누구 거지?

여권을 꺼내 안을 확인했다. 이름은 박선주인데 사진은 미호 얼굴이다.

이제 도대체 어떻게 된 일이지?

박선주라는 이름으로 돼 있는 서류들을 하나 하나 살펴보다가 문득 반 감독의 수상 축하 파티가 있던 날 미호가 한 말이 떠올랐다.

— 박선주한테 빌려 입은 거야.

도대체 어찌 된 거지? 박선주가 박동주네 식구였던 거 아닌가? 미호가 왜 박선주가 됐지?

"설마 얘 공문서 위조한 거 아냐?"

어차피 학교에 입학할 수도 없는데 무리하지 말라고 하니까 방법을 생각해뒀다고 하더니, 그 방법이란 게 이거였어?

대웅은 당장에 서류봉투를 챙겨들고 유선 빌딩을 향해 나섰다. 미호를 만나 직접 물어봐야겠다.

미호는 레스토랑에서 동주와 마주앉아 생애 처음으로 생일 케이크의 촛불을 껐다.

"태어난 걸 축하해요, 박선주 씨."

동주의 축하 인사에 미호가 어색하게 웃어 보였다.

"동주 선생, 나는 박선주로 태어난 생일만 고맙게 받을게. 나머지는 인간이 돼서 살아가면서 내가 채울 거야."

차분하게 말하는 미호를 바라보며 동주가 난처하게 웃었다.

"나는 시간과 돈에 대한 제한이 없는 존재예요. 나한테는 차고 넘치는, 아무것도 아닌 것들을 당신에게 주는 거니까 부담 갖지 마요."

"그래서가 아니고 내가 그렇게 하고 싶어서 그래. 인간이 돼서 아무것도 안 하고 받기만 할 거면 그냥 삼신각에 있었지 왜 나왔겠어."

씩씩한 미호를 바라보는 동주의 눈빛에 염려가 묻어났다.

"차대웅 곁도 떠날 결심을 했는데, 당신 혼자 살아가겠다면 힘들지 않겠어요?"

"힘들어도 조금씩 채워가면서 사람다워지면 시간이 좀 걸리더라도 대웅이한테 다시 돌아올 수 있지 않을까?"

마지막까지 미련을 버리지 못하는 미호를 향해 냉정하게 잘라 말했다.

"그때 이 세상에 차대웅은 없어요."

미호가 멍한 표정으로 동주를 바라보았다.

"왜? 대웅이가 왜 이 세상에 없어?"

진실을 알려주면 어떻게 될까. 동주는 머뭇거리며 미호의 얼굴을 바라보았다. 지금 진실을 알리는 것은 너무도 위험하다.

"그때는 당신이 갈 수 없는 다른 세상에서 다른 사람들과 있을 거란 얘기예요."

그제야 굳은 표정을 풀며 심란한 한숨을 내쉰다.

"하긴. 떨어져 나가는 건 한 방이라고 했어."

우울한 표정을 짓는 미호의 마음을 풀어주고 싶어서 슬쩍 제안을 했다.

"생일인데 어디 가 보고 싶은 데 있어요? 식사도 끝났으니 지금 데려다 드릴게요."

그러자 미호가 동주를 쳐다보며 눈을 반짝였다.

"꼭 가보고 싶은 데가 있어."

"그럼 가요."

"아니, 나 혼자 갈 거야. 동주 선생은 그냥 있어."

말도 못 붙일 정도로 단호하게 거절하더니 서둘러 자리에서 일어섰다. 총총히 걸어나가는 미호의 뒷모습을 담담하게 바라보다가 계산서를 집어들고 카운터로 갔다. 계산을 하고 엘리베이터로 가는데 이쪽으로 걸어오는 차대웅이 모습이 보였다.

"미호는?"

무례할 정도로 급하게 묻는 말에 동주의 표정이 씁쓸했다.

"가 보고 싶은 곳이 있다고 먼저 갔어요."

"박선주가 누구야?"

순간 말문이 막혀 가만 서 있었다. 대웅이 들고 있던 서류봉투를 불쑥 내밀었다.

"이게 다 뭐야?"

미호에게 건넨 서류봉투를 이제야 발견한 모양이다. 이거 난처하게 됐다.

"박선주는, 구미호가 인간처럼 살 수 있도록 내가 선물한 이름이에요."

대웅이 놀란 표정으로 동주를 바라보았다.

"구미호란 걸 너도 알고 있었어?"

고개를 끄덕이며 가볍게 인정했다.

"당연하죠. 나도 절반은 그녀처럼 인간이 아니거든요."

"도대체 어쩔 생각이야?"

"당신 곁을 떠나서 혼자 살아갈 수 있게 차근차근 준비하고 있어요. 그러니까 당신은 그녀가 간다고 할 때 보내주기만 하면 돼요."

차가운 눈빛으로 차분하게 이르는 동주를 향해 대웅이 허망하게 중얼거렸다.

"연습하고, 준비하고 있으니, 난 보내주기만 하면 된다……."

"맞아요. 당신은 인간이니까 당연히 그렇게 해야죠. 그렇게 할 거죠?"

대답을 강요하듯 얼굴을 바싹 들이미는 동주를 노려보며 대웅이 입술을 꾹 다물었다.

"그런데 당신이 너무 일찍 알아버려서 연습하고 준비할 시간 없이 떠나야겠네요."

분노로 굳어 있던 대웅이 황망하게 물었다.

"떠난다고?"

대웅은 서류봉투를 옆구리에 낀 채 하릴없이 걸었다. 미호
가 박선주라고 이름을 바꾸고 박동주랑 천년만년 살 계획을
세운 모양이다. 이제 어찌하면 좋을지도 모르겠고 집으로 다
시는 안 돌아오면 어쩌나 어젯밤에 본 게 마지막이면 어쩌나
그저 심란하기만 하였다.

"이럴 줄 알았으면 어제 화내지 말고 어떻게든 설득해서 남
산 타워나 같이 갔다 오는 건데."

뒤늦은 후회로 가슴을 치며 홀로 남산 타워로 향했다.

남산 타워 앞에 서서 고개를 아프도록 뒤로 젖혔다. 언제 바
뀌었는지 이제 남산 타워가 아니라 서울N타워다. 모두 다 이
렇게 변해가는구나 생각하니 가슴 한쪽이 욱신거렸다.

— 나는 너랑 친구 되는 거 너무 좋아.

— 나는 너를 좋아하니까.

— 대웅아, 나는 네가 너무 너무 너무 좋아.

— 대웅아, 나를 좋아해 주면 안 돼?

아직 대답도 못 했는데 이렇게 떠나면 어쩌지?

순간 한 줄기 바람이 대웅의 주변을 훑고 지나갔다. 미호와
가슴을 맞대고 있을 때 둘만이 세상 전부인 양 휘감아 돌던 그
바람이 생각나 눈을 질끈 감았다. 얼간이처럼 눈물이 쏟아질
것만 같다.

"미호야, 좋아해. 널 좋아해. 이미 좋아해."

인정하기 두려워 꼭꼭 숨겨 두었던 진심을 바람결에 실려

보냈다. 미호의 귀에 닿는다면 한 번쯤은 돌아봐 주지 않을까 헛된 바람을 꿈꾸며.

후유, 심호흡 한 번에 울컥한 감정을 실어 보내고 등을 돌리는 순간 기적처럼 대웅 앞에 미호가 서 있었다.

"역시 여기는 너무 멋진 곳이다. 오길 정말 잘했어."

미호가 눈물이 글썽한 채 대웅을 바라보았다.

"미호야, 가지 마. 나한테서 떨어져 나가지 마. 딱 붙어 있어 줘. 네가 뭐든 다 상관없어. 너를 좋아해."

꾹꾹 눌러 참느라 멍울 져 있던 말들을 한꺼번에 쏟아냈다. 꽉 막혀 있던 가슴이 뻥 뚫린 것처럼 시원해졌다.

"대웅아, 내가 너랑 달라도 괜찮아?"

미호가 조심스럽게 물었다.

"안 괜찮아. 말도 안 되고 어이도 없고 미쳤다고 생각할 만큼 안 괜찮은데 괜찮아서 좋아하는 게 아냐. 좋아하니까 다 괜찮은 거야."

그제야 미호가 환하게 웃으며 미처 못다한 고백을 풀어놓았다.

"대웅아. 나는 인간이 될 거야. 네가 백일동안 품어준 구슬로 나 인간이 될 수 있어."

"너 인간이 되려고 나 이용한 거야? 내가 필요해서 날 좋아했던 거였어?"

멍하게 묻는 대웅의 얼굴에 대고 미호가 조심스레 고개를 끄덕였다.

"아무 사람이나 상관 없었는데 너를 좋아해서 너가 필요한 거야."

숨을 죽이며 답을 기다리는 미호 앞으로 대웅이 바싹 다가갔다.

"필요하면 이용해. 다 갖다 써. 대신 나 책임져."

눈물을 참느라 입술을 꾹 다문 채 고개만 끄덕거리는 미호를 꽉 끌어안았다.

어디에도 안 보내. 이렇게 찰싹 달라붙어서 책임져달라고 조를 거야.

"대웅아, 나 그럼 백일 지나고도 계속 네 여자친구해도 돼?"

대답 대신 미호의 턱을 들어올려 입술을 포개었다.

네가 너무 좋아

쿵쿵 뛰는 미호의 심장 소리가 대웅의 가슴으로 고스란히
전해졌다. 참을 수 없는 충동을 이기지 못하고 미호를 안은 팔
에 힘을 꽉 주는 순간 심장이 쪼개질 듯 격통이 느껴졌다.

"아!"

손바닥으로 가슴을 꾹 누르는 순간 무릎이 픽 꺾였다.

"웅아, 왜 그래?"

미호가 기겁하며 바닥에 주저앉아 대웅의 얼굴을 들여다보
았다.

"몰라. 아, 너무 아파."

대웅이 얼굴을 일그러뜨리며 고통스러워했다.

"왜 이러지?"

미호가 사색이 된 얼굴로 대웅의 가슴에 손바닥을 대었다.

"웅아, 구슬이 화났나 봐."

"뭐?"

"다른 여자 기 때문에 다친 게 아직 안 나았나 봐. 네가 본격적으로 짝짓기를 생각하니까 구슬이 화내네."

속상한 얼굴로 쳐다보는 미호의 시선을 피하며 대웅이 공연히 허둥거렸다.

"내가 본격적으로 뭘 한다고? 야! 나 그런 생각 안 했어!"

미호가 다 안다는 듯 대웅의 얼굴을 빤히 들여다보았다.

"거짓말 안 해도 돼. 구슬 땜에 다 표나."

"안 했어!"

기를 쓰고 부정하는 소리는 들은 척도 하지 않고 미호가 씩씩거리며 분통을 터뜨렸다.

"아, 아깝다! 구슬이 다 나을 때까진 우린 짝짓기를 할 수가 없어."

분한 표정으로 주먹을 쥐더니 바닥을 쾅 내리친다. 그 모습을 씁쓸하게 바라보며 대웅이 손바닥을 들어 제 가슴을 어루만졌다.

"구슬 왜 그런대, 진짜."

"딴 여자한테 버린 몸은 싫다, 이거지."

"버린 몸?"

대웅이 울컥한 얼굴로 미호를 쳐다보았다.

"그러기에 왜 그 여자랑 그런 짓은 해가지고."

미호가 속상한 눈으로 흘겨보자 대웅이 억울함을 호소하며 방방 뛰었다.

"일방적으로 당한 거라니까!"

그러거나 말거나 여전히 수상쩍은 표정으로 대웅을 몰아세 웠다.

"아직까지 안 나은 거 보니까 너 제대로 했구나?"

"제대로? 야, 나 금방 떼었어."

미호가 엉큼한 눈빛을 쏘아대며 대웅의 볼을 감싸듯이 쥐고 끌어당겼다.

"대웅아, 아파도 좀만 참아봐."

"아파!"

갑자기 느껴지는 격통에 가슴을 부여잡으며 얼굴을 밀어냈 다. 그러자 이번에는 미호가 끈적끈적하게 몸을 비비며 살벌 하게 속삭인다.

"웅아, 너만 참으면 돼."

"아, 아파! 웬만하면 참아보겠는데 도저히 안 되겠다."

몇 번을 그렇게 밀고당기기를 해보다가 그만 포기한 채 미 호가 통한의 한숨을 내쉬었다.

"아, 아까워!"

허탈하기로 따지고 들자면 대웅도 결코 뒤지지 않았다.

"구슬이가 빨리 화가 풀려야 할 텐데."

대웅이 통통 부어 있는 미호를 지그시 바라보며 조심스레 손목을 잡았다.

"왜? 한 번 참아보게?"

대답도 하기 전에 입술부터 부딪칠 기세로 다가오는 미호의 얼굴을 손바닥으로 쑥 밀어내며 주머니에서 반지를 꺼냈다.

"어, 반지 찾았구나!"

"응, 이번엔 진짜야."

　대웅이 사뭇 진지하게 미호의 손가락에 반지를 끼워주었다. 문득 언젠가 텔레비전에서 보았던 사랑의 자물쇠가 생각났다. 무수히 많은 커플들이 이곳 남산타워 전망 데크를 찾아와 영원한 사랑을 맹세하며 채웠을 자물쇠. 그중에 몇 커플이나 그 소원을 이루었을까. 대웅은 난생처음으로 영원을 빌었다.

　화장실에서 샤워를 하고 나오는데, 미호가 식탁 앞에 앉아서 뭔가를 열심히 쓰고 있다.

"뭐하냐?"

"어, 너 씻는 소리에 마음이 싱숭생숭해서 앞으로 어떻게 살지 계획을 세우고 있었어."

　대웅이 식탁 위로 손바닥을 짚고 서서 미호가 쓰고 있는 종이를 들여다보았다.

"인생계획?"

　거창한 제목에 코웃음부터 치는 대웅을 올려다보며 미호가 진지하게 말했다.

"어, 인간 돼서 하고 싶은 일을 순서대로 쓰고 있었어. 1번 대웅이랑 짝짓기하기, 2번 대웅이랑 결혼식하기, 3번 대웅이랑 아기 낳기."

4번은 아직 생각을 못 했는지 번호만 적혀 있고 내용은 비어 있다.

"너 아직 인간도 안 됐는데 참 장기적인 계획을 세우는구나. 결혼, 아이? 난 이런 거 생각도 안 해봤는데."

어색하고 난감하여 계획표만 쳐다보는 대웅을 향해 미호가 자신만만하게 구체적인 청사진을 그려 보였다.

"넌 그냥 나만 따라오면 돼. 1번은 구슬이 다 나은 날, 2번은 백일 다 차는 날, 3번은 1번의 결과로 1년 안에 얻는 거야. 그리고 힘닿는 데까지 1년에 한 명씩 낳다 보면……."

잠깐 생각에 잠기는가 싶더니, 냉큼 결론을 지었다.

"4번 대웅이랑 오래 오래 행복하기 살기. 아, 멋있다!"

혼자서 결론 내고 감상까지 덧붙이는 일방통행에 헉 소리가 절로 튀어나왔다.

"생각도 안 해본 걸 1년 안에 질주하자고?"

이제 겨우 커플링 끼워줬을 뿐인데 1년에 한 명씩 애를 낳자니 이건 뭐 남자친구가 아니라 종마라도 된 기분이다.

"노노, 스톱! 스톱!"

대웅이 기겁하며 소리를 내지르자 미호가 도대체 뭐가 문제냐는 듯 빤히 쳐다보았다.

"이건 아니다. 내 나이 이제 스물 하난데, 두세 달 있다 결혼해서 스물둘에 애 아빠 되라고?"

미호가 초탈한 표정으로 정곡을 찔렀다.

"웅아, 나는 오백 살도 넘었어."

찔끔하기야 했지만 그렇다고 해서 '네, 그러세요' 하고 순순히 수긍하고 넘어가 줄 수는 없는 노릇이라 무조건 우기고 봤다.

"미호야, 우리는 오늘 시작했어. 그런데 이렇게 겁나는 속도로 질주하는 인생계획엔 동참할 수 없어."

협상의 여지는 없다는 의지를 단호하게 표명하며 침대를 향해 척척 걸어갔다.

구슬이가 큰일 했네. 미호의 인생계획 폭풍질주에 브레이크를 걸어준 거야.

다음 날 미호는 동물병원으로 동주를 찾아가 반지 낀 손가락을 자랑스럽게 들어 보였다.

"대웅이가 내가 뭐든 상관없이 무조건 나를 좋아한대. 난 이제 다 괜찮아."

동주가 희희낙락 웃고 있는 미호를 걱정스레 바라보았다.

"더 이상 내 얘기는 듣지도 않겠네요. 앞으로의 일은 인간이 된 뒤에 당신이 감당해요."

체념 섞인 표정에 미호가 자신만만하게 말을 꺼냈다.

"동주 선생 걱정하지 마. 대웅이랑 있어도 다 잘 될 거야. 두고 봐."

"그건 안 될 것 같네요."

뭔가 말하지 못한 뭔가가 있는 것 같은 우수에 찬 눈빛으로 동주가 미호를 향해 담담하게 말했다.

"이제 슬슬 여기에서의 인생을 정리하려고 해요. 더 이상 당신을 보고 있을 수 없을 거예요."

미호의 눈이 휘둥그레졌다.

"정리하고 떠난다고?"

"한 곳에 길게 머물지 않는다고 했는데 여기선 좀 길었어요. 아무하고도 엮이지 않고 살아왔는데 당신을 만난 뒤로 그 규칙도 깨졌고요."

"나 때문에?"

"그래요. 당신 때문에 아주 오랜 시간 지켜왔던 규칙을 어기게 됐어요."

"미안해, 동주 선생."

진심 어린 표정으로 사과하는 미호를 한참 바라보다가 천천히 입술을 떼었다.

"나도 미안해요."

미호가 당치도 않다는 듯 동주를 바라보았다.

"동주 선생이 나한테 뭐가 미안해?"

말없이 바라만보던 동주가 씁쓸하게 미소를 지었다.

"끝까지 봐주지 못해서요."

"어디로 갈 건데?"

구체적으로 정해둔 곳은 없는지 동주가 눈썹을 치켜올리며 생각에 잠겼다.

"글쎄요. 도시가 지겨워졌으니까 아주 작은 섬 같은 데로 가 버릴까 생각 중이에요."

미호가 애석한 듯 이맛살을 찌푸렸다.

"섬? 바다 한가운데 있는 거? 그럼 난 못 가겠네."

동주가 의아한 목소리로 물었다.

"왜요?"

"나는 물이 너무 무섭거든. 섬이면 바닷물 천지일 텐데. 너무 무섭겠다."

손바닥으로 팔을 감싸며 치를 떠는 모습에 동주가 어리둥절한 표정을 지었다.

"물을 무서워한다고요? 이상하네요. 여우는 동물이라 불을 무서워하지, 물을 무서워하진 않잖아요."

"음, 아마 내가 불로 만들어져서 그런가 봐."

대수롭지 않은 얘기에 동주가 묘한 표정을 지으며 물고 늘어졌다.

"불로 만들어졌다고요?"

"응. 삼신할머니가 처음에 날 불로 만들었대. 그래서 내 꼬리가 불꽃처럼 파란 거야."

도통 이해가 가지 않는다는 표정으로 쳐다보는 동주를 향해 미호가 선심을 쓰듯 말을 꺼냈다.

"아, 동주 선생은 한 번도 내 꼬리를 본 적이 없구나. 달 뜰 때 한 번 만나자. 헤어지기 전에 내가 꼬리 한 번 보여줄게."

"그러죠."

대답을 하는 동주의 표정이 어딘가 모르게 석연치가 않았다.

"나 갈게."

동주가 먼저 일어나 동물병원의 문을 열어주었다.

"잘 가요."

동주는 병원 입구에 기대서서 걸어가는 뒷모습을 하염없이 바라보았다.

"여우의 꼬리가 파란 불꽃이라…… 어떻게 그럴 수가 있지?"

정답 없는 문제를 생각하는 것은 그만두기로 하고 그만 병원으로 들어가려는 순간 미호의 뒤를 바싹 붙어 쫓아가는 어린 남자아이가 동주의 시선을 붙잡았다. 지나가는 여학생들의 주위로 바람을 일으켜서 들쳐진 치마 춤이나 엿보며 깔깔대는 그 녀석은 인간이 아니라 분명 인간의 형상을 한 도깨비다. 깊은 숲 속에서나 숨어 살아야 할 녀석이 왜 사람이 많은 곳을 버젓이 활보하며 말썽을 피우고 다니는 것인지, 게다가 미호 곁을 따라다니는 것도 영 신경에 거슬렸다.

대웅은 분장실 거울 앞에 걸터앉아서 촬영 스케줄 표를 훑고 있었다. 그 옆에서 의상을 점검하고 있던 병수가 걱정스러운 표정으로 말을 꺼냈다.

"너 미호 씨랑 화해하자마자 나쁜 소식이 있다."

대웅이 고개를 들어 병수를 쳐다보았다.

"뭐가?"

"너 아무래도 중국 가서 죽게 될 것 같다."

밑도 끝도 없는 소리에 대웅이 미간을 찌푸리며 물었다.

"뭐?"

"영화에서 너랑 신월 전생 씬들, 그거 다 중국 가서 찍을지도 몰라."

"그거 현지 사정으로 감독님이 다 엎었다며?"

벌써 진작에 다 끝난 얘기를 새삼스레 꺼내는 병수를 의아하게 쳐다보았다.

"그랬는데 다시 얘기가 나오나 봐. 우리 감독님이 추진하면 폭풍질주잖아. 결정되면 무조건 가는 거다."

대웅이 심란한 표정으로 들고 있던 스케줄 표를 화장대 위에 내려놓았다. 외국 로케라니, 하루 이틀에 걸쳐 끝날 일도 아니고 만약 정말로 추진된다면 보통 일은 아니었다.

"뭐, 생각에 그칠 가능성도 있으니까 벌써 님과 이별할 걱정은 마시오, 차춘향."

병수가 웃음을 꾹 참으며 대웅의 어깨를 툭툭 치고 분장실 밖으로 나갔다.

"아니겠지."

자리를 떨치고 일어나 자판기에서 사이다를 뽑아들고 미호를 찾아갔다.

"동주 선생은 잘 만나고 왔어?"

떨떠름한 표정을 짓는 대웅을 향해 미호가 담담한 얼굴로 말했다.

"응, 동주 선생은 다른 데로 멀리 떠날 거래."

대웅의 얼굴에 대번 화색이 돌았다.

"그래? 잘 생각했네."

"섬으로 갈 거래."

"섬? 장소도 잘 정했네. 너는 물 무서워하니까 아예 만나러 갈 생각도 하지 마."

"그럴 것 같다고 얘기했어."

순순히 수긍하는 미호도 예쁘고 대웅은 날아갈 듯 마음이 가벼워졌다.

"잘했어! 오늘 끝나고 할아버지가 밥 먹으러 오래."

"할아버지한테 정식으로 인사드려야겠다. 할아버지가 지난번처럼 나 싫다고 하면 어쩌지?"

미간을 찌푸리며, 걱정을 하는 미호가 기특하기도 하고 안쓰러워서 대웅이 어떤 말이든 격려를 해주어야겠다고 생각했다.

"너랑 우리 할아버지는 잘 맞을 거야. 나를 두고 세우는 인생계획도 비슷하고."

"비슷해?"

미호의 눈빛이 기대감으로 반짝였다.

"우리 할아버지 나 어렸을 때부터 빨리 장가가서 손자 한 상자 낳아 달라고 노래를 불렀었어!"

"그래?"

미호의 혹한 표정에 헉 소리가 절로 났다.

"너 우리 할아버지한테는 폭풍질주 인생계획 말하지 마. 얼씨구 좋다 밀어붙이자 하면 골 아파."

미호가 결연하게 잘라 말했다.

"난 할아버님 말씀에 따르겠어."

아뿔싸. 내 무덤을 내가 팠구나.

"너 우리 할아버지한테 붙어서 어떻게 해볼 생각이면 당장 그만둬."

후회는 아무리 일찍 해도 늦은 법. 미호는 들은 척도 하지 않은 채 들뜬 표정으로 할아버지의 환심 사기에 돌입했다.

"할아버지 뭐 좋아하셔?"

미호의 뒤를 쫓아 촬영장까지 따라온 도깨비가 소품실에서 주워든 도깨비 탈을 손에 들고 흥미진진한 표정을 짓고 서 있었다.

"저 여우가 저 남자 몸속에 구슬을 숨겼구나."

씩 미소를 지으며 도깨비 탈을 훌떡 뒤집어썼다.

"할아버지 뭐 좋아하냐고!"

"골동품처럼 옛날 거 좋아해."

티격태격 대는 두 사람 사이를 지나가는 척하며 슬쩍 남자 쪽으로 몸을 부딪쳤다. 순간 남자에게서 묘한 냄새가 느껴졌다. 벽 뒤로 몸을 숨기고 도깨비 탈을 벗었다.

"어라, 저 여우구슬에서는 도깨비 불 냄새가 나네. 맛있겠다. 뺏어 먹어야지."

살벌하게 웃으며 여우구슬을 몸에 품은 자의 동태를 살폈다.

여우에게서 떨어져서 남자가 다른 사람과 나란히 걷는 틈을 타서 잽싸게 뒤를 쫓아가려는 순간 누군가 어깨를 탁 잡았다. 깜짝 놀라 뒤를 돌아보는데 정체를 알 수 없는 남자가 도깨비를 매섭게 노려보았다.

"지금 저 녀석을 노리고 쫓는 건가? 뭐 하려는 거지?"

잽싸게 불쌍한 표정을 지으며 어린 아이인 척 엄살을 피웠다.

"왜 이러세요, 아저씨. 놔 주세요."

남자가 냉랭한 눈빛으로 쏘아보며 매섭게 일갈하였다.

"속임수 써도 소용없어. 네가 뭔지는 알고 있어."

내심 혀를 차며 구기고 있던 안면 근육을 느슨하게 풀었다.

"알았어? 내가 진짜 도깨비인 거?"

그때 남자가 품에 찬 칼이 눈에 띄었다. 순간 등골이 송연해졌다. 저 칼날 한 방이면 이 세상에서 흔적도 없이 사라지고 말 것이다.

"살려줘. 난 살던 나무가 잘리는 바람에 어쩔 수 없이 인간

세상으로 나온 거야."

손이 발이 되도록 비는데도 남자는 눈썹 하나 까딱하지 않은 채 냉정하게 몰아붙였다.

"어째서 구미호를 쫓아다니는 거지?"

"난 그냥, 같은 처지에 친구하자고 하려고."

가련한 표정을 지으며 남자를 향해 외로움을 어필해 보였으나 관심도 두지 않는 눈치다.

"아까는 그 남자 몸속의 여우구슬을 노리는 것 같던데?"

날카로운 질문에 아무 말도 못 하고 잠자코 있으려니 남자가 싸늘한 표정으로 품에 차고 있는 칼을 풀었다.

"도깨비가 먹성이 좋은 건 아는데, 여우구슬을 뺏어 먹으려고 탐내는 건 봐줄 수 없어."

당장에라도 찌를 것처럼 사납게 노려보는 남자를 향해 팔을 휘휘 내저으며 마지막 몸부림을 쳤다.

"친구 하고 싶었다니까! 여우가 남자 애한테 준 구슬에서 도깨비불 냄새가 났단 말이야."

거침없던 남자가 돌연 행동을 멈추고 도깨비를 뚫어져라 바라보았다.

"뭐? 도깨비불 냄새?"

"정말이야. 내가 냄새는 귀신보다 잘 맡아. 분명히 그 구미호 내단인 여우구슬에서 도깨비 불 냄새가 났어."

그러자 찔러도 피 한 방울 안 나올 것 같던 남자가 혼란스러운 표정을 지었다.

"어째서……."

"그 여우요괴 내단이 도깨비불로 만들어졌나 보지."

"도깨비불이라고……."

남자가 생각에 골몰하느라 칼을 든 팔을 힘없이 내리고 있을 때 그 틈을 타 죽어라 줄행랑을 쳤다. 동주는 넋이 빠진 표정으로 벽에 기대섰다.

— 삼신할머니가 처음에 날 만들 때 불로 만들었대.

미호가 했던 말이 그제야 그의 가슴을 내리쳤다.

맙소사. 길달과 같은 얼굴이 우연이 아니었던 건가. 설마…… 설마…….

그날 저녁 미호는 대웅의 집에서 통소를 불었다. 출중한 연주 실력에 할아버지는 물론이고 고모와 대웅까지도 감탄하는 표정이 역력했다. 통소를 가져가겠다는 미호의 말을 들었을 때만 해도 대웅은 이렇게까지 잘할 줄은 꿈에도 몰랐다. 통소 연주가 끝나고 이번에는 전통 춤사위를 선보였다. 반주도 없이 팔을 접었다가 펴는 유려한 동작에 할아버지가 감탄사를 연발하며 어쩔 줄을 몰라 했다.

"아이고, 고와라. 잘한다. 잘해."

대웅은 할아버지에게 점수 좀 따보겠다고 통소를 불고 춤까지 추는 미호가 귀엽기도 하고 대견해서 그저 즐거웠다.

"마음에 드십니까, 할아버님."

춤사위를 마친 미호가 제법 단아한 자태로 할아버지를 바라보았다.

"그래, 그래."

마냥 흐뭇한 표정으로 바라보는 할아버지를 향해 미호가 고운 미소를 드리운 채 조심스레 말을 꺼내었다.

"제가 난도 좀 치는데 한 번 보여 드릴까요?"

계속 되는 깜짝 쇼에 대웅이 입을 떡 벌렸다.

"그런 것도 할 줄 알아?"

"예전에 배웠어."

차분하게 미소를 짓는 미호를 바라보던 할아버지의 입술이 귀에 걸렸다.

"요즘 애들은 그런 거 모르는데 언제 그런 걸 다 배웠니. 참 기특하고 예쁘구나."

채소와 밥은 입에도 대지 않는 미호 때문에 기를 쓰고 2인분을 먹었더니 숨쉬기가 이만저만 힘들지가 않다. 요리를 도맡아 하는 고모가 고기만 먹고 다른 반찬은 거들떠도 보지 않는 미호를 신경 쓰는 바람에 몰래 먹어주느라 아주 생쇼를 했다.

"네 밥까지 두 공기를 먹었더니 배가 터질 것 같아."

침대에 널브러진 채 하소연을 하는 대웅에게 미호가 뿌듯한 표정을 지으며 말했다.

"나 통소도 불고 난도 치고 밥도 잘 먹어서 할아버지가 되게 좋아해."

어이가 없어 대웅이 픽 웃고 말았다.

"네가 통소 불고 난치는 걸 오백 년 전에 배웠다는 사실을 우리 할아버지가 알면 기절하시겠지."

"오백 년 전에 신랑 기다리면서 심심해서 익혀둔 건데 지금 진짜 신랑될 사람 집에서 써먹게 되네."

감개무량한지 눈까지 감고 감격해하는 미호를 바라보노라니 새삼스레 묘한 감동이 일었다.

"그동안 별생각 없었는데 넌 정말 오래 살았구나."

미호가 무릎에 펼쳐둔 앨범 속에서 대웅의 아기 사진을 발견하고 유심히 들여다보았다.

"너 진짜 쪼그맣다."

"거의 이십 년 전이니까 그렇지."

놀랄 게 뭐 있냐는 듯 툭 내뱉자 미호가 도리어 감탄스러운 표정을 지었다.

"겨우 이십 년 전인데 이렇게 다르구나."

"겨우? 하긴 너는 오백 년 전부터 살아왔으니까 20년쯤이야 겨우 라는 생각이 들겠구나. 근데 미호야, 무섭지 않아?"

"뭐가?"

"너는 그냥 구미호로 있었으면 앞으로도 오백 년, 천 년 그 모습 그대로 계속 살 수 있잖아. 그런데 사람 돼서 살면 늙기도 하고 죽기도 해야 하니까."

진지한 대웅의 말에 미호가 곰곰이 생각에 잠겼다.

"그렇겠지. 나도 실감은 잘 안 돼."

"괜찮겠어? 넌 오백 년도 넘게 그 모습 그대로 살아와서 모르겠지만 사람한테 늙고 죽고 하는 건 되게 무서운 거야."

미호가 대웅을 똑바로 바라보았다. 거리낄 것 하나 없는 맑은 눈빛이다.

"대웅아, 나는 살아온 게 아니라 그냥 있어 온 거야. 너는 고작 이십 년을 살면서 이런 모습으로도 또 이런 모습으로도 살아왔지만 나는 아니야."

미호가 앨범 속 대웅의 사진을 하나하나 들추며 부럽게 쳐다보았다.

"나도 이렇게 자라고 변하면서 시간을 채워가고 싶어."

잠자코 미호의 말에 귀를 기울였다.

"삼신각에 있을 때 사람들이 소원비는 걸 들으면서 그렇게 간절하게 원하는 걸 갖고 살 수 있다는 게 너무 부러웠어. 내 인생계획이 네가 생각하기에는 시시해 보이고 아무나 하는 일 같이 들리겠지만 삼신각에서 인간들이 가장 많이 빌었던 소원들이야. 계속 들으면서 어느새 그게 나한테도 소원이 돼 버렸어."

대웅은 미호가 인생계획표에 적었던 것들을 새삼스레 떠올려 보았다.

좋은 연분을 만나 결혼을 하고 아이들을 낳고 가족들과 함께 오래오래 행복하게 살기.

그래, 생각해보면 인생에서 그것만큼 중요하고 절실한 소원이 어디 있겠는가.

"나도 이제 인간이 되니까 그걸 전부 이뤄볼 거야. 아무것도 아닌 것 같은 인생이 나한테는 제일 살아보고 싶은 '인간'의 인생이야."

"그랬냐?"

대웅이 안쓰러운 표정으로 미호를 바라봤다.

"소중하게 담아둔 이런 과거의 시간도 인간이면 다 가지는 거겠지만 난 이것도 부러워."

부러운 눈길로 앨범을 물끄러미 들여다보는 미호를 잠자코 바라보다가 침대에서 벌떡 일어섰다.

"이제부터 만들면 되지 뭐."

내친김에 핸드폰을 집어들고 놀란 표정을 짓는 미호와 얼굴을 맞대고 한 컷 찍었다. 핸드폰에 찍힌 사진을 미호에게 보여주며 자신만만하게 일렀다.

"이게 네가 담은 첫 번째 소중한 과거야. 대웅이네 집에 와서 가족들 앞에서 퉁소 분 날."

"그러네."

대웅은 핸드폰에 담긴 사진을 신기하게 들여다보는 미호의 어깨를 가만히 끌어당겼다.

"앞으로 같이 많이 담자."

"응, 같이 담자."

동주는 어두운 삼신각에 홀로 서서 비통한 표정으로 그림 속 삼신할머니를 바라보았다.

"당신이 만들어 부리던 요괴가 도깨비불로 만들어진 게 사실입니까?"

잠자코 서 있던 그의 입술이 파르르 떨렸다.

"그럼 그 아이는 결국 길달의 일부입니까?"

얼음장처럼 싸늘하던 동주의 눈에 눈물이 고였다.

"나는 똑같은 실수를 다시 저지르게 된 겁니까?"

길달의 등에 칼을 꽂고 그 후회 때문에 수백 년 동안을 괴로워하며 살았는데 결국 또 이렇게 같은 실수를 저지르게 되었다. 칼날에 흩어지면서도 미안해하던 길달의 마지막 모습과 자신을 선생이라 부르며 믿고 의지하는 미호의 얼굴이 겹쳐서 기어이 눈물이 쏟아졌다.

안 된다. 결코 안 된다. 다시 또 이렇게 그 아이를 죽게 만들 수는 없다.

동주는 창고방으로 찾아가 난간에 기대어 서서 미호가 오기를 기다렸다. 저 멀리 골목길에서 대웅과 어깨동무를 하고 행복하게 웃는 미호의 얼굴이 새삼스레 가슴에 사무쳤다. 처음부터 인간이 되는 방법 따위 가르쳐주는 게 아니었는데. 그러나 이미 엎질러진 물, 후회하고 고민한다고 해결될 일이 아니었다. 대웅 앞에서 얘기를 할 수는 없을 터. 동주가 핸드폰을 들어 막 통화 버튼을 누르려고 하는데 문구점으로 들어가는 대웅을 향해 손을 흔드는 미호의 모습이 보였다. 그만 핸드폰을 거두어들이고 골목길을 거슬러 올라오는 미호를 아프게 바라보며 기다렸다.

평상 앞에 서 있는 동주를 보고 미호가 놀란 표정으로 물었다.

"동주 선생 무슨 일이야?"

수백 년을 살아오는 동안 단 한 번도 마음에서 내려놓은 적 없는 얼굴을 바라보며 동주는 눈에 고인 눈물을 꾹 참았다.

"정말 오랜만이야……."

"동주 선생 얼마 전에 봤잖아."

어떻게 내가 너를 몰라보았을까. 여우 아니라 그 어떤 모습으로 바뀌었대도 어떻게 내가 너를 몰라볼 수가 있을까.

손바닥을 들어 미호의 볼 위에 가만히 올려놓았다.

"동주 선생 지금 가려고 나한테 인사하러 온 거구나?"

묘한 분위기를 감지했는지 미호가 스스로 결론을 내리고 물었다.

"작별 인사가 아니라 보고 싶었다는 인사를 하러 온 거예요."

영문을 몰라 가만 서 있는 미호를 두고 동주가 결연하게 말했다.

"떠나지 않을 겁니다. 절대로. 그 말을 하러 왔어요."

"동주 선생 떠나지 않을 거야?"

"지켜줄 거예요."

혼란스러운 눈길로 동주를 바라보던 미호가 결국 부드럽게 웃어 보였다.

"나는 괜찮을 거야. 걱정하지 마. 무사히 사람이 될 거고 대웅이 곁에서 행복해질 거야."

"그래요, 이번에는 반드시 지켜줄게요."

"사진 나왔습니다."

대웅은 인화된 사진을 받아들고 문구점에서 산 앨범에 꽂아 넣었다.

"지금부터 채워 가면 돼. 여기 다 끝까지."

자신과 미호의 첫 사진이 꽂힌 앨범을 바라보고 있으려니 연애를 한다는 게 실감이 났다.

들뜬 얼굴로 액션스쿨로 들어서는 순간 자동차 헤드라이트 불빛이 얼굴 정면으로 쏟아졌다.

"누구야?"

눈살을 찌푸리며 차종을 확인하려는 순간 헤드라이트 불빛이 꺼지고 차 문이 열렸다. 차에서 내리는 동주를 황당하게 쳐다보다가 먼저 말을 건넸다.

"멀리 가신다더니 미호한테 인사하러 오셨나?"

"떠나는 게 예상보다 미뤄질 것 같네요."

"미뤄질 수도 있지. 취소만 안 되면 돼. 그럼 잘 가."

쐐기를 박듯이 말을 하고는 건물 쪽으로 걸어가려는데 동주가 진지한 목소리로 대웅을 불러 세웠다.

"약속된 시간까지 구슬을 잘 지켜주세요."

대웅이 걸음을 멈추고 동주를 돌아보았다.

"당신 안에 있는 구슬을 반드시 잘 지켜요. 다시는 그녀가 다치거나 위험해지지 않도록."

지극히 당연한 얘기를 새삼스레 부탁하는 것도, 미호를 걱정하는 것 같은 눈빛도 모두 신경에 거슬렸다.

"동주 선생님이 부탁 안 해도 잘 지킵니다."

일부러 존댓말을 사용해 거리를 두었다. 그러니 함부로 나서서 거리를 좁힐 생각일랑은 꿈도 꾸지 말라고.

"그리고 그녀가 떠나야 하는 순간이 오면 놔준다고 약속해줘요. 당신이 놔줘야 그녀가 갈 수 있어요."

점점 더 심해지는 월권에 어안이 벙벙했다. 남의 연애에까지 끼어들어서 헤어져라 마라 참견을 하겠다고? 그건 할아버지라도 할 수 없는 일인데 자기가 도대체 뭐라고.

"미호가 떠난다고 할 리도 없고 혹시나 그런다고 해도 그냥 놔줄 생각도 없어. 나는 앞으로 미호랑 오래오래 행복하게 잘 살 거거든."

결론을 내리듯 단호하게 말을 하고는 건물 안으로 성큼성큼 걸어 들어가는 대웅의 뒷모습을 지켜보는 동주의 표정이 괴롭게 일그러졌다.

"구슬을 품은 인간이 저자만 아니라면 견뎌야 할 죽음이 덜 고통스러울 텐데. 어쨌거나 여우구슬에 무사히 기를 다 채울 때까지는 저자도 다치지 않게 보호해야 해. 우선 그 도깨비부터 잡아야겠군."

다음 날 아침, 식탁에 앉아서 식사를 하는데 새삼스레 미호의 편식 습관이 눈에 들어왔다. 밥도 없이 오로지 고기와 계란만 집중해 먹고 있다.

"미호야, 너 이제 식습관 개선을 좀 해야 하지 않겠니? 인간답게 밥도 먹고 채소도 먹고 해야지."

대웅의 충고에 미호가 눈살부터 찌푸렸다.

"나중에 인간 되면. 밥이랑 채소는 정말 먹기 싫단 말이야."

"지금부터 먹는 연습을 해봐."

대웅이 배추김치를 한 조각 집어서 미호의 접시에 올려주었다.

"풀 먹는 연습? 싫은데."

미호가 곤란한 표정으로 고개를 내저었다.

"지금은 네가 구미호니까 한 끼에 고기만 두 근씩 먹고도 그 상태 유지하는 거지. 인간 되고 난 뒤에도 그렇게 먹으면 건강도 문제고 여우 벗어나자마자 돼지 된다."

그제야 눈을 동그랗게 뜨고 대웅의 얘기에 귀를 기울인다.

"돼지?"

"그래. 뚱자도 요즘 식이요법 해. 그러니까 너도 인간화된 몸에 맞는 식습관을 들여."

접시에 올려놓은 김치를 뚫어져라 바라보며 심각하게 고민을 하던 미호가 이내 고개를 휘휘 내저었다.

"그래도 이건 싫어. 인간 되고 나서 먹을래."

"채소를 먹어야 피부도 좋아지고 예뻐지는 거야."

미호가 황당하다는 듯 입을 떡 벌렸다.

"여기서 어떻게 더 예뻐져? 난 이 정도로 만족해. 아니, 과분해. 좀 덜 예뻐졌으면 좋겠어."

뭐가 그리 당당한지 고모가 싸준 감자장조림에서 고기만 쏙쏙 골라 먹는다.

"편식하는 딸내미 훈육시키는 것도 아니고 너 언제 인간 될지 걱정이다. 우리 할아버지 마음을 이제야 알 것 같네."

심란한 표정으로 한숨을 내쉬는데, 병수에게서 문자가 왔다. 문자함을 열어본 순간 대웅의 표정이 그대로 굳었다.

— 일 났어. 중국 촬영 결정됐다.

급하게 자리에서 일어나는 대웅을 올려다보며 미호가 의아하게 물었다.

"대웅아, 왜?"

"갑자기 감독님이 찾으셔서 가봐야겠어. 미안한데 나 먼저 나갈게."

대강 둘러대고 서둘러 집을 나섰다. 일단 반 감독을 만나는 일이 급선무다.

대웅은 제작사 사무실로 들어가 반 감독에게 중국 촬영에 대해서 물었다.

"중국에 동극 감독이 내 오랜 친구야. 이번 영화에 아낌없는 지원을 약속했네."

"아낌이 없으시다면 얼마나 길게 지원을 하실까요? 한 열흘 정도?"

그러자 반 감독의 얼굴이 불쾌하게 일그러졌다.

"나와 동극 감독 사이는 그렇게 짧고 조잔하지 않아. 두 달! 두 달 약속했네."

순간 억장이 무너졌다.

"두 달이나요?"

저도 모르게 버럭 소리를 쳤다가 의아하게 바라보는 반 감독의 시선을 의식하고는 잽싸게 가식적인 미소를 그렸다.

"두 분이 상당히 친하신가, 봅니다."

"난 친하지도 않은데 친한 척하고 그런 사람 아닐세. 우리 함께 광활한 중국 대륙에서 액션을 만들어보세나."

반 감독이 손을 척하니 내밀어 파이팅을 기다렸다. 마지못

해 손을 잡기는 했는데 복날 잡혀가는 멍멍이처럼 그저 죽을
맛이다.

촬영장에서 잠깐 대기하고 서 있는 틈을 타 혜인이 미호에
게 다가왔다.

"야, 대웅이 중국촬영 너 때문에 망설인다며? 선녀가 그러
더라."

미호가 당황한 표정으로 혜인을 바라보았다.

"나 때문에?"

더군다나 중국 촬영이라니 금시초문이었다.

"너는 사라진다더니 딱 들러붙어서 아예 발목을 잡는구나."

대놓고 비아냥거리는 혜인을 바라보고 있는데 순간 기운이
쭉 빠졌다.

"악플, 너는 내가 왜 그렇게 싫어. 나는 지금은 너한테 도움
도 되는데, 무슨 말이든 왜 그렇게 밉게 해?"

가까이 지내는 것은 이쪽에서도 사절이지만 아무리 그렇다
고 해도 이유도 없이 미움을 받는 건 불쾌한 일이었다.

"난 네가 착한 척 웃으면서 사람들 틈에 섞여 있는 게 싫어.
넌 분명히 뭔가 해가 될 거야. 그걸 모르고 널 붙여두는 대웅
이가 너무 답답해."

싸늘한 눈초리와 마주한 순간 답답한 한숨이 절로 나왔다.
자신과 다르다는 이유만으로 싫어한다는데 더 이상 무슨 이해

가 필요할까. 아마 인간이 된다고 해도 구미호였던 과거 전적을 들춰가며 혜인은 끝까지 마음을 바꾸려 들지 않을 것이다.

대웅은 미호를 만나려고 촬영장으로 찾아갔다.

중국으로 가게 됐다는 것을 알리면 많이 서운해 하겠지.

심란한 표정으로 걸어가고 있는데 미호가 벽 쪽에 쪼그리고 앉아서 볼을 부풀리고 있다.

"웅아, 웅아, 웅아."

이름을 되풀이해 부르며 칭얼거리는 미호 옆에 다가가 섰다. 옆도 돌아보지 않을 정도로 깊은 생각에 빠져 있는 미호의 속을 조금은 알 것 같아서 마음이 안 좋았다. 코를 쏙 빼고 앉아 있는 미호를 가만 바라보고 있다가 손가락으로 빵빵한 볼을 쿡 찔렀다.

"웅아……."

미호가 놀란 표정으로 고개를 들었다.

"구슬픈 웅앓이를 하는 거 보니 웅이가 중국에 간단 얘길 들었나 보네."

미호의 맞은편에 쪼그리고 앉아서 시선을 마주했다.

"응. 나 때문에 안 간다고 하지 마. 나 걱정하지 말고 잘 갔다 와."

당찬 표정을 짓는 미호가 왠지 걱정스럽다.

"정말 괜찮겠어?"

"응. 대웅아, 넌 여자친구가 구미호래서 이래저래 남들 안 해도 되는 걱정까지 해야 하고 피곤하겠다. 그냥 평범한 여자친구가 아니라서 미안해."

그녀답지 않게 축 쳐진 미호를 안쓰럽게 바라보다가 보란 듯이 큰소리를 쳤다.

"이거, 이거 너무 풀이 죽어 있어서 안 되겠네. 오랫동안 떨어져 있어야 하는데 에너지 충전이 필요하겠어."

뚫어져라 바라보는 미호의 시선에 기운이 불끈 솟았다.

"좋아. 네가 들으면 힘이 날 수 있는 멋진 멘트를 날려주지. 내 여자친구가 구미호라서 좋은 점 아홉 가지!"

미호가 눈을 동그랗게 뜨고 좋아라 감탄을 내뱉었다.

"와, 좋은 점이 아홉 가지나 돼!"

"하나, 세상에서 유일하다는 특별함. 둘, 오밤중에 돌아다녀도 치한 걱정 할 일 없는 강인함. 셋, 내숭이라고는 눈 씻고 봐도 찾을 수 없는 솔직함. 넷, 좋아하면 좋아한다고 아무 데서나 소리 지르는 당당함. 다섯, 이건 뭐 불안함을 동반한다는 부작용도 있지만, 이렇게 예쁜 여자친구 봤나 하는 자신감."

미호가 얼른 사이다를 집어서 대웅에게 건넸다.

"웅아, 마시고 해."

미호가 준 사이다를 벌컥벌컥 들이켜고 계속 말을 이었다.

"여섯, 이런 배려 돋는 자상함. 일곱, 양다리는 죽음이라는 긴장감. 여덟, 절대로 나한테서 떨어져 나가지 않을 거라는 믿음."

　말을 하다가 말고 사이다를 마시는 대웅을 초조하게 바라보며 미호가 발을 동동 굴렀다.

　"또, 또. 하나 남았잖아. 마지막 아홉은?"

　대웅이 멋쩍게 웃으며 뜸을 들였다.

　"이걸 말하려면 마음을 가다듬고 주변에 누가 있나 살펴본 다음에 손발이 오그라들지 않도록 준비 운동을 해야 해."

　기대감으로 초롱초롱하게 반짝이는 눈으로 바라보는 미호의 귀에 대고 조심스레 속삭였다.

　"마지막 아홉, 구, 미호야, 나는 그냥 네가 너무, 너무, 너무, 너무, 너무 좋아."

　마무리로 절도 있는 동작으로 사랑의 총알을 날리자 미호가 감격한 표정으로 옆으로 풀썩 쓰러졌다.

　"충전 끝."

　씩 웃으며 돌아서 가는 대웅의 뒷모습을 황홀하게 바라보며 미호는 대웅이 날린 사랑의 총알이 행여나 날아갈까 가슴 위로 손을 꼭 모았다.

　"지금이 너무, 너무, 너무, 너무, 너무, 너무, 너무 좋아."

　눈물을 글썽이며 행복해하는 미호의 모습이 동주에게는 그저 아프게 느껴졌다.

　저 아이를 어찌하면 좋을까.

더 이상은 보고 있기가 힘들어 그만 돌아선 순간 혜인이 분한 표정으로 동주의 뒤에 서 있었다.

　"봤겠지만 지금 쟤들 사이에 내가 끼어 서 있을 자리가 없어. 자존심 상해서 비비고 끼어들고 싶지도 않아."

　동주가 분통을 터뜨리는 혜인을 싸늘하게 내려보았다.

　"자존심 상해도 두 사람 사이에 그냥 그대로 있어요. 작은 걸림돌이라도 될 수 있게."

　"그렇게 갈라놓고 싶으면 왜 보고만 있어? 당신이 쟤보다 더 강한 것 같은데."

　이해할 수 없다는 듯 쳐다보는 혜인을 향해 담담하게 고개를 끄덕여 보였다.

　"맞아요. 나는 강하죠."

　"그럼 직접 힘을 쓰면 되잖아. 강하게 붙잡아 가면 버티지 못하고 끌려갈 텐데 왜 나한테 그래?"

　답답하다는 듯 언성을 높이는 혜인의 말을 깨끗이 무시해버리고 뚜벅뚜벅 걸음을 옮겼다.

　"강하게 붙잡으면 사라져 버릴까 봐 그럴 수가 없네요."

　들어줄 사람 없는 허공에 대고 동주가 한숨을 내쉬듯 아픈 감정을 토해냈다.

　미호는 촬영을 마치고 동물병원으로 달려갔다. 동주 선생과 긴급히 상의할 문제가 있다.

"있잖아, 동주 선생. 나도 대웅이 따라서 중국에 가면 안 될까? 저번에 동주 선생이 만들어준 그거, 여권만 있으면 어디든 갈 수 있다며."

기대에 부풀어 있는 미호에게는 안 됐지만 차대웅과 함께 외국행이라니 절대로 안 될 소리다.

"요즘 이상한 녀석이 차대웅을 쫓아다니고 있었어요."

"이상한 녀석?"

"나무에 붙어살다가 풀려난 도깨비라고 했는데 당신 구슬을 노리고 있더군요."

미호가 경악한 표정으로 언성을 높였다.

"정말? 그거 뺏기면 안 되는데."

"그 도깨비를 잡기 전까지는 위험해요. 차대웅이 멀리 가게 됐다면 오히려 다행스러운 일이에요. 가능한 한 빨리 떠나서 구슬을 숨기도록 하는 게 안전해요."

동주의 말을 다 듣고 나서 미호가 심란한 표정으로 한숨을 푹 내쉬었다.

"대웅이한테 내 걱정하지 말고 가라고 해줘야겠네."

웬일로 미호가 스스로 저녁식사 준비를 하겠다고 나서더니 식탁 위에 상추며 깻잎 같은 채소가 수북하게 쌓여 있다.

"이게 뭐야?"

갑자기 달라진 모습에 대웅은 덜컥 겁부터 났다.

"웅아, 이거 봐 봐."

미호가 마치 차력 쇼라도 하는 양 기합을 바싹 넣은 채 채소 쌈을 먹어 보였다. 독초라도 씹는 것처럼 오만상을 찌푸리더니 마침내 입에 있는 채소를 꿀꺽 삼켰다. 대웅이 벅찬 표정으로 박수를 보냈다.

"이야."

미호가 감탄하는 대웅을 똑바로 보며 말했다.

"웅아, 나 다 괜찮아. 구미호가 밥이랑 풀도 먹었는데 뭔들 못 하겠어. 그러니까 중국 잘 갔다 와."

"너 그럼 그동안 우리 집 가 있을래?"

미호가 곤란한 표정으로 고개를 저었다.

"나 요즘 꼬리가 종종 튀어나와서 안 돼."

하기야 집에 데려다 놓는다고 안심할 수 있는 건 아니었다. 할아버지나 고모에게 미호의 정체를 들키기라도 하는 날에는 온 집안이 쑥대밭이 될 것이다.

"너 혼자 괜찮겠어?"

아무래도 불안해서 마음이 편해지지를 않는다.

"응, 이대로 연습하면 두 달 뒤에 이 밥 다 먹을 수 있을 거야. 그땐 정말 깜짝 놀랄 거다."

자신을 안심시키려고 이렇게 열심히 노력하는 미호 앞에서 더 이상 불안해하는 모습을 보일 수 없어 잠자코 엄지손가락을 치켜세웠다.

중국으로 떠날 짐 가방을 다 꾸린 대웅이 서운한 표정으로 서 있는 미호에게 앨범을 건넸다. 미호가 앨범을 펼쳐들고 난생처음 찍은 제 사진을 신기하게 들여다보았다.

"이야."

"그거 채우고 있어. 나 돌아오면 얼마나 즐겁게 지냈는지 하나하나 다 얘기해 줘야 해. 알았지?"

고개를 끄덕이는 미호를 가슴 아프게 바라보다가 독하게 마음을 먹고 일어섰다.

"갈게."

가방을 들고 계단을 내려가려는데 등 뒤에서 미호의 목소리가 서글프게 들렸다.

"웅아, 잘 갔다 와."

애써 웃음을 짓는 미호를 보는 순간 울컥 뜨거운 감정이 올라왔다. 그대로 계단을 거슬러 올라가 미호를 꼭 끌어안고 뺨위에다 작별 인사를 했다.

"돌아올 때쯤이면 구슬이 다 나았을 테니까 그때는 제대로 인사해줄게."

멋쩍게 웃는 대웅을 쳐다보며 미호가 기대에 부푼 표정으로 세차게 고개를 끄덕였다.

미호는 대웅을 보내고 홀로 창고방에 앉아서 앨범을 들여다보았다. 비어 있는 칸을 넘길 때마다 기운이 불끈불끈 솟았다.

"대웅이 올 때까지 여기에 내 시간을 채워뒀다가 오면 자랑해야지. 돌아오면 내 인생계획도 달리는 거야!"

대웅이 없는 첫날은 할아버지와 뚱자랑 셋이서 한 컷. 그 다음 날은 대웅이네 집 주방에서 고모와 한 컷, 셋째 날은 창고방에서 쌈 싸먹는 기념사진 한 컷, 그리고 그 다음 날은 제작사 사무실에서 만난 선녀와 패셔니스타 사진 한 컷, 그리고 닭집 아줌마와도 정다운 한 컷.

그렇게 사진으로 하루의 기록을 남기는 사이 백일 달력에서 53일이 지났고, 앨범이 제법 묵직해졌으며, 밥과 채소를 맛있게 아니 솔직히 맛있게까지는 아니더라도 그럭저럭 먹을 수는 있게 되었다. 그런데 문제는 대웅이를 보고 싶은 마음은 매일 커져만 가는데 사진으로도 남길 수가 없다는 것이다.

"대웅이는 요 며칠 전화도 안 돼. 사막이라는 데는 진짜로 안테나가 없나 봐."

맥 빠진 표정으로 책상 위에 널브러져 있는 미호에게 동주가 사진 한 장을 내밀었다.

"일본 동경 근교에 잇는 조용하고 아담한 집이에요. 어때요? 마음에 들어요?"

미호가 몸을 일으키고는 사진을 들여다보았다. 야트막한 담장에 정원이 단아하게 꾸며진 예쁜 집이다.

"우와, 멋있다. 동주 선생, 여기로 이사 가려고?"

동주가 미호를 똑바로 보며 말했다.

"당신과 함께 갈 거예요."

미호가 지겨운 표정으로 책상에 도로 엎어졌다.

"동주 선생, 또 대웅이랑 떨어져 있으란 말 하려는 거지? 싫다니까. 난 대웅이 돌아오면 같이 해야 할 인생계획이 엄청 많아."

가만히 미호를 바라보던 동주가 불쑥 도깨비 얘기를 꺼냈다.

"도깨비가 여전히 당신 주변에서 구슬이 돌아오기만을 노리고 있어요. 당신이 차대웅 옆에 있다가는 들키고 빼앗길 수도 있어요."

미호가 벌떡 몸을 일으키며 분한 표정으로 씩씩거렸다.

"그놈의 도깨비. 구슬만 있었어도 한 방에 쫓아버릴 수 있는데."

"지금은 무사히 인간 되는 일만 생각해요. 그러려면 백일이 채워질 때까지 차대웅 옆에서 떨어져 있어요. 그럼 마지막 날 구슬은 제가 가져다 드릴게요."

대웅은 인천공항에 도착해 택시를 잡아타고 늘어져라 기지개를 폈다.

"열댓 시간 버스에, 비행기까지 내리 타고나니까 온몸이 쪼그라드는 것 같다."

찌뿌드드한 표정을 지으면서도 행복해 보이는 대웅을 쳐다보며 병수가 어이없는 웃음을 날렸다.

"촬영 없는 동안 좀 쉬지, 뭐 하러 따라 나섰냐? 사흘도 못 있고 바로 돌아가야 하는데. 차춘향, 그렇게 미호 씨가 보고 싶냐?"

대웅이 당치도 않다는 듯 펄쩍 뛰었다.

"걱정이 돼서 그런 거지!"

그저 허허 웃어넘기던 병수가 이내 걱정스러운 표정으로 물었다.

"근데 진짜로 미호 씨한테 온다고 연락 안 한 거야?"

"당연하지. 미호가 아주 깜짝 놀라줘야 이러고 온 보람이 있을 텐데."

잔뜩 기대에 부풀어 창고방으로 들어서는 순간 텅 빈 정적에 김이 팍 샜다.

"얘가 결정적으로 타이밍을 못 맞춰주네."

이런 중요한 순간에 집을 비우고 나가 있다니. 이건 배신이다, 배신.

속절없이 툴툴거리며 소파에 털썩 주저앉는데, 테이블 위에 놓여 있는 앨범이 눈에 들어왔다. 앨범을 집어서 무릎에 올려놓았다. 매일매일 다른 사람들과 다른 표정으로 찍은 사진들을 마주한 순간 대웅의 입가에 흐뭇한 미소가 걸렸다.

"나 없는 동안에도 잘 지냈나 보네."

닭집 아줌마와 찍은 사진을 마지막으로 앨범을 덮고 자리에서 일어났다.

미호도 찾아볼 겸 오랜만에 동네나 한 번 둘러볼까.

액션스쿨 앞마당으로 내려와 휘 둘러보았다. 깨끗하게 정리가 잘 돼 있는 걸 보니 관리인 일도 소홀하지 않은 모양이다. 흐뭇한 기분으로 걸어가는데 등 뒤에서 웬 남자아이의 목소리가 들렸다.

"도와주세요!"

고개를 돌린 순간 바닥에 쓰러져 고통스럽게 신음하는 남자아이의 모습이 보였다.

"왜 그래? 어디 다쳤어?"

"마비가 돼서 꼼짝을 못 하겠어요."

"업혀. 병원에 가보자."

대웅이 남자아이를 향해 등을 돌린 순간 등 뒤로 극심한 격통이 느껴지면서 다리가 풀썩 꺾였다.

"중국에서 차대웅이 돌아오기 전에 당신은 나와 함께 떠나는 거예요. 난 그렇게 알고 준비할 거예요."

액션스쿨 앞에 다다르자 동주가 동물병원에서 했던 말을 다시 꺼내며 미호를 살살 구슬렸다.

"대웅이한테는 뭐라고 말하지? 도깨비 얘기를 해야 하나."

심란한 표정으로 안절부절 못 하고 있는데 뒷좌석에 있는 동주의 가방이 부르르 떨렸다. 동주가 차를 세우고 귀를 기울였다.

"그 녀석이에요."

동주의 말에 미호가 주변을 두리번거렸다.

"도깨비? 여기 있는 거야?"

동주가 차에서 내려 뒷좌석 가방에서 가죽에 쌓인 칼을 꺼내들었다. 미호가 가까이 다가서려고 하자 다급하게 소리를 질렀다.

"가까이 오지 마요."

미호가 걸음을 멈추고 동주를 쳐다보았다.

"당신에게도 이 칼의 기운은 위험해요. 내가 갈 테니까 절대 따라오지 말아요."

칼을 잡고 달려가는 동주를 바라보는 미호의 얼굴에 잔뜩 겁이 질려 있었다.

"동주 선생은 나 같은 요괴를 잡는 사람이 맞구나."

"분명히 얘 안에 있어. 구슬이 다치지 않게 잘 꺼내야 하는데……."

누군가의 목소리에 대웅은 무거운 눈꺼풀을 들어올렸다. 아까 액션스쿨 마당에 쓰러져 있던 그 남자아이가 살기 어린 눈빛으로 그를 뜯어보고 있었다.

"너 뭐야!"

대웅이 소스라치게 놀라며 몸을 뒤척였다.

"가만있어. 구슬만 꺼낼게."

"안 돼."

대웅은 얼른 양팔로 가슴을 방어했다. 팔을 움직이는 데만
도 기력이 쭉 빠졌다.

왜 이렇게 몸이 무겁지?

남자아이가 뻔하다는 표정으로 눈을 찡긋해 보였다.

"너 여우한테 홀려서 그 구슬 받은 거지?"

어떻게 그걸 다 아는 거지? 그럼 얘도 사람이 아닌 건가?

남자아이가 잔뜩 긴장한 채 입술을 꾹 다문 대웅을 답답하
게 쳐다보았다.

"너 그 구슬 계속 갖고 있으면 죽어."

"죽다니 그게 무슨 소리야?"

남자아이가 깜짝 놀라며 대웅을 쳐다보았다.

"아무것도 모르는구나. 그 구슬 나한테 넘겨주면 내가 다 말
해줄게."

선심 쓰듯이 다가오는 남자아이의 손길을 피하고자 필사적
으로 몸을 웅크렸다.

"줄 수 없어! 저리 비켜."

"구슬 나 줘. 얼른!"

아이가 무섭게 돌변하며 달려드는 순간 저 앞쪽에서 날아온
칼날이 아이의 팔뚝을 스치며 나무에 꽂혔다. 대웅은 사색이

되어 단검이 날아온 곳을 가늠해 보았다. 저 멀리서 동주가 이쪽을 바라보며 서 있다.

"에이씨."

아이가 다친 팔뚝을 붙잡은 채 걸음아 나 살려라 줄행랑을 쳤다. 아이의 뒤를 쫓는 동주의 모습에 당황해 하다가 나무에 꽂혀 있는 단도를 빼냈다.

"저건 또 무슨 말이지? 죽는다니. 내가 죽는다는 거야?"

도깨비가 했던 말을 떠올리며 혼란스러워하고 있는데 동주가 다가와 손을 내밀었다.

"칼 이리 주세요."

들고 있던 단검을 동주에게 건네고 대웅이 물었다.

"아까 그건 뭐야?"

"여우구슬을 노린 도깨비예요."

"정말 별게 다 나오네. 그건 놓친 거야?"

"도망가긴 했어도 심하게 다쳤으니 다신 얼씬거리지 않을 겁니다."

동주가 품 안에서 가죽 케이스를 꺼내 단도를 꼼꼼히 감쌌다.

"아까 그 녀석이 이상한 소릴 했어. 죽는다고. 구슬 때문에 죽는다고 했어. 그게 무슨 소리야? 넌 알고 있지?"

동주가 긴장한 얼굴로 대웅을 쳐다보았다. 한참을 침묵하고 있던 동주가 어렵게 입을 열었다.

"백일 지난 후에도 당신이 구슬을 주지 않으면 그녀는 죽어요."

자동차 앞에서 동주를 기다리며 서 있는데 웬 남자아이가 팔을 붙잡고 필사적으로 뛰어나오는 모습이 눈에 들어왔다. 순간 저 아이가 동주가 찾고 있는 도깨비라는 게 직감적으로 느껴졌다. 미호는 죽기 살기로 달려오는 도깨비의 앞길을 획 막아섰다.

"너지? 내 구슬을 노리는 도깨비가."

도깨비가 본색을 드러내며 미호를 매섭게 노려보았다.

"이거 놔! 이 여우야!"

어깨를 붙잡은 팔을 떼어내려고 몸부림을 치는 도깨비를 내려다보며 매섭게 꾸짖었다.

"왜 자꾸 나 따라다니면서 괴롭혀. 너 때문에 내가 대웅이 옆에 있기가 곤란하게 됐잖아. 이 못된 놈아."

도깨비가 기가 막힌 표정으로 미호를 쳐다보았다.

"못된 건 너지! 사람 기나 빨아서 죽이는 못된 여우 주제에."

"뭐? 너 지금 뭐라고 했어?"

미호가 당황해 있는 틈을 타서 도깨비가 잽싸게 어깨를 비틀어 빼냈다.

"너 인간 몸에 구슬 넣어놨잖아. 구슬로 인간 기 빨아 먹으려고."

누가 모를 줄 아느냐는 듯 버럭 소리를 지르는 도깨비가 황당하게 느껴졌다.

"나눠 갖는 거야."

도깨비가 웃기지 말라는 식으로 헛웃음을 픽 날렸다.

"벌써 네 구슬이 그 남자 기 반은 빨아먹었더라. 좀만 더 있으면 다 빨아먹겠던데 뭘 나눠 갖는단 거야? 그 구슬 빼 가면 그 남자 죽는다는 걸 내가 모르는 줄 알아?"

충격으로 미호의 입이 떡 벌어졌다.

"뭐? 그럴 리가 없어."

"모르는 척하지 마. 너랑 같이 다니는 그 무서운 애도 다 알고 있던데, 뭐."

"동주 선생이 다 알고 있다고?"

"그래. 걔한테 나 앞으로 다신 여기 안 올 테니까 쫓지 말아 달라고 네가 말 좀 잘 전해줘."

냉큼 돌아서 달려가는 도깨비를 바라보고 있으려니 머릿속이 하얘졌다.

도대체 무슨 말이야. 대웅이한테서 구슬을 돌려받게 되면 대웅이가 죽는다고?

― 만약 인간이 된 뒤에 차대웅이 없어진다면 어쩔 거 같아요?

― 이 세상에 차대웅은 없어요.

그제야 동주가 했던 말들이 불길하게 다가왔다.

"어떡해. 대웅아, 어떡해."

쪼그리고 앉아 있는 미호의 눈에서 쉴 새 없이 눈물이 흐르자 별이 총총한 밤하늘에서 때아닌 빗방울이 서럽게 쏟아졌다. 그때 가죽 케이스에 감싼 칼을 들고 건물 밖으로 나오는 동주의 모습이 보였다.

이러고 있을 때가 아니다. 미호는 눈물을 쓱 닦고 자리에서 일어나 동주에게로 다가갔다.

"도깨비는 쫓았어요. 걱정하지 마요."

"동주 선생."

하얗게 질린 미호의 얼굴을 보고 동주가 깜짝 놀라 물었다.

"왜 그래요? 많이 놀랐어요?"

걱정스럽게 안색을 살피는 동주를 슬프게 바라보며 애써 침착한 목소리를 내었다.

"동주 선생이 알던 길달이라는 도깨비는 왜 인간이 못 되고 사라졌어?"

예상하지 못한 질문이었던지 동주가 당황해 했다. 그러다가 이내 냉정함을 되찾은 얼굴로 차분하게 말을 뱉었다.

"인간의 배신을 사랑이라고 착각해서요."

"동주 선생은 내가 길달처럼 사라질까 봐 걱정돼?"

"당신은 절대 그렇게 만들지는 않을 거예요."

두려움을 꾹 누르며 아무렇지 않은 것처럼 필사적으로 말했다.

"만약에 대웅이가 나한테 구슬을 주지 않으면 어쩔 거야? 억지로라도 대웅이한테서 구슬을 꺼낼 거야?"

가슴이 두방망이질 쳤다. 설마, 설마. 제발 기도하는 심정으로 동주의 대답을 기다렸다.

"차대웅에게서 억지로라도 구슬을 꺼낼 거예요. 안 그러면 당신이 죽게 되니까."

가슴이 확 무너져 내렸다. 동주는 그녀를 살리기 위해서라면 무슨 일이든, 설사 그 길이 대웅일 죽이는 일일지라도 서슴지 않고 할 작정인 것이다.

"그렇구나."

혹여나 동주에게 자신의 진심을 들킬까 싶어 미호는 그만 시선을 돌렸다. 가로등 아래 먼지처럼 날아다니는 하루살이 떼의 움직임을 목적도 없이 바라보고 있는데 무릎이 덜덜 떨렸다.

"그런데 그런 걱정은 안 해도 되겠어요. 차대웅이 돌아왔더군요. 아까 그 도깨비에게 구슬을 뺏길 뻔한 걸 겨우 막았어요. 그때 내가 알려줬어요. 구슬을 돌려주지 않으면 당신이 죽는다는 걸."

미호가 동주를 절망적으로 쳐다보았다. 이제 마지막 비상구마저 막혀버렸다.

"대웅이한테 그걸 말했다고?"

"반드시 당신에게 구슬을 돌려줄 거예요. 그자도 절대로 당신을 죽게 하진 않을 테니까. 도깨비 때문에 많이 놀랐죠? 이제 걱정할 필요 없어요. 그 도깨비는 내 칼을 맞아서 오래 버티지 못하고 사라질 테니까."

새삼스레 동주가 가진 칼에 시선을 주었다.

"동주 선생. 저 칼에 맞으면 나도 바로 죽어서 없어진다고 했지?"

동주가 들고 있던 칼을 옷 안 깊숙이 감추었다.

"그래요, 당신한텐 위험해요. 차 안에 두는 게 좋겠어요. 잠깐만요."

차 문을 여는 동주를 바라보며 미호는 반지를 낀 손가락을 꼭 감싸 쥐었다.

내가 없어져야 해.

옥상 위에는 때아닌 저녁 만찬 준비가 한창이었다. 창고방과 평상을 오가며 바지런히 고기 구울 준비를 하고 있던 대웅이 미호가 들어오자 짠하고 앞에 섰다.

"미호야, 나 왔어!"

대웅의 얼굴을 본 순간 가슴에서 울컥 뜨거운 감정이 치받았다. 가까스로 감정을 억누르며 애써 태연한 표정으로 대웅을 바라보았다.

"대웅아."

"반응이 왜 그러냐. 깜짝 놀라지 않았어?"

대웅이 툴툴거렸다.

"깜짝 놀랐어. 너무 깜짝 놀라서 그래. 온다는 연락도 없었잖아."

"감독님 심부름으로 병수 도와주러 왔어. 이틀 연속 밤 꼬박 새우고 사막에서 뒹굴다가 그대로 열여섯 시간 버스 타고 네 시간 비행기 타고 바로 달려온 거야. 절대 너 보고 싶어서 온 거 아니다."

입을 여는 순간 눈물이 터져 나올 것만 같아서 미호는 입술을 꽉 깨물었다.

"아, 그래, 그래. 너 보고 싶어서 온 거야. 진짜 진짜 보고 싶어서 온 거야."

미호의 안색을 살피며 선심 쓰듯 진심을 털어놓고는 갑자기 생각이 났는지 언성을 높였다.

"나 아까 이상한 녀석 만났어. 구슬 뺏길 뻔했는데 동주 선생이 쫓아줬어."

"그래."

"너 왜 나한테 말 안 했어. 죽는다는 거 왜 말 안 했어?"

진지하게 채근하듯 묻는 대웅을 바라보자 미호는 가슴이 메어졌다.

"백일 다 찼을 때 내가 너한테 구슬 안 돌려 주면 너 죽는다며. 지금 너 점점 능력도 없어지고 꼬리 하나씩 없어지면서 죽도록 아프다며."

"대웅아."

"그런 중요한 걸 왜 나한테 말 안 했나. 혹시 아직도 날 안 믿나 싶어서 좀 서운할 뻔했는데 안 그러기로 했어. 당연히 너는 무조건 나를 믿으니까 말 안 한 거잖아. 그치?"

"그래, 나는 너를 믿어."

그렇기 때문에 더 무서운 것이다. 대웅을 믿기 때문에.

차라리 대웅이를 좋아하지 않았더라면. 대웅을 만나고 처음으로 그런 생각이 들었다.

"무사히 지켜서 반드시 백일 후에 너한테 구슬 꼭 돌려줄게!"

자신만만하게 웃고 있는 대웅을 바라보며 미호는 절망으로 가슴이 무너졌다.

"너는 꼭 그렇게 하겠지?"

미쳐버릴 것처럼 가슴이 아프고 쓰라려서 눈물이 뚝뚝 떨어졌다.

"너 왜 그래?"

놀란 표정으로 묻는 대웅을 안심시키려고 미호는 애써 미소를 지었다. 그를 놀라게 만들어서는 안 된다. 그리하여 의구심을 갖게 해서는 안 된다. 그저 물 흐르듯 자연스럽게 지금의 이 상황을 받아들이도록 해야 한다.

"너무 좋아서. 네가 너무너무 좋아서 눈물이 나."

"내가 옆에 있으면 너 안 아픈 거지. 이제 절대로 네 옆에서 떨어지지 않을게. 계속 둘이 같이 있자."

"둘이 같이 있자."

결코 지켜질 수 없는 맹세라는 걸 안다. 그렇지만 지금 보여준 대웅의 진심만으로도 잠깐이라도 인간세상에 머물었던 것을 후회하지 않을 것이다. 진심으로, 행복했으므로.

"내가 너 지켜 줄게."

목숨을 걸고 맹세하겠다는 듯 대웅이 심장에 손을 얹었다.

"대웅아, 나도 너 지켜 줄게."

미호가 대웅의 손 등 위로 제 손을 겹쳐 꽉 잡았다.

정해진 운명을 거슬러

대웅과 나란히 평상 위에 앉아서 휘영청 걸려 있는 달을 바라보았다. 삼신각에서는 별이 참 많았는데 여기서는 거의 보이지 않는다. 그렇지만 별처럼 아름다운 불빛들이 별보다 많은 이곳이 삼신각보다 더 좋다. 대웅이 곁이 좋다. 너무 좋아서 너무너무 좋아서 눈물이 난다.

"이제 52일 남았다."

남은 날짜를 가늠하며 흐뭇해하는 대웅을 슬프게 쳐다보았다.

"오늘 아직 안 지났잖아. 53일 남았어."

정정하자 대웅이 의아한 표정으로 물었다.

"빨리 지나가길 바란 거 아니었어?"

"너랑 같이 있는 하루하루가 너무너무 소중해서."

"소중한 하루를 그냥 보낼 수 없지. 우리 같이 나가자."

대웅이 멋쩍게 웃으며 미호의 손을 잡았다.

"그래, 산책 가자."

슬퍼하고 우울해 하면서 보내기엔 너무나 소중한 시간이다. 아끼고 아껴서 귀하게 써야지.

"안 돼. 산책은 뚱자랑 하는 거고 너랑은 데이트지."

대웅이 미호 앞에 서서 정식으로 손을 내밀었다.

"미호 씨랑 데이트하고 싶어서 힘들고 먼 길 달려왔습니다. 저랑 데이트해주세요, 제발."

우울하게 가라앉았던 마음이 순식간에 퐁 튀어 올랐다. 눈을 반달처럼 동글게 말고 환하게 웃었다.

"응!"

아이스크림 가게에 들어가 소 색깔, 돼지 색깔, 닭 색깔의 세 가지 아이스크림을 골라 통에 담아서 원샷해 먹고 찜질방이란 데를 들어갔다. 대형 텔레비전이 있는 거실이 있고 방도 여러 개 있는 것이 아주 아주 커다란 집처럼 생긴 곳이다.

"여기가 찜질방이라는 데야. 아이스크림 많이 먹어서 배 차가우면 여기에 배 깔고 누워 있으면 돼."

대웅의 설명에 주변을 휘휘 둘러보던 미호가 돌연 손으로 입을 막으며 쿡 웃음을 터뜨렸다.

"찜질방. 이름 되게 웃기다. 사람을 찜 쩐대."

대웅이 황당하게 웃더니 미호의 귀에 대고 진지하게 속삭였다.

"예전 같았으면 사람찜 쪄서 먹는 식당으로 여길까 봐 너 여기 못 데려왔을 거다."

"그러게 말이야. 완전 오해할 뻔했어."

미호가 눈을 동그랗게 뜨고 하나하나 손가락으로 가리켜 보였다.

"봐봐, 저기 선탠실이라는 데는 갈색 피부로 구워준다고 그러고 저기 맥반석실이란 데는 적당히 데워준다고 쓰여 있고 또 저기 안마기는 온몸을 다져준대. 찜 찌고 굽고 다지고, 간 빼먹는 구미호보다 더 무서운 덴 줄 알았겠다."

대웅이 장난스럽게 웃으며 미호의 손을 붙잡았다.

"그럼 우리도 슬슬 찜 찌고 굽고 데우고 다져볼까?"

미호를 이끌고 맥반석실의 문을 열던 대웅이 그대로 문을 닫은 채 황급히 몸을 돌렸다. 그리고는 의아하게 쳐다보는 미호를 꽉 끌어안고 탈의실 쪽으로 빠르게 걸어갔다.

"왜?"

대웅이 부리나케 미호의 입술 위에 손가락을 갖다 댔다.

"쉿. 저기 고모랑 반 감독님 있어. 나 한국에 몰래 들어온 거라 들키면 안 돼."

결국 찜 찌는 건 다음으로 미루고 찜질방을 나와서 근처 공원을 거닐었다. 누군가와 손을 꼭 붙잡고 걷는다는 게 이렇게 가슴 충만한 일인지 미호는 처음 알았다.

"떨어져 있을 때는 시간 진짜 안 가던데 같이 있으니까 몇 시간이 뚝딱 지나간다.”

신기한 듯 쳐다보는 대웅을 향해 쓸쓸하게 웃어 보였다.

“그래. 같이 있으면 시간이 너무 빨리 간다.”

맞은편에서 다정하게 손을 붙잡고 걸어오는 노부부를 쳐다보며 대웅이 미호의 어깨를 꼭 끌어당겼다.

“한 오십 년쯤 후에는 우리도 저렇게 되는 거야.”

오십 년. 순간 눈시울이 뜨거워져 가만히 고개를 숙였다.

“왜, 쪼글쪼글 할머니 되는 거 무서워?”

대웅이 허리를 숙여 미호의 얼굴을 가만 들여다보았다. 염려해주는 눈빛이 너무 좋아서 입가에 예쁜 미소가 패었다.

“아니, 나도 너랑 저렇게 오래, 오래 같이 있고 싶다.”

정말이지 간절한, 너무나도 절박한 바람.

노부부가 그들 곁을 스치듯 지나가고 커다란 분수가 눈앞에 나타나자 대웅이 탄성을 내질렀다.

“와, 멋지다.”

정말 멋진 것 같아서 미호도 와 감탄을 내뱉었다.

“와, 멋지다.”

분수대 앞으로 다가가 퐁퐁 솟아오르는 물줄기를 신기한 듯 쳐다보는 미호의 옆얼굴을 대웅이 흐뭇하게 바라보았다.

“만져 볼래? 무서워?”

“아니, 괜찮아.”

대웅이 미호의 손을 붙잡고 조심스레 물줄기 속으로 넣었다.

"아, 시원하다."

눈을 접으며 웃는 미호가 너무 사랑스러워 대웅이 손을 들어 미호의 통통한 볼 살을 슬쩍 꼬집었다.

"왜?"

의아한 얼굴로 쳐다보는 미호의 시선을 피하며 대웅이 멋쩍게 웃었다.

"그냥."

"그냥 뭐?"

"그냥, 귀여워서."

"대웅이 너도 귀여워."

미호도 대웅과 똑같이 대웅의 뺨을 꼬집었다. 대웅이 자존심 상했다는 듯 미호의 손을 떼어냈다.

"난 하나도 안 귀여워. 귀여운 건 너야. 난 멋있는 거고."

어쩐지 불쾌해 하는 것 같아 얼른 정정했다.

"맞아, 대웅이 너는 멋져."

그제야 만족스럽게 웃으며, 대웅이 주변을 휘 둘러보았다..

"어, 저기 자판기 있다. 미호야, 잠깐 뽀글이 물 사올게. 여기 있어."

부리나케 달려가는 대웅의 뒷모습이 점점 작아진다. 우리 둘이 함께 있을 시간도 점점 줄어들겠지.

안 그러려고 해도 자꾸만 슬픈 생각이 들었다.

웅아, 백일을 채우고 내가 구슬을 가져오면 네가 죽는대. 널 지키기 위해 난 없어져야 돼. 내가 없어진 뒤에 너무 많이 놀라고 아파하면 안 돼.

눈물이 날 것 같아서 바닥에 웅크리고 앉아 눈에 힘을 꾹 주었다. 후후, 심호흡을 하며 마음을 가다듬고 있는데 분수대 건너편에서 대웅이 부르는 소리가 들렸다.

"미호야!"

내가 죽고 없어져도 가끔 이렇게 이름을 크게 불러주길. 그럼 네 맘속에서 영원히 살아있는 게 될 테니.

미호는 이를 꽉 깨물고 복받쳐 오른 감정을 꾹꾹 눌렀다.

"찾았다!"

숨바꼭질이라고 생각했는지 대웅이 신이 난 목소리로 미호의 등을 확 붙잡았다.

"여기 숨어 있었구나."

"응, 여기 있었어. 네 옆에."

활짝 웃는 미호의 눈에 눈물이 그렁그렁 맺혔다.

밤늦게 액션스쿨로 돌아와 창고방으로 들어서는 순간 벽에 붙여놓은 인생계획표가 척하니 눈에 들어왔다. 붕 떠 있던 마음이 순식간에 축 가라앉았다. 대웅이 미호의 시선을 가늠해보다가 피식 웃었다.

"봤어?"

뿌듯한 표정으로 계획표 앞에 서더니 손가락으로 제목을 가리킨다.

"미호의 인생계획에 대웅이도 동참하기로 했어."

'미호의' 인생계획표라고 쓰여 있던 제목이 대웅의 글씨로 '대웅이와 미호의'라고 수정되어 있다. 미호는 잠자코 다가가 벽에 붙어 있는 계획표를 뜯어냈다.

"어? 그걸 왜 떼어?"

놀라 쳐다보는 대웅을 향해 애써 담담한 표정을 지어 보였다.

"지금 이건 접어둬야 할 것 같아."

"접는다고?"

"내가 너무 성급했어. 이건 사람 되고 나서 해야 할 일이니까 나중에 다시 정하고 지금은 구미호로써 남은 기간 동안 뭘 할지부터 생각하려고."

대웅이 아쉬운 표정으로 미호가 들고 있는 계획표를 쳐다보았다.

"완전 접는 건 아니지?"

우울한 얘기는 인제 그만 하고 싶어서 얼른 화제를 다른 데로 돌렸다.

"웅아! 배고파. 밥 먹자."

대웅이 새삼스럽게 미호를 바라보았다.

"미호, 너 밥 완전 텄어? 보니까 채소랑 과일도 먹는 것 같더라."

그동안의 노력에 보답 받는 것 같아 마음이 뿌듯해졌다.

"나 요즘 풀도 먹고 밥도 먹어."

"장하네. 앨범 보니까 사진도 많이 채웠던데 인간 되는 연습 진짜 많이 했네."

사람 되는 연습, 정말 많이 했다. 열심히, 그 어떤 일보다도 즐겁게……

씁쓸한 감정을 애써 누른 채 고개를 끄덕이는데 대웅이 테이블 위에서 앨범을 집어들었다.

"여기까지는 나 없는 동안 채웠으니까 나머지는 나랑 같이 채우자."

"그래."

"우리 이번 겨울에 스키장 갈까?"

스키라면 텔레비전에서 본 적이 있다. 긴 막대기 같은 걸 신고 눈 덮인 산을 미끄러져 내려오는 운동이다.

"근데 스키라는 건 눈이 와야 하잖아."

걱정스러워하는 미호를 바라보며 대웅이 아무 문제없다는 듯 웃었다.

"첫눈 오자마자 가자. 멋진 강사 차 강사가 확실하게 강습해 줄게."

"겨울에 스키, 멋지겠다."

그렇지만 50일 남짓 안에는 첫눈이 내리지 않겠지.

하얗게 눈이 쌓인 설원에서 대웅과 함께 스키를 타는 모습을 상상해 보았다. 상상만으로도 너무 즐겁고 신이 나서 가슴이 쿵쿵 뛴다.

"그다음에는 크리스마스! 너 산타할아버지 알아?"

깜짝 선물처럼 짠하고 내놓는 즐거운 얘기에 미호가 들뜬 표정으로 고개를 저었다.

"그런 할아버지 모르는데?"

"우리 할아버지 친군데 선물이 빵빵 나와. 빨간 옷 입고 수염이 이만큼 났거든. 내가 너 소개해 줄게."

대웅이네 집에서 할아버지랑 고모랑 대웅이랑 뚱자랑 다 같이 모여서 빨간 옷 입은 털북숭이 할아버지한테 선물을 잔뜩 받는 장면을 머릿속으로 그려보았다.

"정말 재미있겠다. 웅아, 계속 얘기해줘. 그냥 듣기만 해도 너무 좋다. 너랑 같이 뭘 할 수 있는지 계속 얘기해줘."

"그럼 내년 봄에는 한강에 벚꽃 보러 가고 물 완전히 안 무서워지면 바닷가도 같이 가자. 해운대, 경포대, 아니 동해안을 쭉 한 번 질주해야겠다."

대웅과 손을 잡고 벚꽃이 비처럼 내리는 길을 함께 거니는 장면, 새파란 바닷물 속에서 신나게 물장구를 치는 모습들이 사진처럼 선명하게 그려졌다. 빈 앨범을 한 장, 한 장 넘기는 데 자꾸만 가슴이 시큰거렸다.

대웅이와 평생을 지내면서 함께 한 모든 일들을 여기 이렇게 사진으로 남겨두고 싶었는데.

"네가 가보고 싶은 덴 없어?"

대웅의 질문에 미호가 고민 한 번 하지 않고 단번에 대답했다.

"동물원. 텔레비전에서 봤는데 되게 신기한 애들이 많더라."

"동물원⋯⋯."

대웅이 떨떠름한 표정으로 고개를 갸웃거렸다.

"거기 말고 수족관 가자. 수족관이 훨씬 좋을걸."

대웅과 함께라면 아무 데든 다 좋다.

"동물원 가보고 싶긴 한데 수족관도 좋겠다."

"그래, 뭐든지 다 좋을 거야. 우리 같이 할 일 진짜 많다."

"응. 너무, 너무 많다."

별도, 달도 모두 잠든 깊은 밤. 미호는 도무지 잠을 이룰 수가 없었다. 잠을 자는 시간마저 아까워서 일어나 대웅의 침대로 다가갔다. 기절한 것처럼 깊은숨을 내쉬는 대웅을 빤히 쳐다보았다.

"우리 웅인 눈썹도 멋있다. 턱수염도 귀여워. 머리가 벌써 많이 자랐네."

이렇게 밤이 새도록 쳐다만 보아도 지루하지 않을 것 같다.

촬영 스케줄을 확인하려고 제작사 사무실을 찾은 혜인은 휴게실에서 병수의 목소리가 들리자 깜짝 놀랐다.

중국에 가 있는 애가 웬일이야?

혜인은 휴게실 안으로 들어가 선녀와 마주앉아 주스를 마시고 있는 병수의 등을 툭 쳤다.

"병수야, 너 언제 들어왔어?"

병수가 놀란 표정으로 혜인을 돌아보았다.

"어, 누나. 일 때문에 잠깐 들어왔어요. 곧 다시 들어가 봐야 해요."

"대웅이도 같이 들어왔대요."

선녀가 못마땅한 목소리로 불쑥 끼어들었다.

"대웅이도? 왜?"

"걔가 중국에 있으면서도 계속 미호 씨 혼자 지내는 것 때문에 엄청 많이 걱정했었거든요."

순간 표정 관리가 안 될 정도로 짜증이 왈칵 솟았다. 지금 누가 누굴 걱정한다는 건지. 정말이지 미쳐도 단단히 미쳤다. 도대체 얼마나 미치면 사람이 괴물 걱정을 다 할까.

"차대웅, 여자들한테 막 대하는 거 되게 끌렸는데, 자기 여자한테 잘 해주는 거 보니까 완전 메롱되게 멋지다."

부러워하는 선녀를 못마땅하게 바라보던 병수가 못을 박듯이 말을 꺼냈다.

"다시 들어갈 때 미호 씨도 같이 데려간대."

혜인이 기가 막힌 표정으로 병수를 쳐다봤다.

"미호라는 애를 데려간다고? 배우인 내 촬영이 몇 주 후에나 있는데 대역인 걔가 거길 먼저 왜 가? 그리고 걔가 외국에 어떻게 나가니? 말도 안 돼."

목소리가 지나치게 컸는지 병수와 선녀가 놀란 표정으로 혜인을 쳐다보았다. 순간 뜨끔해져서 흥분을 가라앉히고 조곤조곤 설명을 했다.

"걔 신분이 불확실하잖아. 여권도 없을 텐데 외국에 나갈 수 있어?"

"미호 씨 여권 있어요."

병수의 말에 어안이 벙벙해졌다.

"뭐?"

"대웅이가 벌써 비행기 표 예매도 다 했는데요. 근데 미호 씨 이름 참 특이하다고 생각했는데 멀쩡한 본명이 따로 있더라고요."

"뭔데?"

"박선주던가?"

"박선주?"

눈앞에서 재잘대는 병수와 선녀의 말소리가 하나도 귀에 들어오지 않았다.

괴물 주제에 멀쩡한 이름에 여권까지 만들어서 본격적으로 사람 노릇을 하겠다는 거야? 이름이 박선주라고? 분명히 박동주 그 작자가 만들어준 이름이겠군.

혜인은 굳은 표정으로 전지전능해 보이는 그 남자의 얼굴을 떠올렸다.

혜인은 박동주가 일하는 동물병원으로 찾아갔다. 괴물이 사람 흉내는 내는 것도 모자라 본격적으로 사람 행세까지 하려고 들다니. 그냥 묻어버리고 넘어가기에는 너무도 큰 사건이다.

"무슨 일이죠?"

동주가 동물병원으로 들어선 혜인을 얼음장처럼 싸늘하게 바라보며 용건을 재촉했다.

"미호한테 여권 만들어준 거 당신이지?"

그게 무슨 상관이냐는 듯 무표정하게 바라보는 남자에게 재차 질문을 던졌다.

"대웅이가 가는 데는 어디든지 따라가라고 여권까지 만들어준 거야?"

자신에게는 대웅과 미호 사이를 갈라놓으라고 명령하더니 여권까지 만들어줘서 뭘 어쩌자는 건지. 비꼬는 목소리에 동주의 표정이 싸늘해졌다.

"그 사람과 같이 가기 위해서가 아니라 내가 멀리 데려가려고 만들어준 거예요. 같이 가게 두지 않아요."

"대웅이는 같이 갈 생각이야. 네가 그 여자애가 못 쫓아가게 붙잡아."

혜인이 도움을 청할 요량으로 말을 꺼내자 남자가 대수롭지 않다는 얼굴로 툭 내뱉었다.

"결국 차대웅한테 달린 거네요. 그대로 두면 안 되겠죠."

남자의 눈에서 느껴지는 살기에 등줄기가 서늘해졌다.

"무슨 소리야? 대웅이한테는 아무 짓 안 한다며."

"아무 짓 안 하도록 당신이 가서 차대웅에게 긴장감 좀 줘요. 위험하다고, 떨어지라고."

명백한 경고의 목소리에 저도 모르게 주먹 쥔 손에 힘이 꾹 들어갔다.

대웅은 제작사 사무실로 병수를 찾아가 미호의 출국 수속에 필요한 서류를 건네받았다.

"미호 씨 협회 가입신청이랑 다 됐어."

"고맙다."

평소와 다른 진지한 대웅의 모습에 병수가 피식 웃음을 날렸다.

"어차피 갈 건데 몇 주 일찍 데려가는 게 그렇게 좋냐?"

팔불출처럼 보인 건가 싶어서 조금 무안하기는 했지만 그냥 웃어넘겼다.

"그래. 미호가 가끔 몸이 아파서 내가 꼭 곁에 있어야 해."

서류를 들고 사무실에서 나오는 순간 맞은편에서 걸어오던 혜인과 정통으로 부딪쳤다. 무심코 눈인사를 하고 그냥 지나가려는데 혜인이 다가와 붙잡았다.

"대웅아!"

걸음을 멈추고 혜인을 돌아보았다.

"네가 품고 있는 개 구슬이라는 거, 정말 괜찮은 거야?"

지치지도 않고 계속해서 참견하고 물어보는 혜인을 상대하는 일도 이제 슬슬 싫증이 나려 했다.

"누나, 더 이상 나랑 미호 일에 상관하지 말아달라고 했잖아."

짜증 섞인 목소리에 혜인이 감정을 꾹 누르며 차분하게 말을 꺼냈다.

"나 너한테 무슨 마음 남아서 이러는 거 아니야. 진심으로 걱정이 돼서 그래. 미호라는 애 박동주랑 짜고 무슨 일을 꾸미고 있는 것 같아. 너한테 숨기는 게 있는 것 같다고."

대웅이 놀란 표정으로 혜인을 쳐다보았다. 설마 이렇게까지 상세하게 뒷조사를 했는지는 몰랐다.

"누나가 그것도 알아?"

혜인이 비행 청소년을 구제하려는 상담교사처럼 절실하게 대웅을 설득했다.

"대웅아, 너 위험해. 넌 지금 그 둘 사이에 끼어서 이용당하는 게 분명해."

대웅이 혜인을 똑바로 쳐다보았다.

"맞아. 지금 미호가 나 이용하고 있어."

"그렇지!"

"나 필요하다고 그래서 내가 마음껏 갖다 쓰라고 했어. 그럼 된 거지?"

후련한 표정으로 돌아서는 대웅의 뒷모습을 바라보며 혜인이 불안한 한숨을 내쉬었다.

불길한 예감이 점점 확신으로 바뀌어 갔다.

도깨비와 부딪쳤던 날 사색이 된 얼굴로 동주가 들고 있던 칼을 유심히 바라보며 "이 칼은 나 같은 거 바로 없앨 수 있다고 했지?" 물었을 때 문득 스쳐 지나갔던 불길한 예감이 오늘 갑자기 찾아와 대웅을 따라 중국으로 가겠다고 확고하게 우기는 모습을 보니 점차 확신이 섰다.

구슬의 비밀에 대해서 눈치를 챘나. 구슬을 꺼내면 차대웅이 죽는다는 것을 아는 건가.

"기어이 차대웅을 따라서 갈 건가요?"

차분한 목소리로 물었다. 거친 말로 다그치면 오히려 입을 꾹 다물 것을 알기에.

"아파서 그래. 꼬리가 없어질 때 너무 아파서. 대웅이랑 구슬이 곁에 있어야겠어."

시선을 피하며 부자연스럽게 손을 만지작거린다. 거짓말을 하는 게 어지간히 마음 불편한 모양이다.

"차대웅 옆에 있는 게 통증을 줄여주는 건 맞죠. 가지 말라고 말릴 수가 없겠네요. 내일 가서 한 달 후면 돌아온다고 했죠. 반드시 돌아와요."

담담하게 이르고 미호의 반응을 꼼꼼하게 살폈다.

"알았어."

뭔가 켕기는 듯 미호가 주위를 살피고 있다. 마치 뭔가를 찾는 것처럼. 설마 하는 생각에 가슴이 서늘해졌다.

"저 잠깐 다녀올 때가 있는데 계속 여기 있을래요?"

떠보듯 던진 질문에 미호가 반가운 얼굴로 냉큼 고개를 끄덕거렸다.

"응, 내가 여기 있을게. 갔다 와."

마치 동주가 나가기만을 고대한 것 같은 반응에 가슴이 쿵 내려앉았다.

"고마워요. 잠깐만 좀 봐줘요."

동물병원을 나와 미호에게 일부러 시간을 주었다. 한참을 밖에서 서성거리다가 머릿속을 지배하고 있는 악몽 같은 생각이 틀렸기를 기도하며 문을 열고 안으로 들어갔다. 주인 없는 가방만 덩그러니 놓여 있는 것을 보는 순간 동주는 길달 때의 악몽이 재현될 것만 같은 예감에 등골이 서늘해졌다.

절대 안 된다. 막아야 해!

서재의 문을 열자 미호가 깜짝 놀란 얼굴로 돌아보았다. 역시나 칼이 들어 있는 상자가 뚜껑이 열린 채로 책상 위에 올려 있다.

"뭘 하려고 한 거죠?"

두려움으로 목소리가 떨려 나왔다.

"동주 선생 칼이 필요해."

이미 결심을 굳힌 듯 흔들림 하나 없이 차분한 표정이다.

"내가 차대웅한테서 억지로 구슬을 빼려고 하면 그 칼로 없어지려고요?"

"그래."

"인간이 안 되고 죽을 생각인가요? 차대웅을 살리기 위해서?"

"나는 대웅이를 지켜야 해."

오래전의 악몽이 다시 눈앞에서 재현되고 있다. 똑같은 상황, 똑같은 말이 오히려 동주를 냉정하게 만들었다. 분노에 이성을 잃는 실수를 또다시 반복할 정도로 어리석지는 않다.

"참 대단한 사랑이긴 한데 너무 일방적이네요."

차분하게 이르는 소리에 미호가 묻는 것처럼 그를 쳐다보았다.

"당신은 차대웅을 죽을 만큼 사랑한다는 건데 과연 그 사람도 그럴까요? 난 절대 아닐 것 같은데요."

"대웅이는 나를 좋아해."

확신에 차 있는 미호를 쳐다보며 동주가 차갑게 웃었다.

"그럼 한 번 물어봐요. 당신을 위해서 죽어줄 수 있는지."

거기까지는 엄두가 나지 않는지, 아무 말도 못 하고 가만있다.

"그만큼의 확신은 없죠? 그런 확신도 없는데 당신 혼자 죽겠다고 각오하는 거 억울하지 않아요? 몰래 죽을 거니까 알아주지도 않을 거고 생색도 못 냈으니 금방 잊힐 거고 그렇게 잊히고 나면 다른 사람이 당신 자리를 차지할 거예요."

미호가 가진 인간의 사랑에 대한 환상을 깨기 위해 최대한 냉정하고 분명하게 단어를 골랐다.

"그렇게 금방 잊지 않을 거야. 대웅이는 나를 되게 그리워해 줄 거야. 영원히 잊지 않고 좋아해 줄 거야."

현실을 알려주는데도 고집스레 고개를 돌린 채 부질없는 사랑을 옹호하고 있다. 어리석게도.

"사랑하는 사람이 당신을 위해 대신 죽어줄 것 같죠? 아니요. 인간은 절대로 자기 목숨을 내놓진 못 해요."

확신에 찬 눈동자가 조금씩 흔들린다.

"영원히 기억해줄 것 같죠? 금방 잊어요."

흔들린 눈동자에 서서히 의심이 드리워진다.

"혼자 당신만 생각하며 살아갈 것 같죠? 얼마 안 가 다른 사랑을 시작하게 돼요."

의심이 드리워진 눈동자에 슬픔이 깃든다.

"사랑의 환상에 빠져서 죽을 결심까지 한 것 같은데 그게 깨지면 어쩔 거죠? 그래도 죽어줄 건가요? 억울해서 눈이나 제대로 감을 수 있겠어요?"

가차없는 질문에 미호가 두 눈을 꾹 감고 의심을 떨치려는 듯 강하게 고개를 저었다.

"난…… 난 억울하지 않아."

처음 같은 확고함은 사라진 목소리다. 그러나 여기서 더 몰아붙이는 건 오히려 역효과가 날 것이다. 혼란스러워하고 있는 미호를 바라보며 부드러운 목소리로 충고했다.

"한 번 확인해봐요. 죽고 나서 후회해도 소용없으니까."

집으로 걸어가는 길, 동주가 했던 말이 자꾸만 떠올라 미호를 괴롭게 만들었다.

동주 선생은 괜히 그런 말을 해서…… 난 다 결심했는데. 흔들리지 말자.

휘청거리는 마음을 억지로 다잡으며 창고방 문을 열었다. 노트북 앞에 앉아 있던 대웅이 반가운 표정으로 돌아봤다.

"왔어?"

"응."

미호는 책상으로 다가가 노트북 화면을 들여다보았다.

"뭐 하고 있어?"

"비행기 티켓 예약 확인하고 있어."

비행기…… 머뭇거리다가 조심스레 말을 꺼냈다.

"웅아, 내가 물어볼 게 있는데……."

"어."

대웅이 화면에 시선을 둔 채 건성으로 대답했다.

"만약에 너랑 나랑 물에 빠졌는데 나무토막이 하나밖에 없어. 우린 둘 다 수영도 못 해. 그럼 너 그 나무토막 나 줄 거야?"

과연 어떤 답을 내놓을지 쿵쾅쿵쾅 가슴이 뛰었다.

"나무토막이 얼마나 큰데?"

"한 사람밖에 못 잡을 정도로 아주 쪼끄매."

대웅이 픽 웃으며 약 올리듯 쳐다보았다.

"너 주고 나면 그럼 나는? 수영도 못 한다면서. 그냥 죽으라고?"

순간 가슴이 툭 내려앉았다.

"그럼 너 나 안 줄 거야?"

걱정스러운 표정에 대웅이 재미있다는 듯 웃음을 터뜨렸다.

"걱정하지 마. 나 수영 잘해."

속 시원하게 말해주지 않는 대웅 때문에 점점 조바심이 났다.

양치질을 하고 있는데 미호가 화장실 문을 벌컥 열고 뭔가 할 말이 있는 표정으로 고개를 빠끔히 디밀었다.

"왜?"

대웅이 거울에 비친 미호의 얼굴을 쳐다보았다.

"대웅아, 만약에, 여기 불이 났는데 한 명 밖에 못 나간다면 누구 먼저 나가라고 할 거야? 잘 생각해봐."

무슨 중요한 말이 있나 했더니 또 이런 얘기다.

"불났는데 생각하고 그럴 시간이 어디 있냐. 그냥 무조건 뛰어나가는 거지."

어처구니없어서 조금 놀려주었더니 대뜸 서운한 표정을 짓는다.

"나는 너 먼저 나가라고 챙길 텐데."

"그야 넌 구미호니까 인간인 나를 먼저 챙겨주겠지. 걱정 마. 여기 불날 일 없어."

대수롭지 않게 대꾸하고 칫솔을 헹구자 미호가 잠자코 문을 닫았다. 이걸로 끝이겠거니 넘기고 생각도 안 하고 있었는데 이번에는 자려고 누운 침대 머리맡으로 다가와 "만약에……" 를 꺼냈다.

"또 만약에야?"

도대체 왜 저러나 싶은 생각에 슬슬 의아해졌다.

"너랑 나랑 절벽에 매달렸는데 올라갈 줄이 하나밖에 없어. 그럼 그 줄 네가 잡을 거야 아니면 나한테 줄 거야?"

"미호 너 갑자기 쓸데없는 걱정이 늘었다. 능력이 사라져서 걱정되는 거야? 그래서 그래?"

안 하던 짓을 세 번이나 하니까 아닌 게 아니라 신경이 좀 쓰인다.

"그게 아니고 줄 누구 줄 거냐고! 나 줄 거야?"

당장 절벽에 매달린 사람처럼 악을 쓰며 대답을 재촉하는 게 어이없고 황당해서 그만 두 손 들고 말았다.

"알았어! 주면 되잖아. 너 혼자 다 잡아."

"사실대로 말해봐. 주고 싶지 않지? 너만 잡을 거지."

아무것도 아닌 일을 갖고 집요하게 붙잡고 늘어지는 게 귀찮아서 휘휘 손사래를 쳤다.

"너 준다니까. 가서 잡아."

"솔직하게 말해봐! 나 안 줄 거지? 너만 살고 싶지!"

계속 끈질기게 나오니까 울컥 짜증이 치밀었다.

"그럼 살고 싶지, 죽고 싶겠냐!"

더 이상은 상대도 하기 싫다는 듯 이불을 확 뒤집어쓰고 등을 돌렸다.

미호는 시무룩한 표정으로 벽에 기대서서 하염없이 대웅을 쳐다보았다.

꼭 날 대신해서 죽겠다고 말을 해야 날 좋아하는 건 아니야. 그건 동주 선생 말대로 정말 환상이야. 그래, 난 그런 건 정말 바라지 않아. 그냥 날 계속 기억해주기만 하면 돼. 그건 흔들리지 않아.

다음 날 대웅이 일찌감치 외출을 서둘렀다.

"중국 가서 쓸 것 간단히 사자. 운동화 하나 더 사야 하지?"

순간 미호의 안색이 급격히 어두워졌다.

"웅아, 중국 가기 전에 바로 사줬잖아. 분홍색에 하얀 줄 있는 운동화 기억 안 나?"

"아, 그거. 까먹었네."

"기억 안 나? 까먹었어? 한 달도 안 됐는데······."

동주가 했던 말이 저주처럼 귓가에 맴돌았다.

— 영원히 기억해줄 것 같죠? 금방 잊어요.

"웅아, 너 나 처음 만났을 때 쫓아왔던 게 뭔지 기억나?"

"멧돼지."

"그럼 나 처음 봤을 때 뭐라고 했는지는 기억나?"

"귀신이라고 했지!"

세상에, 그 중요한 말을 벌써 잊었다니.

"아니야, 와! 예쁘다, 그랬어."

"야, 그건 무의식적인 감탄사지."

"그래, 그건 그렇다고 쳐. 그럼 내가 너 올려놨던 나무가 무슨 나무인지는 기억나?"

그러자 기막히다는 듯 대웅이 투덜거린다.

"나무가 그냥 나무지, 무슨 나무인지 어떻게 알아."

"이파리가 뾰족했는지, 똥글똥글했는지도 기억이 안 나?"

"그런 걸 기억하는 사람이 어디 있냐?"

미안해하기는커녕 당당하기가 그지없다. 저 혼자 그런 게 아니고 사람이란 모두 그런 거니까 잘못한 거 없다, 이거다. 너무 어이가 없어 화도 안 났다.

"기억하는 사람은 없는 거구나."

갑자기 맥이 탁 풀렸다.

"너 정말 왜 그래? 혹시 능력이 사라지면서 기억력도 안 좋아져? 그럼 안 되는데……."

자기는 한 달 전 일도 기억 못 하는 주제에 팔자 좋게 남의 기억력 걱정을 하고 있다.

"아니야, 난 기억력 좋아. 난 다 기억해!"

황당해 하는 대웅을 남겨두고 미호는 먼저 옥상으로 나갔다.

전부 다 기억할 순 없는 거야. 그렇지만 점점 더 까먹겠지. 게다가 대웅이는 야단맞을 기억력이라고 했는데.

확인을 하면 할수록 마음이 점점 무거워졌다.

동주 선생 말대로 내가 죽으면 대웅인 날 금방 까먹고 다른 사람을 좋아하게 될까?

평상에 우울하게 앉아서 대웅의 옆자리를 차지하게 될 여자의 얼굴을 그려보았다.

악플이나 메롱이 차지하게 되는 걸까?

그건 절대로 싫다. 생각만으로도 몸서리가 쳐질 정도로 싫다.

"미호야, 가자."

대웅이 방에서 나와 미호에게로 다가왔다.

"웅아, 우리 오늘 진짜 좋은 데 가자."

우울한 기분을 훌훌 털어내고 싶어서 일부러 목소리를 높였다.

"그럴까?"

"웅. 오늘은 내가 가보고 싶었던 데 가서 정말 재미있게 보내자. 그리고 하나, 하나 다 기억하고 절대로 까먹지 말자."

진지하게 다짐을 받아두려는 것인데 대웅은 그저 대수롭지 않은 표정으로 가볍게 받아넘겼다.

"그러자. 어디 가고 싶은데?"

"내가 어제 가고 싶다고 한 데."

"어디?"

청천벽력 같은 소리에 순간 입이 떡 벌어졌다.

"어제 얘기했잖아. 기억 안 나?"

"그러니까 거기가 어디냐고."

도리어 답답한 표정을 짓는 대웅을 쳐다보며 미호는 거의 울고 싶은 심정이었다.

"동물원! 내가 어제 동물원 가고 싶다고 얘기했잖아!"

다그치듯 몰아세우자 대웅의 표정이 굳어졌다.

"아, 그래. 내가 어제 얘기한 데 중에 동물원은 갈 생각 못 했다. 근데 그럴 수도 있는 일 아니야? 왜 그렇게 화를 내?"

그럴 수도 있는 일이란 말이 오히려 미호를 서럽게 만들었다.

"너는 내가 어제 얘기한 것도 기억을 못 해주면 도대체 뭘 기억할 거야?"

울컥하며 언성을 높이자 대웅이 당황한 표정으로 쳐다보 았다.

"미호야……."

"너는 다 까먹고 나한테 줄도 안 주고 악플이랑 메롱이랑 있을 거지! 그러면, 그러면 나는 정말 좀 억울해!"

도통 이해할 수 없는 말을 하는 미호를 대웅은 멀뚱히 쳐다 볼 뿐이다. 그런 대웅이 미워 홧김에 가출선언을 하였다.

"나 닭집 아줌마한테 갈 거야. 나 찾지 마!"

대웅이 미처 붙잡을 틈도 주지 않고 다다다 빠른 속도로 계단을 달려 내려갔다.

미호는 닭집으로 들어가 바쁘게 닭을 튀기고 있는 강 여사를 심란하게 쳐다보았다.

"아줌마, 사람들은 누가 죽어서 없어지면 다 잊고 그냥 잘 사는 거야?"

일찍이 남편을 잃은 강 여사가 닭을 튀기다가 말고 강단 있는 목소리로 말했다.

"산 사람은 살아야지, 그럼. 나 이렇게 열심히 닭 튀기고 장사하면서 먼저 간 사람 생각 안 해. 그걸 다 기억하고 못 잊고 있으면 기름에 눈물 떨어져서 먹고살겠어?"

반론의 여지가 없을 만큼 확고한 목소리에 힘이 쑥 빠졌다.

그렇구나. 인간은 원래 그런 거구나. 그런데 그걸 대웅이 잘못인 것처럼 몰아세우고 데이트도 다 엎고 이리로 달려왔으니 대웅이가 화 많이 났겠다.

"아줌마, 나 갈게."

"닭 좀 먹고 가지, 왜 그냥 가?"

아쉬운 듯 붙잡는 강 여사에게 손을 흔들어 인사하고 얼른 집으로 달려갔다. 창고방의 문을 열려는데 문이 잠가 있다.

"어, 웅아! 대웅아, 있어!"

잠가 있는 문고리를 흔들며 소리를 지르자 안쪽에서 대웅이 목소리가 들렸다.

— 들어오지 마!

순간 올 것이 왔구나 하는 생각에 눈앞이 캄캄해졌다.

"대웅아, 미안해. 내가 잘못했어."

— 아직 들어오지 마!

이렇게까지 화를 내는 건 처음이라 당황스러웠다. 필요한 거 사준다고 나가자고 했는데 버럭 성질 피우면서 뛰쳐나갔으니 화를 내는 게 당연하다.

"내가 엉뚱한 걸로 화내서 미안해. 내가 진짜 진짜 진짜 미안해. 웅아, 나 들어가게 해줘. 웅아, 화 풀어. 얼굴 보고 얘기해."

— 안 돼.

거듭되는 사과에도 화를 풀지 않는 걸 보니 위기도 보통 위기가 아니다. 절박한 마음에 고친지 얼마 안 된 문을 발로 뻥 차 다시 부쉈다. 어떻게든 마음을 풀어주어야 한다는 일념으로 다급하게 안으로 들어간 순간 식탁 앞에 서서 김밥 싸는 데 열심인 대웅과 눈이 마주쳤다.

"웅아."

"에이, 거의 다 썼는데."

대웅이 애석한 듯 김샌 표정을 지었다.

"이게 뭐야?"

"김밥. 동물원에 가려면 김밥이 있어야지."

그러니까, 지금 대웅은 그녀가 없는 사이 김밥을 짠하고 싸놓고 깜짝 놀라게 해줄 계획이었던 것이다.

"웅아."

그렇게 화내면서 데이트고 뭐고 다 팽개치고 뛰쳐나갔는데…… 순간 가슴 저 밑에서부터 뜨거운 감동이 밀려들었다.

"뽀글이 물도 썼다."

이렇게 열심히 최선을 다 해주는데, 이거면 돼.

어제부터 내내 가슴을 까맣게 뒤덮고 있던 찜찜한 그늘을 획 내던져버리고 대웅을 향해 환하게 웃었다.

"웅아, 나 네가 너무 좋아."

"내가 아니라 김밥이 좋은 건 아니고?"

픽 웃으며 놀리는 소리에 미호가 눈을 동그랗게 뜨며 달려들었다.

"내가 말했잖아. 대웅이 너는 일등급 한우라고. 김밥이랑은 비교가 안 되지."

대웅이 짐짓 서운한 표정을 지으며 툴툴거렸다.

"내가 겨우 한우냐?"

"한우가 얼마나 맛있는데."

눈을 동그랗게 뜨는 미호를 쳐다보며 대웅이 어이없는 웃음을 날렸다.

"그래, 오백 년 동안 갇혀 살면서 한우 생각이 제일 간절했다는 애한테 뭘 더 바라겠냐. 근데 아직은 네가 구미호니까 봐

주는 거다. 사람 되면 한우보단 내가 훨씬 더 우선이어야 해. 알았지?"

"응아, 구미호인 지금도 네가 한우보다 훨씬 훨씬 좋아."

대웅아, 나 사람으로 널 만나기는 힘들 것 같아. 그래도 네가 구미호인 날 좋아해 줘서 참 다행이야. 안 그랬으면 이런 행복, 한 번도 못 느껴보고 죽었을 거야.

돌이켜볼수록 다행인 일들이 참 많다.

"아이고, 어쩐 일이냐. 어서 들어와라."

예고도 없이 불쑥 찾아온 대웅과 미호를 쳐다보며 할아버지의 얼굴에 함박웃음이 걸렸다.

"나 잠깐 내 방에서 짐 좀 챙겨올 테니까 너 여기 할아버지랑 있어. 할아버지, 나 잠깐 올라갔다 올게."

대웅이 2층으로 올라가고 미호는 할아버지와 소파에 나란히 앉아서 들뜬 표정으로 난생처음 구경한 동물원 얘기를 꺼냈다.

"할아버지, 동물원 간 적 있어요?"

"동물원?"

할아버지가 2층으로 올라가는 계단 쪽을 살피듯이 쳐다보았다.

"글쎄, 난 거기는 별로다."

"정말요? 난 좋던데. 우리 오늘 동물원 갔다 왔어요."

할아버지의 눈이 휘둥그레졌다.

"동물원엘? 대웅이가 가겠다고 하든?"

"내가 가고 싶다고 말했어요. 동물원에서 진짜 곰도 보고 여우도 보고 호랑이도 보고 다 봤어요."

미호가 팔을 이만큼 벌리며, 오늘 본 동물들의 크기를 가늠해 보였다. 그러나 할아버지는 미호의 얘기보다는 다른 데 더 관심이 가는 모양이다.

"대웅이가 네가 가잔다고 동물원을 갔다 온 거 보면 널 정말 각별히 여기긴 하는구나."

"왜요?"

"우리 대웅이 애비, 애미가 거기 놀러 갔다 오는 길에 사고를 당했어."

"그럼 대웅이는 동물원 싫어해요?"

미호가 걱정스러운 표정으로 물었다.

"학교에서 소풍을 가도 동물원 근처면 가기도 싫어했어. 당연히 마음이 좋지 않겠지. 그래도 너랑은 괜찮은가 보다."

할아버지가 신통한 눈으로 미호를 새삼스레 쳐다보았다.

"대웅이는 엄마, 아빠 기억이 별로 안 난다고 했는데……."

미호가 시무룩해 하며 할아버지를 쳐다보았다.

"어려서라 기억은 별로 없어도 마음엔 아프게 남지. 평생……."

대웅이 기억해주기만 바랐지, 그 기억이 얼마나 그를 아프게 할지는 생각을 못 했다.

내가 죽으면 대웅인 평생 아픈 기억으로 힘들어하면서 살아야 하나.

"미호야, 짐 다 쌌다."

가방을 들고 내려오는 대웅과 시선을 마주하며 씩 웃는데 마음이 욱신거리며 아프다.

대웅과 손을 꼭 붙잡고 할아버지네 집 앞 골목길을 걸었다.

"벌써 오늘 하루도 다 갔네. 이제 51일밖에 안 남았다."

대웅이 밤하늘을 바라보며 뿌듯하게 웃었다.

"그래, 51일 남았어."

씁쓸하게 말하며 붙잡고 있는 손에 힘을 꼭 주었다.

"잘하면 너 중국에서 사람 될 수도 있겠다. 안 돼, 안 돼. 구미호가 사람 되는 역사적인 일인데 한국 땅에서 한국 사람으로 태어나야지."

아무것도 모르는 대웅이 마음 아파서 미호는 입술을 꾹 깨물었다.

"어디든 네 옆에 있으면 돼. 웅아, 남은 날 동안 좋은 기억만 많이, 많이 채우자."

"그래, 그 뒤로는 인간 대 인간으로 사귀는 거니까."

티 없이 웃는 대웅을 슬프게 바라보며 담담하게 진심을 토로했다.

"너한테 날 기억할 걸 많이 주고 싶어. 그거면 하나도 안 억울해."

대웅이가 아파할 걸 생각하면 많이 미안하지만 그래도 오래도록 기억해주었으면 좋겠다.대웅의 기억 속에서 완전히 지워지는 건 아무래도 마음이 너무 아프다.

"미호야, 너 구미호 포기하는 거 좀 억울하긴 하구나?"

미호가 한 말을 잘못 이해하고는 대웅이 거만한 포즈로 제 가슴을 턱턱 두드렸다.

"너 오백 년 포기해서 진짜 멋진 오십 년 얻는 거야. 이 차대웅이 옆에서. 절대로 억울해 하지 마."

하나도 안 억울해. 오백 년보다 오십 년보다 훨씬 예쁜 오십 일이면 난 다 괜찮아.

출국 전에 사무실에 들러야 한다는 대웅을 먼저 보내고 미호는 할아버지를 찾아가 마지막으로 인사를 올렸다.

"할아버지, 안녕히 계세요."

이제 다시는 못 볼 얼굴이란 생각을 하니까 가슴이 미어졌다.

"그래, 가서 일 열심히 잘하고 와라. 너무 열심히는 말고 요령껏 상황 봐가면서."

흐뭇하게 바라보는 할아버지를 향해 환하게 웃어주고는 주방으로 가 고모에게 인사를 나눈 다음 마당으로 가 뚱자에게도 마지막 인사를 고했다.

"뚱자야, 안녕. 너는 대웅이 베프니까 대웅이 잘 부탁해."

어려운 부탁을 마치고 뚱자를 꼭 끌어안았다. 부탁한 거 꼭 들어줘야 해.

닭집 앞을 지나면서 유리창 너머로 강 여사에게 손을 흔들어 주고는 짐을 가지러 집으로 터덜터덜 걸어가는데 혜인이 담벼락에 기대서서 할 말이 있는 표정으로 미호를 쳐다보았다.

"어, 악플이네."

혜인이 미호에게 다가와 경고하듯 말을 꺼냈다.

"야, 너 대웅이 따라가지 마. 네가 옆에 있으면 대웅이한테 안 좋은 일 일어날 거 같아. 못 간다고 하고 여기 있으면서 액션스쿨 청소나 해."

고작 이런 말도 안 되는 이유로 대웅과 남은 날들을 포기하라고? 정말이지 비웃음조차 아까울 지경이다.

"난 갈 거야. 대웅이랑 같이 있는 하루하루가 너무 소중하거든."

그러자 혜인이 매서운 표정으로 목소리를 음습하게 낮추며 협박했다.

"너 가면 사람들한테 구미호 거 다 말한다."

이제 이런 협박에는 귀도 안 간지럽다.

"마음대로 해. 나 이제는 주민등록증도 있고 운전면허증도 있고 여권도 있어. 그런데도 나한테 구미호라고 하면서 검사 시키려고 들면 사람들이 너더러 미쳤다고 할걸."

여유만만하게 쏘아붙이고 건물 안으로 들어가려는데 혜인
이 신경질적인 목소리로 물었다.

"진짜로 정신 나간 건 대웅이야. 너 대체 대웅이 어떻게 홀
린 거니?"

"가르쳐 줄까?"

혜인이 불쾌한 표정으로 째려보았다. 구미호에게 가르침 따
위 받고 싶지 않다면 애초에 질문을 하지 말았어야지.

"좋아해서, 내가 너무 너무 너무 좋아해서 결국 대웅이도 나
좋아해 줬어. 너도 누구 홀리고 싶으면 너무 너무 너무 좋아한
다고 해 봐."

이건 가르쳐줄까 말까 하다가 마지막인데 선심 한 번 쓰자
싶어서 혜인을 향해 사랑의 총알을 날렸다.

"이렇게, 이렇게."

혜인이 황당한 표정으로 사랑의 총알을 유심히 쳐다보았다.

"그건 또 무슨 주문이야?"

"내가 너한테 진짜 좋은 주문 가르쳐줬으니까 너도 잘 써먹
어 봐. 안녕."

본의 아니게 작별의 인사까지 건넨 다음 방으로 올라갔다.

커다란 가방을 꺼내 옷이며 화장품을 잔뜩 챙겨 넣고 대웅
에게 전화를 걸었다.

"웅아, 나 인사 다 하고 짐도 다 쌌어. 넌 감독님 줄 서류 챙
겼어?"

— 응. 난 짐이 많아서 병수랑 콜 밴 불러서 공항 갈 거야. 조금 이따가 출발할 거니까 너도 이리로 올래?

"아니야. 여기서 곧장 갈게. 공항에서 만나자."

전화를 끊고 인제 그만 나가야 하는데, 아쉬운 생각에 발길이 쉽게 떨어지질 않는다.

인간세상으로 발을 들이고 대웅이와 함께 한 시간이 온전히 녹아 있는 이곳에 다시는 못 올 거라고 생각하니까 눈물이 왈칵 쏟아질 것만 같다. 고개를 뒤로 젖혀 천장을 바라보며 눈물을 꾹 눌러 참았다.

여기도 이제 안녕.

가방을 터덜터덜 끌고 건물 밖으로 나오는 순간 주차장 옆에서 기다리고 있던 동주와 눈이 마주쳤다.

"동주 선생 만나면 얘기해줄 거 있었는데 잘 됐다."

슬프게 쳐다보는 동주에게 다가가 일부러 발랄하게 말을 걸었다.

"이대로 떠나서 안 돌아오고 거기서 사라질 생각인 거죠? 결국 차대웅 대신 죽을 결심을 굳히기로 한 거예요?"

항상 서늘한 온도를 유지하던 동주가 얼굴을 붉혀가며 흥분을 했다.

"동주 선생, 내가 대웅이를 대신해서 죽겠다고 하는 게 그렇게 화가 나?"

"기껏 인간 하나 때문에 죽겠다고 하는 게 어리석어 보여요."

"나는 내가 멋지다고 생각해. 나는 구미호고 결국 사람은 못 됐지만 좋아하는 사람한테 전부 다 줄 수 있는 내가 좋아."

거리낄 것 하나 없는 해맑은 표정으로 사랑하는 인간을 위해 제 목숨을 내놓겠다고 당당하게 말을 하는 무모함이 너무도 안타까워 오히려 말문이 막혔다.

"여기까지 찾아온 건 나를 말리기 위해서 그런 것 같은데 나를 그냥 둬. 동주 선생이 말리는 걸 내가 원하지 않아."

동주가 뭔가를 억누르는 표정으로 가만 서 있다가 한참만에 입을 열었다.

"나는 상대방이 원하는 대로 해주는 게 사랑이라고 믿었어요. 그래서 바보 같은 실수를 저질렀고 천 년이 넘는 시간을 후회 속에서 보냈어요. 절대로 같은 실수를 반복하고 싶지 않아요."

한 마디, 한 마디 고통스럽게 내놓는 동주의 말이 다 끝나기를 기다렸다가 미호가 담담하게 말했다.

"나는 동주 선생의 길달이 아니야. 이제 갈게. 안녕."

흔들림 없는 표정으로 죽음을 향해 걸어가는 미호의 뒷모습을 바라보며 동주의 표정이 점점 싸늘하게 굳어갔다. 이렇게 되면 마지막 카드를 드는 수밖에 다른 길이 없다.

동주는 전화를 걸어 혜인을 불러냈다.

"대웅이 지금 떠날 준비하고 있대. 난 못 말린다고 했잖아.

미호 걔도 무조건 따라가겠다고 했어. 내 능력 밖이야."

동주가 불러낸 게 자신의 잘못을 탓하기 위해 그런 거라고 지레짐작했는지 혜인이 동주의 얼굴을 보자마자 변명을 늘어놓았다.

"차대웅에게 알려요."

"뭘?"

"차대웅이 여우구슬을 품고 있다는 사실은 당신도 알죠?"

"알아. 그 구슬 덕분에 다치지도 않고 무사한 거라며."

"구슬이 몸속에 계속 남아 있다면 무사하죠. 차대웅과 여우는 서로 약속을 했어요. 백일 간 구슬을 품어주고 다시 여우에게 돌려주기로. 그러면 구미호가 사람이 될 수 있거든요."

혜인이 기겁한 표정으로 되물었다.

"걔가 정말로 사람이 된다고?"

"그런데 차대웅이 모르고 있는 게 있어요. 백일 동안 인간의 기를 받은 구슬이 몸 밖으로 나오면 그걸 품고 있던 인간은 죽어요."

일순 찾아온 적막 속에 거칠어진 혜인의 숨소리만 요란하였다.

"그게 무슨 말이야……."

"구미호와 약속한 대로 백일이 지난 후 구슬을 돌려주면 차대웅은 죽는단 뜻이에요."

"대웅이가 죽는다고?"

숨도 제대로 쉬지 못할 정도로 공포에 질려 있는 혜인을 바라보며 차분하게 그녀가 할 일을 알려주었다.

"두 사람 아직 함께 떠나지 않았어요. 함께 갈 수 없도록 당신이 가서 차대웅을 막아요."

동주는 차를 몰고 공항으로 달렸다. 혜인에게서 죽는다는 얘기를 전해 들으면 대웅은 분명히 미호에게서 멀리 도망가려 할 것이다. 미호가 절망으로 기운 빠져 있을 때 일본으로 데리고 가면 된다.

차를 주차하고 미호를 찾아 체크인 카운터 쪽을 쭉 살피며 걸었다. 저 앞 종합 안내데스크 앞에서 신기한 듯 사방을 두리번거리는 미호의 모습이 보였다. 성큼성큼 걸어가 미호의 앞에 섰다.

"동주 선생."

놀란 얼굴로 쳐다보는 미호를 향해 차분하게 일렀다.

"당신을 보낼 수 없어요."

"대웅이 지금 올 거야. 무슨 일 있어도 나는 가."

"차대웅은 오지 않아요. 포기하세요."

"뭐?"

미호가 바싹 얼은 표정으로 그를 쳐다보았다.

"그자에게 알렸어요. 구슬을 빼면 죽는다는 사실을. 그걸 알았으니 차대웅은 당신 앞에 나타나지 않아요. 아마 지금 당신에게서 멀리 도망가고 있는 중일 겁니다."

미호의 눈에 원망 쌓인 눈물이 그렁그렁 맺혔다.

"동주 선생 왜 그랬어? 왜 대웅이한테 말했어. 대웅이는 절대로 알게 하지 않으려고 했단 말이야. 나 대신 죽을래, 살래, 그런 선택 같은 거 하고 싶지 않았어. 그런데 왜 그랬어, 왜!"

피맺힌 절규 앞에서 동주는 오히려 냉정하고 차분해졌다. 처음 겪는 일이 아니다. 그러니 새삼 분노할 것도 당황할 것도 없다. 도망간 인간은 어떻게 해서든 잡을 수 있지만 여우가 살려는 의지를 놓아버리면 그건 동주로서도 어떻게 할 수가 없는 일이다. 잔인한 방법이긴 하지만 구미호를 살리려면 사랑이라는 환상을 깨부수는 것밖에는 없다. 그리하여 사랑 따위에 목숨 걸 필요가 없다는 사실을 스스로 깨닫게 만들어야 한다.

"인간은 사랑 따위에 절대로 목숨을 걸지 않아요. 당신이 수천 년을 살아갈 목숨을 다 내던져서 지키려는 그 사랑을 인간은 고작 백 년도 안 되는 목숨을 지키기 위해 버려요."

"그만해."

고통에 일그러진 얼굴을 담담하게 바라보며 계속해서 날카로운 언어의 비수를 날렸다.

"당신도 그걸 아니까 차대웅에게 죽어줄 수 있냐고 묻지 못한 거잖아요. 차대웅이 죽지 못하겠다고 당신더러 죽으라고 하면 그 아름답던 사랑이 깨져버리니까."

숨 쉴 틈 없이 몰아붙이자 미호가 눈을 질끈 감으며 고개를 푹 수그렸다.

"차대웅은 당신에게 오지 않아요. 만에 하나 지금 당장은 달려온다고 해도 점차 죽음이 눈앞으로 닥쳐오면 뒷걸음질치고 도망가 버리게 마련이에요. 사랑이라는 환상을 깨고 당신 자신을 지켜요."

미호가 고개를 들어 그를 쳐다보았다. 한바탕 폭풍우가 휘몰아치고 지나간 얼굴에는 아무런 감정도 남아 있지 않았다.

"동주 선생, 정말 잔인하다."

"현실을 보게 해준 것뿐이에요."

"나한테 지금 내가 가진 사랑은 환상이고 거짓이니까 다 깨버리고 도망가서 살라는 거야?"

절망스러운 눈으로 쳐다보는 미호를 향해 고개를 끄덕여 보였다.

"차대웅은 오지 않아요. 그걸 깨닫고 받아들이면 당신은 그렇게 살 수 있을 거예요."

대웅은 병수와 함께 미리 불러둔 콜밴 짐칸에 가방을 실었다. 출발한 지 얼마 되지도 않았는데 끼익, 타이어 마찰음이 요란스레 들리더니 차가 급하게 멈췄다.

"어떤 자식이야!"

노발대발하는 택시기사의 목소리에 차창 너머를 바라본 순간 대웅의 표정이 굳어졌다. 혜인의 차가 택시 앞을 가로막고

서 있었다. 차에서 내린 혜인이 택시 문을 열고 느닷없이 대웅의 팔을 붙잡아 당겼다.

"빨리 내려. 잠깐 내리라고. 할 얘기가 있어."

반쯤 넋이 빠져 있는 혜인을 놀라 쳐다보며 대웅이 얼떨결에 택시에서 내렸다.

"병수야, 여기 잠깐만 기다려. 얼른 얘기만 듣고 올게."

"그래, 알았다. 얼른 와야 해. 비행기 시간 늦어."

기사 아저씨에게 양해를 구하는 병수의 목소리를 뒤로 한 채 택시 문을 닫았다.

"무슨 얘긴데? 전화로 하면 됐잖아."

"전화로 할 얘기가 아니야. 내가 너 속아서 이용당하는 거라고 했지? 내 말이 맞았어. 너 당장 그 여자애 피해서 멀리 도망가야 해."

순간 머리에서 뚜껑이 열렸다. 도대체 상관하지 말라고 몇 번을 더 말해야 알아듣는단 말인가.

"우리 일에 더 이상 끼어들지 말라고 했잖아. 난 지금 당장 공항으로 가야 해. 안 그럼 비행기 놓쳐."

택시 문에 손을 대려는 순간 혜인이 다급하게 소리를 질렀다.

"가면 안 돼! 너 개랑 있으면 안 돼."

"누나!"

인내가 한계에 도달해 터지기 일보 직전 혜인이 폭탄선언을 했다.

"너 개랑 있으면 죽어!"

"뭐?"

"네 구슬 백일 뒤에 빼서 그 여자애 주면 개가 사람 된다며. 그래서 네가 지금 백일 동안 품어주는 거라며. 근데 네가 모르는 사실이 하나 있어. 백일 뒤에 구슬을 빼주면 넌 죽어."

머릿속이 하얘졌다. 혜인이 전혀 없는 얘기를 갖고 와 이토록 흥분할 이유는 없다. 그렇다면 그때 도깨비가 했던 말이 내가 죽는다는 얘기였나? 갑자기 모든 게 혼란스러워 이성적인 생각을 하기가 힘들었다.

"진짜 죽겠네."

미호가 구슬을 가져가면 내가 죽고 안 가져가면 미호가 죽는다니. 충격이 크니 오히려 허탈한 기분이 들었다. 반쪽짜리 얘기만 흘리고 나머지 반쪽은 숨기고 있던 박동주가 왜 갑자기 혜인을 통해 비밀을 알렸을까.

죽기 싫으면 미호 옆에서 떨어져 도망가라는 거겠지.

대웅은 망설임 없이 택시 문을 열었다.

"대웅아, 어디 가?"

혜인이 겁먹은 표정으로 물었다.

"미호한테."

택시에 탄 대웅을 망연자실 쳐다보고 있는 혜인의 얼굴이 새하얗게 질려갔다.

"너 미쳤어!? 거길 왜 가! 너 죽는다잖아! 개 때문에 죽겠다는 거야! 당장 도망쳐!"

대웅은 차창을 열고 침착한 눈빛으로 흥분에 날뛰는 혜인에게 말했다.

"안 죽어. 나는 절대로 안 죽어."

커다란 여행가방을 들고 무수하게 많이 오가는 사람들 속에서 대웅의 모습은 계속해서 나타나지 않았다.

"차대웅은 오지 않네요."

그러니 이만 포기하라는 듯 차분하게 이르는 소리에도 미호는 고집스레 정면만을 쳐다보았다.

"나한테 다 맡기고 나랑 같이 일본으로 가요. 백일 뒤에 구슬을 줄 수 있느냐는 질문도, 대답도 다 내가 얻어서 가져다줄게요."

미호는 결심을 굳힌 듯 자리에서 일어서서 차분한 눈빛으로 동주를 바라보았다.

"그래, 동주 선생이 하라는 대로 해볼게."

동주가 환하게 웃으며 따뜻한 눈빛으로 미호를 바라보았다.

"그래요. 아직 50일 정도 시간이 남아 있으니까 당신의 결심을 한 번 돌려봐요."

미호는 동주 곁에 나란히 서서 항공사 체크인 카운터 쪽을 향해 걸었다.

"지금 바로 일본으로 떠나면 돼요. 티켓은 남아 있을 거예요."

묵묵히 동주가 이끄는 대로 따라 걷던 미호가 카운터 앞에 다다르자 갑자기 주변을 살폈다. 동주가 카운터에 서서 티켓을 문의하고 있는 틈을 타서 잽싸게 단체 관광객들 속으로 섞여 들어갔다. 일단 동주의 시선에서 벗어나게 되자 출구를 향해 전속력으로 달렸다.

대웅이가 오지 않아도 난 괜찮아. 아니, 절대로 오면 안 돼. 내 마음은 깨지고 마는 환상이 아니라 진짜니까.

건물 밖으로 나가서 신호등을 기다리고 있는데 맞은편에서 대웅의 목소리가 들렸다.

"미호야!"

도망치지 않았다! 이렇게 와주었다!

제발 오지 말길, 그토록 되뇌었건만 막상 대웅의 얼굴을 보는 순간 가슴이 너무 벅차올라서 눈물이 터져 나올 것만 같았다. 어쩌면 대웅이 와주기를 원했는지도 모르겠다. 아니, 사실은 마음속 깊은 곳에서 비밀스레 바라고 또 바랐다. 대웅이 자신의 이름을 불러주길.

신호등이 파란 불로 바뀌고 대웅이 성큼성큼 미호에게로 다가왔다.

"어디 가? 안내데스크 앞에서 기다리고 있으라고 했는데."

한 마디라도 말을 하면 울음이 터져버릴 것만 같아 입술을 꾹 깨물었다.

"넌 그냥 도망갈 거야? 내가 여기 있는데?"

입술을 열 수가 없어서 그저 고개만 내저었다.

"백일이 지나면 우리 둘 중에 하나가 죽어야 한다는 거지?"

대웅이 확실하게 확인하고 넘어가겠다는 듯이 미호를 똑바로 바라보며 물었다. 미호가 슬픈 눈으로 고개를 끄덕거렸다.

이렇게 와주었다. 도망칠 수 있었는데 와 주었으니 그걸로 충분하다. 대웅이 어떠한 선택을 하든 기쁜 마음으로 따를 것이다. 조금의 억울함도 갖지 않고, 온전히.

"이미 다 정해져 있는 거니까 그런 말도 안 되는 일을 그냥 얌전히 앉아서 받아들이라고? 혼자라도 살려면 도망치라고? 아니. 난 못 해! 안 해!"

아까부터 출구 앞에 서서 두 사람을 쳐다보고 있는 동주를 노려보며 대웅이 버럭 소리를 질렀다. 도대체 자기가 신이라도 돼? 아니 설사 신이라고 해도 이런 부당한 명령에 무조건 복종할 생각 같은 건 조금도 없다.

"둘 중에 하나가 죽는 날 받아놓고 기다리는 거 난 안 할 거야."

"나도 싫어!"

말을 내뱉는 순간 가슴을 꽁꽁 옥죄고 있던 쇠사슬이 탕 끊어진 것처럼 마음이 편안해졌다.

대웅이를 위해서 죽는 것보다는 대웅이 옆에서 살고 싶다.

"오늘이 백일에서 딱 반이 지났어. 미호야, 지금 나한테서 구슬 가져가."

"지금 구슬을 가져가라고? 그럼 어떡해."

미호가 혼란스러운 표정으로 대웅을 쳐다보았다.

"어떻게 될지는 나도 몰라. 대신에 저 자식도 모를걸!"

확실한 사실은 이건 온전히 두 사람 문제라는 것이다. 우리 둘의 문제를 저 작자의 생각과 의지대로 움직이고 싶지는 않다.

"우리 둘 문제야. 그러니까 우리가 하고 싶은 대로 결정해서 가자. 난 내 목숨 반 내놓고 넌 인간이 되는 거 포기하고 한 번 가보는 거야. 죽을지 살지는 몰라."

미호가 눈물을 글썽인 채 대웅의 손을 꼭 붙잡았다.

"그럼 우리 둘이 하나뿐인 줄 같이 잡는 거네."

대웅이 미호의 볼을 감싸 쥐고 신념에 찬 눈빛으로 내려다보았다.

"미호야, 사랑해. 그러니까 너 위해서 혼자 죽어주는 거 나 안 해. 너도 절대 하지 마."

강한 어조로 내뱉는 한 마디, 한 마디가 미호의 가슴에 용기를 불어넣었다.

"대웅아, 나도 너 위해서 혼자 죽어주는 거 절대 안 해. 너도 하지 마."

우리가 선택하고 함께 하는 길 끝에 기다리고 있는 게 무엇이든 어떠한 것이든 달게 받아들이리라. 혼자서 외롭게 등 돌리며 가는 것에 비하면 차라리 행복이므로.

"너를 사랑하는 사람인 내가 할 수 있는 결정은 이거야. 어디로 갈지 모를 무모한 선택이라도 같이 하는 거야! 살아도 같이 살고 죽어도 같이 죽는 거야!"

대웅이 고개를 숙이고 미호와 입술을 맞추었다. 파란 기운이 미호에게로 전해지는 모습을 망연자실 지켜보며 동주는 그대로 얼어붙었다.

너를 살리기 위해서라면

두 사람을 엄호하듯 휘돌던 바람이 잦아들자 대웅은 입술을 떼고 미호와 얼굴을 마주보았다.

"너 괜찮아?"

걱정스러워 하는 대웅을 향해 미호가 고개를 끄덕였다.

"어. 괜찮아."

"다행이다. 정말 다행이다."

말을 마치기가 무섭게 대웅이 갑자기 정신을 잃고 앞으로 푹 고꾸라졌다.

"대웅아!"

혼비백산하여 소리를 지르는데 병수가 반가운 표정으로 다가왔다가 미호의 품 안에서 정신을 잃고 쓰러져 있는 대웅을 발견하고는 기겁을 하였다.

"대웅아! 미호 씨, 얘 왜 이래요?"

병수의 목소리가 들리기는 하는데 그게 무슨 소리인지 하나도 알아들을 수가 없다. 어수선하게 오고 가는 사람들, 뭔가를 다급하게 외치는 소리가 전혀 동떨어진 세계에서 벌어지는 소동처럼 무의미하게 느껴졌다. 마치 그녀 혼자만 다른 세계로 떨어져 나가버린 것처럼.

　병원에 어떻게 온 건지 수속은 누가 했는지 그런 건 하나도 모른다. 미호가 알고 있는 사실은 대웅이 응급실 안에서 사경을 헤매고 있다는 것.
　"대웅아, 대웅아."
　응급실 앞 복도에 기대서서 미호는 그저 주문처럼 사랑하는 사람의 이름을 되뇌고 또 되뇌었다. 이렇게라도 하지 않으면 그대로 정신줄을 놓아버릴 것만 같기에.
　"정말 무모한 선택을 했군요."
　동주가 미호 앞으로 다가와 섰다.
　"대웅이, 대웅이 살겠지? 이대로 죽는 건 아니겠지?"
　지푸라기라도 잡는 심정으로 동주를 절박하게 바라보았다.
　"그건 나도 몰라요. 당신은 괜찮나요?"
　대답 끝에 사족처럼 붙은 질문을 귀 뒤로 흘려버린 채 미호는 눈을 꽉 감았다.
　대웅아, 대웅아. 제발.
　실낱같은 희망을 붙들며 가까스로 버티고 있을 때 응급실에서 나온 병수가 미호를 불렀다.

"미호 씨!"

병수의 우울한 표정과 마주한 순간 심장이 덜컥 내려앉았다. 응급실로 들어가 떨리는 목소리로 대웅을 불렀다.

"대웅아."

핏기 하나 없는 얼굴로 손에 링거를 꽂고 있는 대웅의 모습은 액션스쿨 체육실에서 구슬을 뺏었을 때와 별반 달라 보이지 않았다. 그때와 같은 죽음의 그림자가 그를 덮고 있는 것인가 싶어 덜컥 겁이 났다.

"안 되겠어. 구슬을 다시 대웅에게 줘야겠어."

동주가 미호의 손목을 확 붙들었다.

"늦었어요."

"늦었다고?"

미호가 사색이 된 얼굴로 동주를 돌아보았다.

"이제 돌이킬 수는 없어요. 차대웅이란 인간이 가진 생명의 절반을 당신에게 구슬과 같이 넘겼어요. 당장 죽을지, 몇 달을 더 살지, 몇 년을 더 살지는 원래 그가 가진 목숨의 크기에 달렸어요."

그러니 그만 단념하라는 듯 동주가 미호의 손목을 붙잡은 손에 힘을 꽉 주었다.

"지금 당신이 할 수 있는 건 아무것도 없어요."

미호가 결연하게 동주를 바라보았다.

"만약에 이대로 대웅이가 깨어나지 않으면 나한테 동주 선생 칼 줘."

"따라 죽기라도 하겠다는 거예요?"

동주가 굳은 표정으로 미호를 확 잡아당기는 순간 대웅의 목소리가 들렸다.

"그 손 놔."

미호가 믿기지 않는 얼굴로 대웅을 돌아보았다.

살아났다! 깨었다!

"나 멀쩡하니까 미호 손 놓고 꺼져!"

대웅이 가까스로 몸을 일으켜 침대 머리맡에 등을 기대고 앉아서는 동주를 매섭게 노려보았다.

"대웅아!"

미호가 동주 손을 있는 힘껏 뿌리치고 대웅에게 달려가 와락 안겼다.

"웅아!"

대웅의 냄새, 대웅의 온기를 온몸으로 느끼며 미호는 대웅이 한순간에 사라져버릴까 봐, 아무것도 해주지 못하고 보내버리게 될까 봐 무섭고 두려운 마음을 참고 참았다.

"다행이야, 정말 다행이야."

대웅은 품 안에 얼굴을 푹 파묻고 몇 번씩이나 같은 말을 되풀이하는 미호를 꼭 끌어안고 귓가에 대고 낮게 속삭였다.

"괜찮아. 나 진짜 괜찮아."

그리고는 관찰자처럼 바라보며 서 있는 동주를 향해 이제 매섭게 쏘아붙였다.

"나는, 울 할아버지가 어디 가서 점을 봐도 백이십 살까지 산다고 했어. 그러니까 앞으로 오십 년은 끄떡없을 거다."

볼 일 다 끝났으면 이만 꺼지라는 듯 노려보는 시선에 동주가 차분한 목소리로 응대했다.

"어떨지 두고 보죠."

도대체 어쩔 작정인 걸까?

작별 인사조차 방해가 될 것 같은 분위기를 빠져나오며 동주는 생각에 잠겼다. 백일도 채우기 전에 구슬을 빼서 구미호에게 줘버릴 생각을 할 줄은 꿈에도 몰랐다. 무모한 인간의 결정에 결국 동주가 따라가게 돼 버린 셈이다.

사랑을 위한 사람의 선택이라……

그게 어떤 결과를 가져올지는 그 역시도 알 수가 없다. 그저 앞으로 일어날 일을 지켜보는 수밖에 다른 도리가 없다.

기꺼이 지켜봐 드리죠. 시간은 차고 넘치는 게 나란 존재니까.

어두운 복도를 걸어가는 동주의 뒷 모습이 쓸쓸하고 슬퍼 보였다.

미호는 침대 주변으로 빙 둘러 있는 커튼을 꼼꼼히 치고 대웅 곁에 찰싹 붙어 앉았다.

"정말 괜찮아?"

아무래도 마음이 놓이지를 않아서 대웅의 안색을 세심하게 살폈다.

"아니, 무지 배고파. 얼른 여기 나가서 밥부터 먹어야겠어. 넌 정말 아무렇지 않은 거지?"

걱정스럽게 묻는 대웅의 얼굴에 대고 미호가 문제없다는 듯 배를 가리켰다.

"응. 구슬이 있잖아."

문득 걱정스러운 생각이 들어 대웅의 귀에 대고 비밀스레 속삭였다.

"근데 구슬이 나 막 치료해서 없어진 꼬리 다시 생기면 어쩌지?"

"이미 없어진 게 다시 생기겠어? 지금 다섯 개 남았다 그랬지?"

"응, 나 꼬리는 계속 없어지고 너한테 받은 인간 기만 남았으면 좋겠다."

대웅이 간절한 표정을 짓는 미호를 쳐다보며 안심하라는 듯 웃어 보였다.

"그래, 나 멀쩡한 거 보면 너도 멀쩡할 거야."

"55일째 되는 날 다섯 번째 꼬리 없어지나 안 없어지나 보면 알겠지."

전전긍긍해 하는 미호를 안쓰럽게 바라보다가 가만히 어깨를 끌어안았다.

"만약에 안 없어져도 괜찮아. 구미호도 괜찮았는데 오미호면 어떠냐?"

"웅아."

눈물을 글썽이는 미호를 멋쩍게 바라보다가 다른 데로 말을 돌렸다.

"그나저나 구슬이 무사히 너한테 돌아가서 다행이다."

"그러게. 계속 아무 일 없어야 할 텐데……."

수심에 잠긴 미호를 쳐다보며 대웅이 걱정스레 물었다.

"너 이제 몸도 예전 같지 않은데 중국 갈 수 있겠어?"

"사실 구슬이 어떻게 될지 좀 걱정 돼."

손바닥으로 진단하듯 배를 어루만지는 모습을 지켜보면서 대웅이 결심을 굳힌 듯 말을 꺼냈다.

"중국 가는 거 미루자. 나도 너 걱정 돼서 못 가. 병원에 실려 온 김에 진단서 끊어서 감독님한테 조금만 시간을 달라고 부탁해보자."

미호가 눈을 똥그랗게 뜨고 대웅을 쳐다보았다.

"그래도 돼?"

"지금은 무엇보다 구슬이 상태가 중요하니까 위험은 피해야지."

미호가 배를 어루만지며 간절한 목소리로 말을 꺼냈다.

"구슬아, 제발 아무 문제없어야 해."

그 순간 침대 커튼이 확 젖혀지며 할아버지가 깜짝 놀란 얼굴로 들어왔다.

"구슬이라니, 대체 무슨 소리냐?"

"그게……."

당황하여 말을 잇지 못하는 대웅에게 할아버지가 다그치듯 언성을 높였다.

"똑바로 말해봐!"

계속 되는 채근에 미호가 안절부절 못 하며 고개를 푹 수그렸다.

"할애비한테 말도 안 하고 속이려고 한 거냐?"

얼굴이 시뻘게지도록 흥분하는 할아버지와 차마 시선을 마주할 수가 없어 대웅은 고개를 떨어뜨렸다.

"할아버진 몰라도 되는 거라서."

"어떻게 몰라도 돼! 미호가 가진 구슬이 위험하다는 거 다 들었어, 이놈아!"

"할아버지."

이런 식으로 허무하게 미호의 정체가 밝혀지는구나 싶어 눈앞이 캄캄했다. 며느리 될 사람이 구미호에서 꼬리 네 개 떨어진 오미호라는 걸 할아버지가 알게 됐으니 앞으로 벌어질 일을 상상만 해도 머리가 하얘질 지경이다.

"어떻게 내 증손자 얘기를 나한테 숨겨!"

증손자?

이게 도대체 무슨 상황인지 헤아리느라 대웅은 눈만 말똥말똥 떴다. 고모가 옆구리에 손을 얹고 쾌씸하다는 듯 터무니없는 의심을 기정사실화해버렸다.

"구슬이? 태명이니?"

그러니까 할아버지나 고모는 미호가 임신했다고 의심하는 것이다. 하도 기가 막혀 대웅은 그저 헛웃음만 났다.

"아니야."

그러나 이미 결론을 굳힌 사람들에게 대웅의 부정은 그저 낯부끄러운 상황을 모면하려는 변명, 그 이상도 그 이하도 아니었다.

"그랬구나. 그래서 기를 쓰고 미호 씨 만나러 들어온 거구나."

병수가 이제야 이해가 간다는 듯 고개를 끄덕거렸다.

"아니야! 그런 거 아니라니까!"

사태의 심각성을 느끼고 대웅이 진지하고도 격하게 부정했다. 그러나 할아버지의 괜한 역정만 샀을 뿐이다.

"차대웅. 끝까지 숨길 생각이냐? 그럼 당장 가서 확인해보자.

"뭐?"

"민숙아, 이 병원에 산부인과 있지?"

"네."

"미호랑 같이 가서 검사받아봐라."

검사란 말에 미호가 펄쩍 뛰며 대웅에게 구원의 눈빛을 쏘아 보냈다.

"할아버지, 검사 안 돼! 검사할 필요 없어."

펄쩍 뛰는 대웅을 보는 할아버지의 눈빛에 '이실직고하렸다'라는 뜻이 역력히 담겨 있다. 미호의 정체를 밝히느냐 없는 애를 임신시키느냐 그것이 문제로다의 상황에서 갈팡질팡 고민하다가 결국 임신 쪽을 선택했다. 차라리 애를 갖고 말지 어떻게 넬모레 여든을 바라보는 할아버지에게 장래의 며느릿감이 구미호란 말을 하느냔 말이다.

"맞아. 지금 미호 안에 구슬이 있어."

난감한 표정으로 띄엄띄엄 말을 하자 할아버지가 감격스러운 듯 미호의 손을 꼭 붙잡았다.

"미호야, 괜찮은 거냐?"

"네?"

미호가 할아버지의 시선을 슬금슬금 피하며 대웅을 향해 도와달라는 시선을 보냈다. 그러나 방법이 없기에는 대웅도 피차일반이다.

"안 되겠다. 민숙이 지금 미호 데려가서 산모랑 아이 무사한지 검사받아봐라."

말이 떨어지기가 무섭게 대웅이 대신 나서서 다급하게 소리쳤다.

"무사해! 완전 무사해!"

"정말 괜찮냐?"

근심스러운 표정을 거두지 못하는 할아버지에게 대웅이 미호의 어깨에 팔을 척하니 두르며 가식적인 미소를 지었다.

"괜찮아, 할아버지. 우리 구슬이 무사해. 그치?"

드라마에서 본 기억을 되살려 산모, 아니 미호의 배에 손바닥을 올리고는 있지도 않은 아이와 대화를 시도하는 짓마저 서슴지 않았다.

"구슬아, 괜찮지?"

미호 역시도 대웅의 손에 손바닥을 포개 얹고 가당치도 않은 연기에 가담했다.

"우리 구슬이 무사해요."

둘의 모습을 흐뭇하게 바라보던 할아버지가 돌연 고개를 뒤로 젖히고 손가락으로 양 미간을 꽉 움켜쥐고는 솟구치는 감정을 억눌렀다.

"아휴, 미호야 장하다."

할아버지 옆에 있던 고모가 떨떠름한 표정으로 미호에게 인사를 건넸다.

"축하한다고 해야 하나……."

"축하한다, 차대웅."

병수와 시선을 마주한 순간 대웅은 있지도 않은 아이를 가진 아빠로서 맞서야 할 상황에 앞날이 막막해졌다.

내가 진짜 짝짓기나 한번 해봤으면 이렇게까지 억울하진 않았을 거다.

퇴원을 하고 할아버지 집으로 끌려가 단체로 사골국을 먹었다.

"많이 먹어라. 오늘은 사골국 먹고 내일은 잉어도 사다 고아 먹자."

몸에 좋다면 공룡이라도 잡아 바칠 기세로 쳐다보는 할아버지를 향해 미호가 조신하게 웃고는 또박또박 제 의견을 말했다.

"저는 그냥 소국물이 좋아요."

미호가 하는 말이라면 뭐든지 예쁜 할아버지가 오냐 오냐 하며 고개를 끄덕였다.

"그래? 그럼 친구 놈한테 부탁해서 사골 더 얻어와야겠다."

사골국을 그릇째 들고 마시는 미호를 신통하게 쳐다보던 할아버지가 흐뭇한 표정으로 말을 꺼냈다.

"미호는 앞으로 우리 집에서 지내라."

"아니, 왜?"

뜨악해서 묻는 대웅을 할아버지가 도리어 황당한 표정으로 쳐다봤다.

"위험할 뻔했다는데 혼자 있으면 안 되지. 대웅이 넌 며칠 있다 영화 찍으러 다시 가야 하지 않니. 그동안 미호는 여기서 지내라."

싫다는 말을 꺼냈다가는 당장에 병원으로 달려가 태아의 상태부터 확인하자고 나올 분위기라 찍소리도 못하고 사골국을 마저 마셨다. 식사를 마치고 대웅은 미호를 데리고 방으로 올라가 상황을 이해시켰다.

"일단 할아버지가 구슬이를 오해하고 있으니까 나 중국 가기 전까진 여기서 지내자."

"그럼 우리 그때까지 여기서 같이 지내는 거야?"

"그렇지."

"둘이 같이 한 침대에서?"

미호가 방에 하나밖에 없는 침대를 가리키며 눈을 동그랗게 떴다.

"한 침대에서?"

순간 어색한 침묵이 방 안을 가득 메웠다. 1, 2년 지내온 방이 아니건만 이상할 정도로 좁게 느껴지면서 미호와 한 방에 있다는 게 강하게 의식되었다. 야릇한 분위기를 깨뜨린 것은 다름 아닌 미호였다. 돌연 고개를 획획 내젓더니 단호한 표정으로 입을 열었다.

"안 돼. 대웅이 너 나한테 벌써 기를 반이나 줬잖아. 어떻게 될지도 모르는데 더 뺏어 올 수는 없어."

대웅이 미련을 보이며 미호의 눈치를 살살 살폈다.

"어차피 반이나 줬는데 더 줘도 상관없지 않을까? 난 괜찮은 거 같은데."

"아니야. 백일 다 지나고 무사한지 확실히 한 다음에! 우리 그때까지 조심하고 참자. 웅아, 참아! 짝짓기에 눈이 멀어 목숨을 가볍게 여기면 안 돼!"

묘하게 돌아가는 상황에 대웅이 필요 이상으로 흥분해 언성을 높였다.

"야, 내가 무슨 눈이 멀어! 참아도 네가 참아야지. 만날 들이대던 게 누군데! 나는 그런 마음 없었어. 순전히 네가 걱정되는 맘에 그런 거야."

미호가 순순히 인정하며 고개를 끄덕였다.

"웅아, 나는 그런 맘이 많아. 그러니까 내가 참을 수 있게 너는 다른 방에 가 있어야겠다."

"뭐? 여기가 내 방인데 어디로 가?"

어이없다는 듯 바라보는 대웅을 향해 미호가 미안한 표정을 지었다.

"할아버지 말씀 들었지? 나는 뱃속의 구슬이 때문에 편하게 잘 쉬는 모습 보여드려야 해."

얼렁뚱땅 골방에 이불 깔고 드러누워서 천장을 바라보고 있는데 신세가 처량했다.

액션스쿨 창고 신세 모면하는가 싶었더니 골방 신세구나.

사실 말이 방이지 안 쓰는 물건을 쟁여놓는다는 점에서 창고나 다름없다. 그럼에도 목숨도 반이나 내줬는데 그깟 방 못내 주겠나 생각하니 마음이 한결 가벼웠다. 게다가 액션스쿨 창고방에서 하도 이력이 나서 그런가, 고모가 입다 질린 옷들이 주르륵 걸린 행거라든가 안 쓰는 그릇들이 담긴 상자들이 그저 방 안에 있는 소품들인 양 친근하게 느껴졌다. 이래서 사람은 좋은 데서 좋은 것만 보면서 살아야 한다고 했거늘.

방을 휘 둘러보다가 행거에 걸려 있는 여우털 코트에 눈길이 절로 갔다.

저 코트 만들려고 여우를 몇 마리나 잡았을까?

못마땅해 혀를 쯧쯧 차며 바로 옆방에서 자고 있을 미호를 떠올렸다.

괜찮겠지? 괜찮아야 하는데.

뭔가 가슴팍을 더듬는 것 같은 느낌에 화들짝 눈을 뜨자 미호의 결 좋은 머리카락이 눈에 들어왔다.

"미호야, 뭐야?"

"기를 줘."

자제력을 상실한 것 같은 음성에 잠이 확 깼다.

"야, 너 갑자기 왜 이래. 참는다며……."

미호가 고개를 드는 순간 시퍼레진 눈동자와 정통으로 시선이 부딪쳤다. 대웅은 화들짝 놀라 몸을 뒤로 뺐다.

"미호야!"

걱정스레 부르는 소리가 들리지도 않는지 미호는 계속해서 대웅의 가슴팍을 더듬으며 알 수 없는 소리를 되풀이했다.

"부족해. 참을 수 없는 갈증을 채워야겠어. 기를 나누자."

"미호야, 너 왜 이래. 이성을 찾아."

대웅이 미호의 어깨를 붙잡고 애원을 하고 있을 때 돌연 방문 밖에서 고모의 목소리가 들렸다.

"어머, 미호 얘가 어디 갔지?"

대웅이 다급하게 미호를 붙잡아 앉혔다.

"제발 참아. 미호야, 너 지금 반은 사람이야."

순간 미호가 괴로운 표정을 지으며 고통스럽게 탄식했다.

"반. 내 꼬리가 반으로 줄고 있어. 아홉 개나 되던 게 다섯 개로 줄었어. 이러다 꼬리가 다 없어져 버리겠어."

당장에라도 고모가 들어올 것 같아 대웅은 거의 제정신이 아니었다.

"너 꼬리 다 없어졌으면 좋겠다며."

그러자 미호가 살기등등한 눈빛으로 대웅을 쏘아보았다.

"내 꼬리를 가져가고 인간의 기를 넣은 게 바로 너지! 내 꼬리 내놔."

미호가 맹렬하게 달려들어 대웅의 멱살을 움켜쥐는 순간 문밖에서 똑똑 노크 소리가 들렸다. 어떻게 해야 할지 몰라 숨만 내쉬고 있는데 마치 구원처럼 옷걸이에 걸려 있는 여우털 코트가 대웅의 시야 안으로 들어왔다. 잽싸게 손을 뻗어 꼬리가 주렁주렁 달린 코트를 미호에게 덮어주었다.

"꼬리 여기 있어. 그러니까 제발 진정 좀 해. 고모가 듣겠어."

"대웅아, 미호 여기 있니?"

계속 미적거렸다가는 고모가 문을 열고 들어올 것만 같아서 급하게 대답을 했다.

"응. 여기 있어."

"아까 계속 목마르다고 냉장고 들락거려서 물 갖고 올라왔는데 미호가 없어서 깜짝 놀랐지 뭐니. 그러게 그냥 네 방을 같이 쓰면 될 걸 누가 눈치를 준다고. 하여튼 여기 문 앞에 물병 두고 갈 테니까 챙겨줘. 알았지?"

무슨 상상을 하고 있는지 빤히 알 것 같았지만 지금은 그런 오해에 일일이 해명할 겨를도 없었다. 아니, 오히려 방문을 열지 못하게 하는 방패막이가 된다는 점에서 오히려 감사한 마음이 들었다.

"알았어. 고마워, 고모."

고모가 물러가고 이제야 한숨을 돌리며 미호를 쳐다보았다. 어느새 잠에 들었는지 미호가 여우꼬리를 붙잡은 채 쌕쌕 깊은숨을 내쉬고 있었다. .

"자는구나. 이제 진정이 좀 된 건가. 진짜 여우 덕에 살았네."

대웅은 잠들어 있는 미호를 안아서 자신의 방으로 데려가 침대 위에 눕혔다. 그 순간 미호가 눈을 반짝 떴다. 다행히 눈색깔이 원래대로 되돌아왔다.

"미호야, 괜찮아?"

그제야 안도의 한숨을 내쉬며 허심탄회하게 물었다.

"웅아, 너 왜 여기 있어?"

조금 전 일이 기억나지 않는지 미호가 도리어 놀란 표정으로 대웅을 쳐다보았다.

"너 이제 괜찮냐?"

안색을 살피느라 얼굴을 바싹 들이밀자 미호가 화들짝 놀라며 대웅을 확 밀쳐냈다. 엉겁결에 엉덩방아를 찧고 황당하게 쳐다보는데 미호가 가당치도 않게 팔을 엑스자로 겹치며 제 몸을 방어했다.

"웅아! 이러면 안 돼! 참기로 했잖아. 그 새도 못 참고 이러면 어떡해."

정말이지 콧구멍이 두 개라 숨을 쉬지, 하나였으면 기가 막혀 죽었을 거다.

"야, 내가 뭘!"

"웅아, 구미호인 나도 참는데 사람인 네가 이러면 안 돼!"

적반하장도 유분수다. 순식간에 가해자로 몰아가는 분위기에 대웅은 거의 환장할 지경이었다.

"야! 네가 눈 시퍼래져서 덮친 거야! 나 자는데 쳐들어와서 기를 나누자고 막무가내로 달려들었던 거 기억 안 나?"

미호가 뻥 찐 표정으로 기억을 더듬었다.

"내가? 난 그냥 계속 자고 있었는데……."

"방금 고모한테도 들킬 뻔했어. 정말 생각 안 나?"

미호가 혼란스러운 눈빛으로 고개를 내저었다.

"안 나."

순간 어이없던 마음이 불안으로 변해갔다.

"뭔가 부작용인가……."

"몰라. 나 왜 그러지."

수심에 잠겨 있는 미호를 불안하게 바라보다가 애써 감정을 떨쳐버리고 대수롭지 않은 듯 미호의 어깨를 다독거려 주었다.

"너무 걱정하지 마. 아까 보니까 너 기운 엄청 좋더라. 그래! 구슬 가져오고 기운이 다시 너무 좋아져서 살짝 넘친 걸 거야."

"또 그러고 돌아다니면 어떡하지?"

이성 잃고 덤비던 모습이 떠올라 찜찜하기는 했지만 그마저도 훌훌 털어버렸다.

"내가 너 지키고 있을 테니까 걱정하지 마."

불안해하는 미호를 다독거리며 침대에 눕혔다.

"아무 걱정하지 말고 일단 자."

아무래도 옆에서 지켜보아야 할 것 같아서 대웅은 골방으로 가서 이불을 갖고 왔다. 침대 옆에 이불을 까는 대웅을 쳐다보며 미호가 걱정스럽게 물었다.

"웅아, 내가 앞으로 계속 매일매일 이렇게 변하면 어떡하지?"

"그럼 내가 매일매일 지키고 있으면 되지."

"매일매일 잠도 못 자고 힘들잖아."

대웅이 침대 옆에 바싹 붙어 앉았다. 그리고는 속상한 표정을 짓는 미호의 얼굴을 가만 들여다보았다.

"매일매일 같이 있을 수는 있잖아."

"응아……"

위로를 구하듯 내미는 손을 대웅이 꽉 붙잡아주었다.

"괜찮을 거야. 괜찮을 거야, 미호야."

어쩌면, 스스로에게 하는 말인지도 모르겠다.

본격적으로 불안해지기 시작한 것은 아침식사를 할 때였다. 아침이라 채소 위주로 반찬이 나왔는데 할아버지가 고기는 없냐고 물었던 것이 화근이었다. 얌전히 앉아 있던 미호의 눈 동자가 돌연 시퍼렇게 변했다.

"고기를 줘."

할아버지나 고모가 볼세라 튕기듯이 일어나 미호의 눈을 손으로 가리고 장난을 치는 것처럼 해서 미호를 데리고 정원으로 나갔다. 그리고도 여전히 시퍼런 눈을 해 가지고 뚱자를 쳐다보며 "고기, 고기" 하는 통에 식겁을 할 뻔했다.

시도 때도 없이 변하는 미호도 걱정이지만 할아버지나 고모한테 이상한 낌새라도 들킬까 봐 일 초 일 초가 살얼음판이었다. 임기응변으로 넘어가는 것도 하루 이틀이지 근본적인 대책이 절실하였다.

"웅아, 나 자꾸 변하지?"

처음엔 변하는 것도 전혀 기억을 못 하더니 자주 그렇게 되면서 어렴풋이 기억은 나는 모양이다. 슬퍼 보이는 눈망울과 마주하는 순간 차마 그렇다는 말을 할 수가 없어 차라리 입을 다물었다.

"왜 자꾸 이러지. 안 그러고 싶다고 마음속으로 계속 비는데도 자꾸 변해. 나 구미호로 다시 돌아가려고 이러는 건가?"

불안해하는 미호를 안타깝게 쳐다보다가 결심을 굳히고 말을 꺼냈다.

"여기 있으면 안 되겠다. 이러다가 들키겠어. 우리 다시 액션스쿨 창고방에 가 있자."

그러자 미호가 어쩔 줄 모르는 표정으로 배를 어루만졌다.

"할아버지가 오해하고 있는 건 어떡해? 너무 좋아하시잖아."

"사실대로 말씀드려야지. 차라리 빨리 말씀드리는 게 나을 거야."

미호가 고개를 푹 수그렸다.

"미안해. 나 때문에."

무어라 위로할 말을 찾지 못해 가만 바라보고만 있다가 무슨 말이든 하고 싶어 힘들게 입을 떼었다.

"너 때문 아니야."

"이런 내가 너무 싫다."

속상해하는 미호가 너무 가슴 아파서, 대웅은 하는 수 없이 동물병원으로 동주를 찾아갔다. 두 번 다시는 마주치고 싶지 않은 작자지만 지금으로서는 미호의 상태에 대한 조언을 구할 수 있는 유일한 존재이기도 했다.

"미호가 구슬을 돌려받고 나서 본인의 의지와는 다르게 자꾸 눈빛이 변하면서 이성을 잃어. 왜 그런 거지? 어쨌거나 당신이 이런 건 더 잘 알지 않을까 싶어서 물어보는 거야."

"구미호의 본능이 계속 드러나는 거겠죠."

동주의 대답에 개의치 않는 표정으로 다시 물었다.

"난 미호가 완전히 예전으로 돌아가도 상관없어. 어쨌든 목숨에는 지장이 없는 거지?"

"그건 나도 몰라요. 내가 아는 건 그녀의 몸속엔 지금 구미호의 기와 인간의 기가 반씩 들어 있고 그 둘을 다 죽일 수 있는 반인반요인 내 피가 흐르고 있다는 거예요."

둘 다 죽일 수 있다는 말에 대웅이 긴장한 표정으로 동주를 뚫어지게 쳐다보았다.

"만약 두 기가 잘 섞이면 그녀도 나와 같은 반인반요가 되는 거예요."

저 작자랑 같은 존재가 된다고? 어쩐지 불쾌한 기분이 들었다.

"그렇게만 된다면 내 피는 그녀를 죽이는 걸 멈출 거예요."

"그렇게 되지 않으면?"

재촉하듯 묻는 대웅을 담담하게 바라보며 동주가 차분히 말을 꺼냈다.

"그렇게 되지 않으면 구미호의 기도 인간의 기도 다 죽고 사라지겠죠."

"기가 잘 섞였는지 어쩐지 지금 알 수 있어?"

초조하게 묻는 소리에 동주가 느릿하게 말을 꺼내며 템포를 조절했다.

"55일이 지나는 날 다섯 번째 죽음이 찾아온다는 건 당신도 알 거예요. 그날 다섯 번째 꼬리가 사라지지 않는다면 내 피가 그녀를 죽이는 걸 멈췄다는 거겠지요."

"꼬리가 사라지지 않으면 앞으로 계속 살 수 있다는 거지?"

지푸라기라도 잡고 싶은 대웅의 질문에 동주가 눈썹을 치켜 올렸다.

"사라지면 백일 후에 그녀는 틀림없이 죽는 거예요."

충격으로 일그러진 대웅의 표정을 바라보며 동주는 기분이 묘해짐을 느꼈다.

정말로 변한 걸까.

대웅이 목숨의 반을 미호에게 내놓았다는 얘기를 전해주자 혜인이 경악하며 말을 했다. 말도 안 된다고, 내가 알던 대웅인 그런 애가 아니라고, 그렇게 자기 내던져서 희생하는 애가 아니라고. 그리고 그건 동주가 오래도록 경험해 알고 있는 인간의 전형적인 모습이기도 했다. 철없고 이기적이던 대웅이 스스로의 의지로 목숨의 반을 내놓게 된 이유가 뭘까. 수십 번을 생각하고 내린 결론은 딱 하나였다.

그는 변했다. 사랑하는 사람한테 모든 걸 다 줄 수 있는 스스로가 좋다며 결연하게 외치는 상대를 만나서 그 자신도 그렇게 할 수 있는 사람으로 변한 것이다. 너무나도 견고하고 촘촘하게 엮여져 있는 그 둘 사이를 비집고 들어갈 틈이 있기는 한 걸까. 그러나 결론을 내리기에는 이르다. 구미호의 몸속엔 여전히 자신의 피가 남아 있으니.

동물병원에서 나와 터덜터덜 걸어가고 있는데 미호에게서 문자가 왔다.

— 대웅아, 빨리 와. 우리 가족사진 찍는대.

가족이라는 말이 사무치게 다가왔다. 미호와 가족이 되어 평생을 보내고 싶었는데, 그거 하나면 목숨의 반을 내주어도 아깝지 않았는데, 미호가 이대로 사라지면 어쩌나 생각만으로도 가슴이 찢어질 것만 같았다.

아니야, 반드시 잘 될 거야. 차대웅 인생에서 나쁜 일은 생길 리가 없지.

하늘을 향해 호령이라도 하듯 헛기침을 세게 하고 서둘러 집으로 달려갔다.

대웅이 집에 도착했을 때는 이미 사진사 아저씨가 도착해서 당장에라도 가족사진을 찍을 수 있게 모든 세팅이 되어 있는 상태였다.

"대웅아, 얼른 들어와라. 너 오기만 기다리고 있었어."

대웅이 활짝 웃으며 반기는 할아버지를 쳐다보며 의아한 듯 물었다.

"갑자기 웬 가족사진이야?"

"아버지가 구슬이랑 같이 꼭 사진 한 장 찍고 싶으시대."

고모의 말에 미호가 당혹스러운 표정으로 대웅을 바라봤다.

"얼른 와!"

할아버지가 재촉하는 소리에 대웅이 미호의 팔을 붙잡아 이끌었다.

"어떡해."

걱정하는 미호에게 대웅이 다독거리듯 말했다.

"걱정하지 마. 사진 찍고 나서 내가 다 말할게."

사진사 아저씨가 나가고 대웅은 할아버지를 안방으로 모시고 들어갔다. 돌침대에 걸터앉은 채 영문을 몰라 하는 할아버지 앞에 무릎을 꿇고 앉아 구슬이에 대한 진실을 고하였다.

"그게 무슨 소리냐?"

도저히 믿기지 않는다는 듯 되묻는 할아버지에게 죄스러워서 대웅은 고개를 들 수가 없었다.

"미호 임신한 거 아니라고. 할아버지가 오해한 거야."

"뭐, 오해? 그런 거짓말을 해!"

목에 핏대를 세우며 흥분하는 할아버지 앞에서 대웅은 그저 몸을 납작 수그리며 용서를 구하는 수밖에 다른 도리가 없었다.

"잘못했어, 할아버지."

고모가 안방에서 나오다가 방문 앞에 서서 안절부절 못 하며 서 있는 미호를 힐난하듯 쳐다보았다. 고모에게 고개를 푹 수그려 용서를 구하고 미호는 살짝 열린 문틈으로 방안 분위기를 엿보았다. 맥 빠진 표정으로 앉아 있는 할아버지 앞에서 대웅이 무릎을 꿇고 석고대죄하고 있다. 순간 '나 때문에'라는 죄책감에 가슴이 쿵 내려앉았다.

대웅에게 미안한 일은 그것으로 끝이 아니었다. 반 감독에게 전화를 걸어서 출국을 며칠만 미루어달라며 사정사정하게 하고 선녀를 찾아가서 액션스쿨 창고방에 며칠만 더 기거하겠다고 부탁하면서 싫은 소리를 듣게 하였다. 그런데도 지친 내색 한 번 안 비치고 자신 앞에서는 웃는 얼굴만 보이는 게 무엇보다 가장 미안했다.

"할아버지도, 감독님도, 친구들도 다 너한테 화났지?"

풀이 죽은 미호의 안색을 살피며 대웅이 조심스럽게 말을 꺼냈다.

"너 때문에 그런 거 아니야."

그게 오히려 더 미안해서 절로 고개가 숙여졌다.

"괜찮아. 다 괜찮아질 거야."

대웅의 상냥한 목소리가 쓰린 마음을 포근하게 감싸주었다.

대웅은 사무실 소파에 앉아 스튜디오에 들러 찾아온 가족사진을 가만히 들여다보았다. 행복해 보이는 할아버지의 얼굴이 새삼스레 마음에 걸렸다.

"사진을 찾기는 했는데 이거 가져가면 할아버지 더 화내겠지……."

심란해 하는 대웅의 등 뒤에서 병수가 사진을 흘긋 내려다보았다.

"야, 보통 우리 나이 때는 설령 구슬이가 생겼어도 안 생겼다고 하는 거짓말이 대부분이지 않냐? 그런데 넌 왜 생기지도 않은 구슬이로 거짓말을 했냐?"

정말로 궁금해 하는 병수에게 대웅이 어깨를 으쓱해 보였다.

"사정이 그렇게 됐어."

"대웅이 너 정말 미호 씨랑 올해 안에 결혼할 거냐? 네 꿈은 마흔 살까지 화려한 독신으로 살다가 브래드 피트처럼 마흔다섯 쯤 애 낳고 그런 거 아니었어?"

대웅이 쓸쓸하게 웃으며 잘라 말했다.

"나 남들보다 두배는 빨리 살아야 해. 꾸물거릴 시간이 없어."

대웅은 가족사진을 들고 미호가 기다리는 액션스쿨 창고방으로 향했다.

오늘 미호의 다섯 번째 죽음이 있다. 다섯 번째 꼬리가 없어지면 미호는 죽는다.

제발, 꼬리가 그대로 남아있길. 기도하는 심정으로 한 걸음, 한 걸음 비장하게 내디뎠다.

대웅이 심각한 표정으로 방을 들어서자 미호가 활짝 웃으며 달려왔다.

"사진 갖고 왔구나!"

대웅에게서 사진을 받아들고는 소파에 걸터앉아 유심히 들여다보았다.

"와, 되게 멋있게 나왔다. 이땐 할아버지가 되게 좋아하셨는데……."

미안해 하는 미호의 얼굴을 유심히 바라보며 대웅은 전혀 다른 걱정으로 머리가 터질 것만 같았다.

"잘 섞였어야 하는데."

대웅은 미호의 볼을 감싸 쥐고 고개를 돌려 시선을 마주했다. 어리둥절해하는 미호를 간절하게 바라보며 주문을 외웠다.

"제대로 꽉꽉 잘 섞여서 이대로만 멈춰 있어라."

그리고는 칵테일 잔 흔들듯 미호의 얼굴을 흔들었다. 대웅이 하는 대로 멀뚱히 바라보고만 있던 미호가 의아한 표정으로 물었다.

"웅아, 왜 그래? 뭐가 멈추라는 거야? 내가 자꾸 이상하게 변하는 거 멈추라는 거지?"

지레 찔려하는 미호에게 무어라 할 말이 마땅치 않아서 그저 잠자코 있었다. 그러자 미호가 주눅이 든 표정으로 사과를 했다.

"웅아, 미안해. 나도 모르게 불쑥 튀어나오는 거라 내 마음대로 멈출 수가 없어. 이러다 꼬리도 변하면 어떡하지?"

대웅이 허옇게 질린 얼굴로 버럭 소리를 질렀다.

"안 돼! 지금 이대로 오미호에서 딱 멈춰 있어야 해. 미호야, 백일까지 얼마 안 남았어. 절대 변하지 말고 백일까지만 버텨! 네가 변할까 봐 나 너무 불안하단 말이야. 할 수 있지?"

안절부절 못 하는 대웅을 불안하게 바라보다가 미호가 마지못해 고개를 끄덕거렸다.

"응."

부디 오늘 하루만 잘 버텨주길.

간절하게 기도하며 잠들어 있는 미호를 지켜보았다.

"오늘 밤만 아무 일 없이 무사히 넘기면 돼. 제발 잘 섞여서 이대로 멈춰줘."

눈을 감고 기도하고 있는데 후다닥 일어서는 기척이 느껴졌다.

"어, 꼬리가……."

화장실로 달려가는 미호의 모습에 부리나케 일어나 뒤를 쫓았다. 대웅은 화장실 앞에 서서 문틈에 대고 다급하게 물었다.

"미호야, 왜 그래? 또 아픈 거야?"

"아니, 안 아파. 나한텐 지금 구슬이 있잖아."

"그럼 무슨 일인데."

긴장한 탓에 저도 모르게 주먹을 꽉 쥐었다. 대웅은 답답한 마음에 화장실 문을 쾅쾅 두드렸다.

"미호야, 얼른 나와 봐. 무슨 일이야? 응?"

화장실 문이 활짝 열리고 미호가 들뜬 표정으로 대웅에게 와락 안겼다.

"대웅아!"

심장이 부서질 듯 뛰었다. 제발, 제발.

"나 꼬리가 없어졌어."

순간 맹렬하게 날뛰던 심장이 뚝, 움직임을 멈추었다.

"없어졌다고?"

온몸에 힘이 풀렸다.

"어! 요즘 자꾸 이상하게 변하고 그래서 다시 꼬리가 생길까 봐 정말 많이 걱정했는데 하나가 또 없어졌어. 웅아, 나 인간이 돼 가고 있나 봐."

멋대로 해석하고 감격해 하는 미호를 망연자실 바라보다가 그만 고개를 떨어뜨리고 말았다.

"웅아, 넌 안 좋아? 나 사람이 돼 가고 있다니까."

대웅의 눈치만 살피는 미호가 답답해서, 아니 아무것도 할 수 없는 스스로에게 화가 나서, 이 말도 안 되는 상황이 어처구니가 없어서 가슴이 터질 것만 같았다.

"사람이 되고 있는 건지, 아닌지 네가 어떻게 알아!"

확 질러버리고 등을 돌려 성큼성큼 걸어가는데 미호가 불안하게 부르는 소리가 들렸다.

"웅아!"

죽음이 멈추지 않은 거다.

하나님, 도대체 이 일을 어떻게 해야 합니까.

하릴없이 평상에 앉아 밤하늘만 바라보며 청상을 떨고 있을 수는 없다. 대웅은 서둘러 나갈 채비를 했다.

"웅아."

따라나서려는 미호에게 담담하게 말했다.

"자고 있어. 잠깐만 나갔다가 올 테니까."

미호가 시무룩하게 대웅을 쳐다보았다.

"대웅아, 나 또 무섭게 변해서 너 괴롭힐까 봐 나가는 거야? 그런 거면 나가지 말고 여기 있어. 내가 밖에 있을게. 불안하면 문 잠가놓고 있어. 아, 맞다. 내가 발로 차서 문 다 부서졌다."

엉뚱한 일로 미안해하는 미호를 다독이며 방 안으로 데리고 들어갔다.

"그런 게 불안한 거 아니니까 걱정말고 자. 늦을지도 모르니까 기다리지 말고."

대웅은 무작정 동물병원으로 찾아갔다. 지금으로서는 동주만이 캄캄한 절망 속에서 의지할 수 있는 한 줄기 빛이었다.

"꼬리가 없어졌어. 내가 도대체 어떻게 해야 해? 그냥 죽는 걸 보고만 있어야 해? 제발 미호를 살릴 방법 좀 알려줘."

간절하게 사정하는 대웅을 한참동안 쳐다보다가 동주가 말문을 열었다.

"죽음을 멈추려면 구미호의 기와 인간의 기가 서로 충돌하는 걸 막아야 해요."

"그러니까 그걸 어떻게 막냐고! 내가 미호 속으로 들어가 싸우지 말라고 뜯어말릴 수도 없잖아."

답답하다는 듯 언성을 높이는 대웅을 똑바로 바라보며 동주가 단호하게 고개를 내저었다.

"아니요. 당신만이 막을 수 있어요."

"어떻게?"

"당신의 그녀 옆에서 사라져주면 가능해요."

반짝 타오른 기대가 말 한마디에 허무하게 꺼졌다.

"뭐? 사라지라고."

기막혀 하는 대웅을 쳐다보며 동주가 매섭게 몰아붙였다.

"구미호와 인간의 기가 섞이지 못하는 가장 큰 이유는 그녀 안에서 구미호의 모습이 사라져주길 바라는 마음이 크기 때문이에요. 바로 당신이 그녀 옆에서 온전한 인간이 되고 싶다는 바람을 부추기고 있기 때문이에요."

대웅이 충격 받은 표정으로 동주가 한 말을 되씹었다.

"그럼 내가 걔 옆에서 죽으라고 부추기고 있다는 말이야?"

동주가 고개를 끄덕였다.

"맞아요."

"난 구미호든 뭐든 다 상관없어. 미호도 그건 알고 있고."

망연자실해 있는 대웅을 냉랭하게 바라보며 동주가 냉정하게 말했다.

"하지만 그녀가 인간이 될 거라고 같이 기뻐하고 함께 인간으로서의 삶을 계획하기도 했잖아요. 당신 옆에서 계속 그러고 있는 한 죽음은 절대 멈출 수 없어요."

인제 와서 미호의 곁을 떠나라고? 말도 안 돼. 어떻게 그래?

혼란스러워하는 대웅에게 동주가 간절한 목소리로 설득했다.

"당신이 옆에 있으면 안 돼요. 당신이 옆에 없으면 인간이 되고 싶다는 바람도 사라질 거예요. 그래야 지금 본인의 상태를 거부감 없이 받아들일 수 있어요."

거듭되는 어이없는 요구에, 아니 선택의 여지가 없으니 일방적인 명령이나 다름없다. 어이없는 명령에 분노가 치솟았다.

"하나가 살면 하나는 죽어야 한다고 하더니, 인제 와서 둘 다 살려면 같이 있지 말고 헤어져야 한다는 거냐?"

흥분을 감추지 못하는 대웅을 차분하게 바라보며 동주가 말을 이었다.

"어쨌거나 죽든 살든 같이 하겠다고 내린 결정 덕분에 둘 다 살 방법을 찾았잖아요. 이번에도 사랑을 위해 사람으로서 할 수 있는 일이 뭔지 잘 선택해서 결정해봐요. 당신만 떠나준다면 그 뒤에는 나와 같은 존재로 이 세상에서 살아갈 수 있게 내가 그녀의 곁에 있어줄 거예요."

죽여 버리고 싶은 심정으로 동주를 노려보았다. 가능하다면 이 자리에서 당장 죽이고 싶다. 그렇지만 미호를 살리려면 이 작자의 힘이 절대적으로 필요하다. 미호를 뺏길 생각에 가슴이 찢어질 것처럼 고통스러웠지만 겨우 50일을 함께 하려는 이기심으로 미호를 죽일 수는 없다. 곁에 두고 싶다는 욕심으로 미호의 목숨을 위협해서는 안 된다.

이미 답이 정해져 있는 문제를 두고 고민하느라 대웅은 하얗게 밤을 지새웠다. 피곤함에 지친 몸으로 옥상으로 올라가는데 평상에 앉아 있던 미호가 반갑게 돌아보았다.

"대웅아!"

순간 눈물이 나올 것 같아서 대웅은 이를 악물었다.

"왜 안 자고 나와 있어."

거칠게 나온 목소리에도 미호가 방실방실 웃으며 그를 쳐다보았다.

"웅아, 나 꼬리가 없어지고 나니까 많이 좋아진 거 같아. 속에서 울렁울렁하는 것도 훨씬 줄었고 머리도 안 어지러워. 꼬리 하나씩 없어질 때마다 더, 더 좋아지겠지. 그치?"

사정 모르는 소리에 맞장구를 쳐 줄 수도 그렇다고 아니라고 면박을 줄 수도 없으니 그저 애매하게 쳐다만 볼 뿐이다.

"그게 그렇게 좋아?"

격한 감정에 목이 메어 목소리가 갈라졌다.

"그럼! 꼬리가 다 없어져야 다시 우리 인생계획도 질주할 수 있고 할아버지도 진짜로 기쁘게 해드릴 수 있잖아."

이루 말할 수 없는 시꺼먼 절망이 온몸을 덮쳤다. 동주 말이 맞았다. 자신이 미호의 곁에 붙어있는 한 미호는 인간이 되려는 의지를 결코 버리지 못할 것이다.

"미호야, 난 이대로도 좋아. 네가 뭐든 다 괜찮다고 했잖아. 그런 거 다 포기하고 그냥 내 옆에 있으면 안 되겠어?"

부질없는 바람이란 걸 알지만 대웅은 지푸라기라도 붙잡는 심정으로 미호를 애타게 쳐다보았다.

"웅아, 포기하지 마. 내 안에 들어 있는 동주 선생 피가 구미호의 기를 다 없애주고 너가 나한테 준 기가 무사하기만 하면 난 인간으로 살 수 있어."

그녀의 순진무구한 의지가 안타깝고 답답해서 버럭 화가 치밀었다.

"인간으로 사는 게 뭐가 좋아. 아프기도 하고 늙기도 하고 죽기도 해야 하는데."

"난 그러고 싶어. 전부 다 네 옆에서 너랑 같이 하고 싶어."

다른 건 아무것도 필요 없다는 듯한 순수하고 맑은 눈망울. 대웅은 밑도 끝도 없는 절망의 늪에 풍덩 빠진 기분이었다. 너무나 절대적이다. 말 몇 마디로 말릴 수 있는 바람이 아니었다.

"내가 옆에 있으면서는 그러지 말라고 해도 소용없겠지."

미호가 대웅을 향해 활짝 웃었다. 기운 빠져 있는 대웅을 북돋워주기라도 하려는 듯이.

"너만 옆에 있으면 다 잘 될 거야."

내가 옆에 있으면 미호는 죽는다. 미호가 인간이 되려는 건 다른 무엇도 아닌 나 때문이니까.

그 까마득한 절망감에 대웅은 그만 모든 걸 놓아버리고 싶은 무기력에 빠져들었다. 그렇지만 여기서 손을 놓아버리면 미호도 죽는다. 대웅은 평생 처음 책임감이라는 감정을 가슴에 새기며 이를 꽉 깨물었다.

독해져야 한다. 독하게 마음먹고 미호를 살려내야 한다.

슬프다고 괴롭다고 미련 갖고 손 붙잡고 늘어지면 미호는 죽는다. 미적거리고 있다가는 미호는 영영 사라져버린다. 우연이라도 마주칠 수 없고 같은 하늘 어딘가에서 숨 쉬고 있다는 위안조차 할 수 없는 곳으로 흔적도 없이.

조수석에서 앉아 있는 미호가 차창을 내려다보며 들뜬 표정으로 환호성을 질렀다.

"웅아, 우리 차 타고 놀러 가는 건 처음이다. 너무 좋아!"

대웅은 눈에 힘을 꾹 주고 마인드 컨트롤에 들어갔다.

슬퍼하지 마. 감상에 빠지지도 마. 네 이기심에 미호는 죽어.

"우리 어디 가는 거야? 또 동물원 가는 거야? 미리 말을 하지. 그랬으면 이번엔 내가 도시락 쌌을 텐데. 나 김밥 싸는 거 되게 해보고 싶었거든."

대웅이 굳은 표정으로 미호를 돌아보았다.

"우리 지금 놀러 가는 거 아니야."

"할아버지한테 가는 거야? 할아버지가 밥 먹으러 오래?"

순진무구한 눈망울에 대고 잔인하게 내뱉었다.

"아니."

그제야 이상한 낌새를 느꼈는지 미호가 의아한 표정을 지었다.

"그럼 어디 가는 건데?"

"동주 선생한테 가는 거야."

"거길 왜 가는데?"

대웅은 묵묵히 앞을 바라보며 숨을 크게 내쉬었다. 그리고는 불안해 하는 미호를 똑바로 바라보고, 마음속에 생각해둔 말들을 연기하듯 내뱉었다.

"미호야, 나, 더 이상 괜찮지가 않아. 너 내 옆에 꼭 있어야 겠냐?"

"뭐?"

하얗게 질린 미호의 얼굴에 마음이 약해질 것 같아 그만 시선을 정면으로 돌렸다.

"자꾸 이상하게 변하는 거 더 이상 감당이 안 돼. 또 무슨 짓으로 놀랠지 몰라서 무섭고 남들한테 들킬까 봐 불안해. 한창

바쁘게 일해야 하는데 너한테만 매달려 있어야 하는 것도 귀찮고 짜증 나."

"나 안 그럴게. 이제 안 그럴 수 있어."

애원하는 목소리가 심장을 날카롭게 푹푹 찔러댔다.

"너 동주 선생한테 가 있어."

"뭐?"

멍하니 입을 벌리고 믿을 수 없다는 듯 반문하는 목소리에 대웅은 그만 귀를 막아버리고 싶었다.

"지금 너 동주 선생한테 데려다 주러 가는 길이야."

더 이상 묻지 마. 아무 말도 하지 말고 그냥 가, 제발.

차라리 미호의 손을 잡고 울어버리고 싶다. 울면서 애원하고 싶다. 너 제발 동주 선생한테 가 있으라고. 그래야 살 수 있다고. 내 옆에 있으면 넌 죽는다고.

그렇지만 그렇게 하면 미호는 여전히 자신에 대한 기대를 버리지 못하고 무의식적으로 인간이 되기를 갈구할 것이다.

"대웅아, 나 때문에 많이 힘들었구나. 미안해. 앞으로는 너 신경 쓰이게 하지 않을게. 나 동주 선생한테 안 가. 우리 집으로 가자."

차라리 화를 내지. 왜 갑자기 변한 거냐고 화를 내지. 잘못한 것도 없이 사과하고 애원하는 미호 때문에 심장이 아프다고 비명을 질러댔다. 도저히 견딜 수가 없어서 브레이크를 급하게 밟고 차를 세웠다.

"내려!"

조수석 문을 열고 거칠게 명령했다. 불안하게 바라보던 미호가 주춤거리며 차에서 내렸다. 겁에 질려 서 있는 미호를 차갑게 쳐다보며 이를 악물었다.

"같이 지내다 정 들어서 내가 잠깐 정신이 나갔었는데 네가 자꾸 변하는 거 보고 겪으니까 정신이 번쩍 났어."

"웅아."

그렇게 상처 받은 표정으로 쳐다보지 마. 제발.

"진짜 인간이 될 수 있다면 참아보기라도 하겠는데, 이젠 그렇게 될 수 있다는 보장도 없잖아. 무섭고 불안하고 귀찮고 짜증 나서 나 더 이상은 못 해먹겠다."

눈에 눈물을 그렁그렁 담은 채 입술을 꾹 다물고 있는 미호에게 애원하듯 한 마디 한 마디 뱉었다.

"그러니까 네가 나 좀 봐줘라. 예전에도 내가 가라고 해서 조용히 떨어져 나가줬잖아. 이번에도 제발 그렇게 해줘."

믿을 수 없다는 듯 눈만 깜박거리고 있던 미호가 한참만에 말문을 열었다.

"대웅아, 이러지 마. 무섭게 이러지 마."

더는 미호를 보고 있을 자신이 없어서 주먹을 불끈 쥐고 해야 할 말들을 단번에 토해버렸다.

"동주 선생한테 가서 그 사람이 만들어준 박선주로 살아. 나도 그럼 마음 찜찜할 일 없을 것 같아. 그리고 다시는 내 앞에 나타나지 말아줘."

멍하니 서 있는 미호를 뒤로 하고 차에 올라탔다. 단숨에 시동을 걸고 차를 출발시키자 참고 참았던 눈물이 한꺼번에 안구로 몰려들었다.

"울지 마. 울 일 아니야. 미호를 살린 거야."

백미러 속에서 점점 작아져 가는 미호의 모습에 심장이 갈기갈기 찢어졌지만 그렇다고 여기서 멈출 수는 없다. 멀어지는 게 사라지는 것보다는 훨씬 더 낫다.

대웅은 포장마차로 들어가 미친 듯이 술을 퍼부었다. 옆에 앉아 있는 병수가 걱정스레 바라보았다.

"대웅아, 너 왜 이래?"

말없이 술을 잔에 따라 한 번에 털어 넣었다.

"그만 마셔. 벌써 몇 병째냐?"

뜯어말리는 병수의 팔을 확 뿌리치며 또 잔에다 술을 채웠다.

"나 지금 확 돌아버려야 하거든. 절대로 한 방에 안 떨어져 나가고 다시 올 건데 그땐 정말 확 돌아서 미친놈처럼 굴어야 해."

미호를 잊고 싶어서 마시는 게 아니다. 술이 위로가 돼서 마시는 것도 아니다. 미호를 살리려고 마시는 거다. 그러므로 마시는 걸 멈춰서는 안 된다.

미호는 평상에 오도카니 앉아서 대웅이 돌아오기를 기다렸다.

내가 대웅이를 너무 많이 힘들게 했어. 그러니까 내가 더 잘해주면 괜찮아질 거야.

어쩌면 이렇게 기다리는 것조차 대웅일 힘들게 만드는 것은 아닌지 마음에 걸리기도 했다.

악플 말대로 난 대웅에게서 목숨을 반이나 뺏었고 이제 구슬을 돌려받았으니 아무 도움도 되지 않는 해만 끼치는 존재일는지도.

그렇지만 다른 사람들은 몰라도 대웅만은 그게 아니라는 것을 알아줄 거라는 믿음이, 믿어줬으면 하는 바람이 그녀를 여기 이 자리에서 기다리게 만들었다.

계단 쪽에서 들리는 인기척이 반가워 평상에서 얼른 일어섰다. 만취한 상태로 몸도 가누지 못 하는 대웅을 병수가 부축해 데리고 들어왔다.

"대웅아!"

깜짝 놀라 대웅을 부축하는 병수를 거들어 창고 방문을 열었다. 병수가 대웅을 침대 위에 내려놓고는 미호를 걱정스럽게 바라보았다.

"미호 씨, 대웅이가 많이 취했어요. 말리려고 했는데 자긴 미치겠다고 그냥 두라고 하도 난리를 쳐서. 속상한 거 담아두고 술로 풀고 그런 녀석 아닌데 뭔가 말 못하게 힘든 일이 있는가 봐요. 미호 씨가 잘 달래줘요. 난 갈게요."

병수가 나가고 미호는 인사불성으로 잠들어 있는 대웅을 물 끄러미 들여다보았다.

내가 널 그렇게 많이 힘들게 하는 거야?

눈을 뜬 순간 머리통이 깨질 것처럼 두통이 밀려왔다. 얼굴을 찡그리며 앓는 소리를 내는데 불쑥 물 잔이 쑥 나타났다.

"웅아, 물 마셔."

미호다. 미호의 목소리다.

"네가 왜 여기 있어?"

냉정하게 몰아세우는데도 아랑곳하지 않고 환하게 웃으며 바라본다.

"네가 가라고 한다고 내가 쉽게 떨어져 나갈 것 같아? 난 초강력 순간접착제인데."

굳은 표정으로 미호를 쳐다보다가 마음을 굳히고 침대에서 벌떡 일어섰다.

"네가 안 가겠다면 내가 나갈게."

뒤도 안 돌아보고 걸어가는데 미호가 등 뒤로 바싹 붙어서 졸졸 따라왔다.

"나도 같이 가."

그만 걸음을 멈추고 미호를 돌아보았다.

"웅아, 나한테 화나면 막 화내도 돼. 짜증 부리고 신경질 내도 괜찮아. 너 하고 싶은 대로 막 해도 다 받아줄게. 백일 다 될 때까지 내가 다 참을 수 있어.”

　가슴 저 안쪽에서부터 뜨거운 감정이 목구멍까지 울컥 치밀었다. 이 끔찍한 연기를 끝내버리고 싶다. 미호를 부둥켜안고 목 놓아 울어버리고 싶다.

　“넌 벌써 나한테 네 목숨 반이나 줬잖아. 이제부터는 아무것도 안 해도 돼. 꼬리가 다 없어지고 진짜 사람이 될 때까지 내가 다 할게. 넌 그냥 옆에 있어주기만 하면 돼.”

　그렇지만 되돌이표처럼 반복되는 상황을 그만 끝내야 한다. 그래야 미호가 나의 미호가 살 수 있다.

　“싫어. 네가 옆에 있는 게 싫어.”

　충격받은 표정으로 보아 절반은 성공이다. 다행이다. 절대로 다행이다.

　“여차 해서 사람처럼 된다고 해도 사실 네 실체는 구미호잖아. 모르는 사람이야 널 사람으로 보고 대하겠지만 내 눈엔 사람으로 안 보여.”

　“그럼 뭐로 보이는데?”

　나의 미호는 어림짐작 같은 거 모른다. 확실하게 물어보고 확실하게 대답해주어야만 믿는다.

　“요즘 내 눈엔 자꾸 네가 괴물로 보여.”

　미호를 잘 알아서 다행이다. 미호가 무슨 말을 들어야 등을 돌리고 포기할지 알 수 있으니.

하늘이 무너진 것처럼 절망하는 미호를 남겨두고 대웅은 이를 악물고 계단을 내려갔다. 건물 밖으로 나와 미친 듯이 달렸다. 뒤도 돌아보지 않고 달리고 또 달렸다. 맑게 갠 하늘에서 후드득 굵은 빗방울이 뚝뚝 떨어졌다.

미호가 운다.

멈출 수 없어 달렸다. 되돌아갈 수 없으니 달렸다. 돌아가고 싶은 마음에서 도망치려 달렸다. 뺨을 타고 흐르는 뜨거운 물이 눈물인지 빗물인지 모르겠다.

미호야, 안녕. 사랑한다, 나의 미호.

한 달 후.

영화 〈월하검객〉 팀이 중국 촬영을 모두 마치고 귀국했다.

"다들 수고 많았어. 다음 주부터 스튜디오 촬영 시작되니까 푹 쉬어."

반 감독이 흐뭇한 표정으로 배우들과 스태프들의 등을 일일이 두드려 주며 격려했다. 마지막 무리에 끼어 들어오는 대웅을 발견하고 반 감독이 환하게 웃으며 다가왔다.

"차 군도 수고 많았어!"

"감독님도 수고 많으셨습니다."

한 달 새 몰라보게 어른스러워진 대웅이 정중하게 허리를 숙였다.

대웅은 가족이나 애인과 얼싸안고 있는 사람들 사이를 빠르게 빠져나갔다.

오늘이 88일째. 이제 얼마 안 남았구나. 잘 지내고 있겠지.

시선이 닿는 곳마다 미호가 떠오른다.

"어째 한 달 새 얼굴이 쑥 빠졌네."

할아버지가 안쓰러운 표정으로 대웅을 맞이했다.

"많이 타서 그래. 잘 먹고 잘 지냈어. 다친 데도 없이 멀쩡하게 잘 다녀왔어."

"얼른 밥 먹자. 네 고모가 너 좋아하는 거 많이 만들어 놨어."

"먼저 씻고 옷부터 갈아입을게."

가방을 들고 2층으로 올라가는 대웅을 안쓰럽게 바라보다가 할아버지가 고모를 넌지시 쳐다보며 물었다.

"미호는 대웅이 보러 안 나왔다니?"

"네. 대웅이 중국 가고 나서 살던 데서도 나가고 집에도 한 번 안 들른 거 보면 둘이 정말 완전히 끝냈나 봐요."

할아버지가 허공에 대고 안타까운 한숨을 푹 내쉬었다.

대웅은 집에서 나와 복덩이 동물병원으로 향했다. 미호를 보기 위함이 아니다. 단지, 그 자리에 계속 머물고 있는지 그 것만이라도 알고 싶었다. 혹시, 하고 예상하고 있던 바대로 동물 병원은 이미 간판이 내려져 있었다. 그대로 돌아가기 아쉬워 대웅은 바로 옆 구멍 가게로 들어가 주인아주머니를 붙잡고 물었다.

"요 바로 옆에 있던 동물 병원 문 닫았어요?"

"벌써 한 달 전에 닫았어요."

대웅은 동물 병원 앞에 서서 멍하니 불 꺼진 빈 가게를 들여다보았다.

"벌써 한 달 전에 닫았구나. 둘이 같이 멀리 떠났나 보다."

충분히 각오하고 있던 일이었지만 막상 이렇게 두 눈으로 확인을 하고 나니, 생각했던 것보다 훨씬 더 쓸쓸하였다.

그만 등을 돌리고 터덜터덜 걷기 시작했다. 집에 있을 때는 어디에든 나가고 싶었는데, 막상 나오니까 어디로 가야 할지, 뭘 해야 할지 도통 모르겠다. 도대체 미호가 없었을 때는 뭘 하면서 즐거웠는지 하나도 기억이 안 난다. 정말이지 야단맞을 기억력이 맞는 모양이다.

그럴 작정도 아니었는데, 어느새 발걸음이 액션스쿨 쪽으로 향했다.

미호와 함께 지나치던 버스 정류장, 편의점, 피아노 학원, 약국, 빵 가게가 보이자 심장이 욱신거린다.

"박선주 씨!"

귀를 붙잡는 이름에 대웅은 걸음을 멈추고 목소리가 들리는 공원 쪽을 돌아보았다. 커피 시음회를 하고 있는지, 유니폼을 입은 아가씨들이 지나가는 사람들에게 커피를 권하고 있다. 가슴을 쿵쾅거리며, 지나가는 사람들을 살펴보다가 그만 포기하고 다시 걸음을 옮겼다.

동주 선생이랑 떠났을 텐데 여기 이러고 있을 리 없잖아.

한 달 만에 들른 창고방은 뽀얗게 먼지를 뒤집어쓰고 있었다. 사람의 온기란 게 참으로 강한 에너지를 품고 있는 모양이다. 고작 한 달 비워뒀을 뿐인데 이토록 휑하고 썰렁하게 느껴지는 걸 보면.

미호는 여기에 한 번도 안 온 모양이구나.

도대체 뭘 기대하고 있었던 건지, 가슴이 구멍이라도 뚫린 것처럼 스산하다. 침대 구석에 처박혀 있는 인형을 꺼내 먼지를 툭툭 털어냈다. 그렇게 좋아했는데 이것도 버리고 갔구나 싶으니 마음이 서글퍼졌다.

다행이다. 다 버리고 가서. 이렇게 훌훌 털고 갔으니 그 상태로 멈춰서 잘 살고 있을 거야.

스토커, 변태, 빈대

제법 익숙해진 태도로 레스토랑을 들어서는 미호를 향해 문 앞에서 대기하고 있던 웨이터가 정중하게 고개를 숙였다.

"예약하셨습니까? 성함이?"

"박선주예요. 박동주 이름으로 예약이 됐을 텐데요."

"이쪽으로 오십시오."

웨이터가 미호를 테이블로 안내하자 동주가 읽고 있던 책을 덮었다.

"일찍 나왔군요. 미리 와서 기다리길 잘했네요."

빙긋 웃고 있는 동주를 차분하게 바라보며 미호가 맞은편 의자에 앉았다.

"여기 저기 돌아다녀 봤는데 별로 재미가 없어서 일찍 왔어. 동주 선생, 오늘 할 일이 아주 많다고 했지?"

"네. 바쁘게 돌아다녀야 하니까 맛있는 거 많이 드세요."

동주가 미호에게 메뉴판을 건네주며 말을 이었다.

"이제 식사 주문 정도는 제 도움 없이도 혼자 할 수 있죠?
원하는 걸로 주문해봐요."

미호가 힘없이 웃으며 동주에게 메뉴판을 도로 물렀다.

"그냥 동주 선생이 골라. 난 다 괜찮아."

웨딩샵에서 웨딩드레스를 고를 때에도, 보석상에 들어가 예
물 반지를 고를 때에도 모든 선택을 자신에게 미룬 채 뒤로 빠
져 있는 미호 때문에 동주는 마음이 무거웠다. 내키지 않는 결
혼을 강행하고 있으면서도 여전히 차대웅의 그림자를 지워내
지 못 하고 있는 것이다.

"청첩장이 나왔어요."

동주는 소파에 앉아 있는 미호에게 청첩장을 건네주었다.

"청첩장? 그게 뭔데?"

미호가 청첩장을 받아들고 의아한 표정으로 물었다.

"당신 결혼식에 와서 축하해줄 사람에게 보내는 결혼식 초
대장이에요."

동주의 설명을 듣고 나서 미호가 청첩장을 꺼내 열어 보았
다. 신랑 박동주, 신부 박선주라고 찍혀 있는 글자를 쳐다보며
맥없이 중얼거렸다.

"난 초대할 사람이 별로 없는데."

"차대웅이 있잖아요."

차대웅이라는 말 한마디에 미호가 바싹 굳은 표정으로 동주

를 쳐다보았다.

"오늘 중국에서 돌아왔어요. 당신도 이미 알고 있죠?"

"응."

의연해 보이려 애쓰는 미호를 쳐다보며 동주가 확실하게 못
박아 두었다.

"이 결혼은 당신이 잘 살아가고 있다는 걸 차대웅에게 보여
주려고 하는 거니까 반드시 불러서 보여줘야죠."

"내가 결혼하고 멀리멀리 떠나서 대웅이 옆에 절대로 안 나
타나면, 대웅인 내가 동주 선생처럼 사람들 사이에 섞여서 아
주 잘살고 있다고 생각하겠지. 분명히 그럴 거야. 내가 동주
선생 옆에서 박선주로 살면 찜찜하지 않을 거 같다고 그랬으
니까."

애써 감정을 억누르며 아픈 한숨을 토한다. 아직도 차대웅
에 대해 미련을 버리지 못하는 미호를 바라보며 동주가 말을
꺼냈다.

"그래요. 당신을 버렸다는 죄책감을 덜어주면 훨씬 더 쉽고
빠르게 당신을 잊을 수 있을 거예요. 그럼 당신도 그 사람에
대한 미련을 끊기 쉬울 거고요. 아니, 반드시 끊을 수 있을 거
예요. 그래야만 해요. 그래야 당신이 살 수 있어요."

미호가 동주를 쳐다보며 담담하게 물었다.

"동주 선생. 내 꼬리가 오늘 또 없어질까 봐 많이 걱정돼?"

"오늘 밤 또 한 번의 죽음이 오게 되면 당신에겐 살 수 있는

기회가 한 번밖에 남지 않게 돼요. 지금 어떤 것 같아요?"

동주의 눈빛이 불안으로 흔들렸다.

"모르겠어. 나름 정리가 된 것도 같고 아닌 것도 같고."

"당신 마음이 어떤 상태인지는 오늘 보면 알 수 있겠지요. 마음이 남아서 꼬리가 계속 사라질지 아니면 정리가 돼서 이 대로 멈출지."

초조해 하는 동주의 시선을 피하며 미호는 테이블 위에 흩어져 있는 청첩장을 차곡차곡 정리했다.

동주의 기대와는 달리 죽음이 멈추는 일은 절대로 없을 것이다. 대웅의 목숨이 담긴 여우구슬은 그녀의 몸속이 아닌 동주 선생 서재의 책장 깊숙한 곳에 숨겨 두었으므로. 앞으로 두 번의 죽음이 지나면 그녀는 흔적도 없이 사라질 것이다. 그리고 그건, 그녀가 대웅에게 해줄 수 있는 유일한 선물이다.

집으로 돌아온 대웅은 오랜만에 뚱자를 데리고 산책을 나섰다. 동네를 크게 돌아서 공원 입구 쪽에 다다르자 뚱자가 혀를 길게 빼고 헉헉거렸다.

"뚱자야, 목마르지? 물 마시러 가자."

골목길 매점 앞에서 목줄을 잠깐 내려놓고 뚱자와 눈을 마주하였다.

"뚱자, 여기서 기다리고 있어. 물만 얼른 사 갖고 나올게."

매점으로 들어가 음료수를 고르려고 냉장고 안을 들여다본 순간 사이다부터 눈에 들어왔다. 난 뽀글이물이 너무 좋아 하며 행복하게 웃던 미호. 가슴이 저려 대웅은 허공에 대고 헛기침을 두 번 크게 하고는 생수와 사이다를 하나씩 꺼냈다.

음료수를 들고 매점에서 나왔는데 앞에서 기다리고 있어야 할 뚱자가 없다.

"뚱자야! 뚱자야!"

소리를 지르며 걷다가 공원 안에 들어가 있는 뚱자를 발견했다. 대웅은 잽싸게 달려가 뚱자의 목줄을 잡았다.

"너 여기서 뭐 해?"

누가 뭘 줬는지, 육포 같은 걸 질겅질겅 씹고 있다.

"너 뭐 먹어? 육포냐? 누가 줬어?"

대웅은 주변을 쓱 훑어보다가 그만 포기하고 목줄을 잡아끌었다.

"집에 가자."

목줄을 끄는데도 뚱자가 버티고 서서 시위라도 하듯 대웅을 뚫어지게 쳐다보았다.

"집에 가야 해. 뚱자 얼른 출발해."

명령에도 아랑곳하지 않고 맹렬하게 짖어대는 소리에 대웅은 목줄을 놓고 무릎을 꿇고 앉아서 뚱자와 시선을 나란히 했다.

"뚱자 집에 가면 맛있는 거 줄게. 가자."

그 틈을 타 뚱자가 뒤를 몸을 돌려 맹렬한 속도로 달렸다.

"야!"

뚱자의 뒤를 쫓으며 달려가는데 바로 앞쪽에서 뭔가 익숙한, 낯익은 실루엣이 시야에 들어왔다.

저건…….

대웅은 달리기를 멈추고, 조심조심 걸어갔다.

설마, 설마.

뚱자가 여자의 곁에 멈춰 서서 왈왈 짖었다. 여자가 뚱자를 향해 얼굴을 돌린 순간 대웅은 그대로 우뚝 멈추어 섰다.

미호다, 미호가 맞다.

어찌할 바를 모른 채 얼음처럼 굳어 있는데 뚱자가 대웅을 돌아보며 어서 오라 재촉하듯 짖어댔다. 무슨 일인가 싶어 돌아보는 미호와 정통으로 시선이 마주쳤다. 아이들의 고함 소리, 배드민턴을 치는 아주머니들의 웃음소리, 멀리서 들리는 자동차 경적소리가 일순간에 사라졌다. 고요한 적막 속에서 오로지 자신의 심장소리만 대웅의 귓전을 쿵쿵 울렸다.

"멀리 떠난 줄 알았는데, 아직 있었네."

반가워하지도 그렇다고 밀어내지도 못한 채 대웅은 어정쩡한 표정과 말투로 깜짝 놀라 서 있는 미호에게 말을 건넸다.

"떠나려고 준비 중이야. 아직은 여기 남아서 동주 선생이랑 해야 할 일이 있거든."

담담한 표정으로 말하는 미호를 낯설게 바라보며 그저 고개만 끄덕였다.

"그래."

갑자기 찾아온 어색한 침묵에 대웅은 손에 들고 있던 사이다를 불쑥 내밀었다.

"이거 마실래? 너 좋아하는 거잖아."

"이제 사이다 안 좋아해. 세상엔 신기하고 좋은 게 그거 말고도 많으니까."

가슴이 지끈 아팠지만 애써 담담한 척 웃어 보였다.

"동주 선생이랑 있으면서 잘 지내나 보구나. 그럼 이제 인간 되겠다는 생각은 다 접고 동주 선생 옆에서 그 사람처럼 사는 거냐?"

은근슬쩍 의미심장한 질문을 던지며 미호의 표정을 살폈다. 차분하게 바라보던 미호가 대수롭지 않은 듯 말했다.

"어, 그래야지. 내가 뭔지 모르는 사람들 사이에 섞여 있으니까 도움도 많이 받을 수 있어서 좋아."

"그렇다니 다행이다."

말과는 달리 대웅의 얼굴에 쓸쓸한 미소가 걸렸다.

"나 지금이 너무 너무 너무 좋아. 마침 잘 됐다. 너한테 줄게 있었는데."

미호가 가방을 뒤적거리다가 조금 주저하더니 대웅을 쳐다보았다.

"뭔데?"

미호가 결심을 굳힌 듯 가방에서 봉투를 하나 꺼내 대웅에 게 건넸다.

"자. 너한텐 꼭 줘야 할 거 같아서 주는 거야."

"이게 뭐야?"

청첩장을 열어보는 모습까지는 차마 지켜볼 자신이 없어 미호는 차라리 공원 담벼락을 쳐다보았다.

"내가 잘 지내고 있다는 거 알아야 네가 찜찜해하지 않을 것 같아서 주는 거야. 나 동주 선생 옆에서 박선주로 아주 잘 지내고 있어."

"이런 것도 주는 거 보니까 정말 잘 지내나 보다. 근데 날짜가 얼마 안 남았는데."

예상 외로 담담한 목소리에 왜 눈물이 나려는지 모르겠다.

"어. 바쁘고 할 일도 많겠지만 꼭 시간 내줬으면 좋겠어."

"시간이야 낼 수 있지만 난 필요 없을 것 같다."

대웅이 청첩장을 도로 내밀었다. 마지막 초대조차 거부하는 것인가 싶어 가슴이 덜컥 내려앉았다. 대웅에게 보이기 위한 결혼식인데, 그가 오지 않는다면 해야 할 필요도 없다.

"이 화장품 여자 거잖아."

세상이 무너진 것처럼 깊은 시름에 잠겨 있던 미호가 화들짝 놀란 표정으로 청첩장 봉투를 유심히 들여다보았다. 청첩장이 아니라 어제 커피 시음회에서 받은 화장품 교환권이다.

"너 만날 닭 쿠폰 모으고 다니더니 이제는 화장품 교환권까지 영역 확장했구나. 박선주로 산다면서 하는 짓은 구미호 때랑 똑같네."

"이게 아닌데."

미호가 가방을 주섬주섬 뒤지고 있을 때 대웅이 깜짝 놀라 소리를 쳤다.

"어! 뚱자 어디 있지?"

가방을 뒤지다가 말고 주변을 휘 둘러보았다. 어디에도 뚱자의 모습이 보이지 않는다.

"뚱자야!"

공원 쪽으로 걸어가는 미호의 뒷모습을 쳐다보며 대웅은 혹시나 하는 마음에 집으로 전화를 걸었다.

"할아버지, 뚱자 혹시 집에 갔어?"

— 그래. 좀 전에 들어와서 밥 한 그릇 다 해치우고 낮잠 자고 있는데.

"혼자 알아서 잘 들어갔네. 알았어. 끊어."

핸드폰을 가방에 넣고 있는데 미호가 당황한 듯 다급하게 걸어왔다.

"아무리 찾아도 없어. 어디 갔지? 고모님이 그냥 줄 풀어놔도 공원 밖으로는 안 나갔는데."

그리고는 가방에서 육포 봉지를 꺼냈다.

"이거 뚱자가 되게 좋아해서 냄새 맡으면 금방 찾아올 거야. 이거 들고 같이 찾아보자."

미호가 건네는 육포를 유심히 바라보던 대웅이 놀란 목소리로 물었다.

"아까 뚱자한테 먹을 거 준 게 너였어? 일부러 뚱자 보려고 우리 집 근처 공원까지 자주 찾아온 거야?"

미호의 얼굴에 당황한 빛이 스쳤다.

"어? 뚱자랑 나랑은 베프잖아."

"너 뚱자 어디 있나 냄새 맡아봐. 꼬리가 반으로 줄었어도 그 정도 냄새 맡을 능력은 남아있을 거 아니야."

수상쩍게 바라보는 눈길에 미호가 애매모호한 표정을 지었다.

"냄새?"

"이 공원 안에 뚱자가 있는지 없는지도 모를 정도로 능력이 사라진 거야?"

다급하게 몰아세우는 대웅의 시선을 외면하며 미호가 어설 프픈 변명을 들이댔다.

"아냐. 다른 개들도 많아서 헷갈려서 그래."

"너, 내가 할아버지랑 통화하는 소리도 못 들었지? 별로 멀리 떨어져 있었던 것도 아닌데 그 정도 소리도 못 들어? 한 달 전까진 다 들었잖아."

대웅이 불안한 얼굴로 미호를 쳐다보았다.

"여기가 너무 시끄러워서 그런 거야."

동네 사람들끼리만 찾는 조그만 공원 앞에서 양 미간을 찌푸리며 귀를 막는 미호의 행동이 너무나 어설퍼서 대웅은 덜컥 가슴이 내려앉았다.

"너 계속해서 능력이 사라지고 있는 거지. 설마 너. 너 아직도……."

꼬리가 사라지고 있느냐는 질문은 차마 입 밖으로 꺼내지 못한 채 미호의 대답만 조마조마 기다렸다.

"아냐. 평범한 사람처럼 보이려고 일부러 능력을 감추는 거야. 절대 구미혼 거 티 내지 않고 박선주로 살아가려고 노력하는 거라고. 난 이만 갈래."

대웅이 도망치듯 돌아서는 미호의 팔목을 확 붙들었다.

"얘기, 마저 다 하고 가."

"놔. 나 갈 거야. 이 손 놔."

손을 뿌리치려고 안간힘을 쓰는 미호를 바라보던 대웅의 표정이 점점 굳어졌다.

"너 이제 나 뿌리칠 만한 힘조차 사라진 거냐?"

당황해 어쩔 줄 몰라 하는 미호의 손목을 꽉 붙잡은 채 거칠게 몰아세웠다.

"나한테는 구미혼 거 티 안 내려고 감출 필요 없잖아. 그러니까 능력이 진짜 사라진 게 아니라면 힘껏 뿌리치고 나가 봐."

"싫어. 다른 사람들이 보고 있잖아. 안 할 거야. 나보다 훨씬 큰 남자를 내동댕이치면 사람들이 날 괴물처럼 볼 거 아니야. 네가 나한테 괴물이라고 한 것처럼."

괴물이라는 말 한마디에 미호를 붙잡고 있던 손에 힘이 풀렸다. 그대로 손을 놓아주고 확실하게 물어보았다.

"너 꼬리 몇 개 남아 있어? 한 달 전이랑 똑같이 네 개 그대로 남아 있는 거지?"

다그치듯 묻자 미호가 엉덩이를 쑥 내밀었다.

"궁금하면 봐봐. 직접 보고 세어봐."

"지금은 안 보잖아. 달 떠야 보이잖아."

"달이 떠도 못 볼 거야. 넌 겁이 많잖아. 무서운데 도망도 못 가고 또 내 옆에 붙어 있게 하기 싫어. 절대 안 보여줄래."

인사도 없이 제 갈 길을 가버리는 미호의 뒷모습을 불안하게 바라보다 대웅이 비장한 표정으로 미호의 뒤를 따라나섰다.

꼬리가 몇 개 남았는지 확인해 봐야 해. 달 뜰 때까지 붙잡고 있다가 꼭 봐야겠어.

뚜벅뚜벅 걸어가던 미호가 갑자기 등을 홱 돌려 제 뒤를 졸졸 따라오는 대웅을 차갑게 쳐다봤다.

"야! 너 왜 자꾸 따라와."

흠칫 놀란 표정으로 서 있던 대웅이 돌연 당당하게 요구했다.

"나 밥 좀 사줘."

"뭐?"

깜짝 놀라 쳐다보는 미호를 향해 이번에는 간절한 표정을 지어 보였다.

"나 고기 사줘. 나 중국 가 있는 동안에 고기 한 번도 못 먹었어. 고기가 너무너무 먹고 싶어. 특히 소, 소가 먹고 싶어."

황당한 듯 가만 서 있던 미호가 야멸치게 쏘아붙였다.

"내가 왜 너한테 고기를 사줘야 해? 이제 우리는 아무 사이도 아니잖아."

"하긴 이제는 확실한 이름조차 모르는 사이가 되기는 했지. 예전 그대로 바뀌지 않았으면 사미호겠지만 지금은 삼미호인지, 이미호인지 성도 모르잖아. 확실히 말해 봐. 너 몇미호야?"

차마 꼬리가 몇 개인지는 묻지 못하고 은근슬쩍 이름으로 들이댔다.

"나는…… 내 이름은 이제 박선주야!"

꼬리가 몇 개인지 밝히기 꺼리는 게 아무래도 마음에 걸려서 대웅은 제 눈으로 봐야겠다는 생각을 굳혔다.

"그래, 좋아. 박선주라고 칠 테니까 나 고기 좀 사줘."

기막혀 하는 미호에게 비장하게 부르짖었다.

"소 사줘! 소 사주기 전에는 절대 안 떨어질 거야."

대웅은 빚쟁이 몰아세우듯 미호를 고깃집으로 끌고 갔다. 몇 가지 있지도 않은 메뉴판을 들여다보며 고심하는 척 느릿느릿 소고기 부위를 고르고 고기가 나오고 나서는 달랑 한 점만 불판에 올려놓았다.

"고기 다 타겠다."

미호가 너른 불판에 한 점밖에 없는 고기를 집으려고 하자 대웅이 어림없다는 표정으로 손목을 붙잡았다.

"놔둬. 난 탈 때까지 바싹 익힌 고기가 좋아."

그러자 미호가 답답한 표정으로 고기 쟁반을 제 앞으로 끌어다 놓고 집게를 집었다.

"빨리 익게 한꺼번에 굽자."

대웅이 소스라치게 놀라며 쟁반을 제 앞으로 확 끌어당겼다.

"아냐. 한 점씩, 한 점씩 음미하면서 천천히 구워먹을 거야."

"그럼 천천히 먹고 와. 난 갈래."

자리에서 일어서려는 미호의 팔목을 무작정 붙잡고 늘어졌다.

"야! 얼마나 더 먹을지 모르는데 기다렸다가 계산 다 하고 가야지. 네가 나한테 처음으로 사주는 한 번뿐인 밥인데 치사하게 사주다가 마냐?"

미호가 어이없는 표정으로 쟁반 위에 수북하게 쌓여 있는 갈비 5인분을 손가락으로 가리켰다.

"여기 많이 있잖아."

무조건, 못 먹어도 고다!

"이게 많다고? 내가 치사해서 생색 안 내려고 했는데 그동안 너한테 사다 바친 소갈비로 탑을 쌓았으면 서울N타워는 못 돼도 다보탑, 석가탑만큼은 될걸."

바락바락 우기는 대웅을 황당하게 쳐다보던 미호가 돌연 체

넘했는지 자리에 도로 앉았다.

"알았어. 먹고 싶은 만큼 한 번 실컷 먹어봐."

대웅은 이제 고기 냄새만 맡아도 구역질이 나올 지경이었다. 지금 씹는 게 고기인지 고무인지 영 헷갈렸다. 하지만 꾸역꾸역 씹으며 어떻게든 목구멍 안으로 밀어 넣었다.

"다 익었다. 바싹 잘 익었네. 자, 먹어."

미호가 노릇하게 익은 고기를 대웅 앞으로 밀어주었다. 마음을 다잡고 고기를 집는 순간 식도까지 꽉 차 있는 음식물들이 여기서 더 집어넣을 작정이냐며 요동을 쳤다. 다 익은 고기를 감상만 하는 대웅을 쳐다보며 미호가 물었다.

"더 못 먹겠어? 그만 먹고 갈까?"

대웅은 은근슬쩍 벽시계를 쳐다보았다. 아직 6시도 안 됐다. 꼬리를 확인하려면 시간을 더 끌어야 한다.

"아니야. 아직 한참 더 먹을 수 있어."

죽을 각오로 고기를 입 안에 넣는데 식도까지 쌓인 음식물들이 위로 확 솟구쳤다. 입을 틀어막고 화장실로 달려가는 대웅을 쳐다보던 미호가 젓가락을 들고 불판 위에 남아 있는 고기들을 한꺼번에 싹 쓸어 한 입에 털어 넣었다.

"여기, 계산이요!"

계산을 마치고 걸어가는 미호의 등 뒤에서 대웅이 다급하게 부르며 따라왔다.

"야! 먼저 가면 어떡해?"

미호가 걸음을 멈추고 화난 표정으로 대웅을 돌아보았다.

"밥 다 먹었잖아. 왜 또 따라오는데."

"입가심으로 갈비탕 몇 그릇 더 먹고 가려고 했는데 잠깐 화장실 다녀온 사이에 그냥 가냐? 아직 한 시간은 더 먹을 수 있는데."

계속해서 억지를 부리는 대웅을 보며 미호가 씁쓸하게 웃었다.

"어쨌든 그동안 너한테 얻어먹은 게 많았는데 밥 한 끼라도 사게 돼서 잘 됐다. 그럼 안녕."

미처 몸을 돌리기도 전에 대웅이 이름을 크게 부르며 다시 붙잡았다.

"야! 미호야!"

"왜, 또!"

미호의 짜증 섞인 표정에 어찌할 바를 모르고 서 있는데 순간 자판기 한 대가 눈에 들어왔다. 옳지, 잘 됐다 싶어서 얼른 자판기 앞으로 미호를 끌고 갔다.

"사이다 사줘. 고기 먹었으니까 한 캔 마셔야지."

제대로 열 받아 째려보는 미호의 얼굴에 대고 대웅이 당당하게 소리쳤다.

"내가 조잔하다고 할까 봐 말을 못 했는데 그동안 너한테 사다 바친 사이다를 모으면 수영장은 안 돼도 목욕탕은 충분히 채우고도 남을걸."

마지못한 미호가 가방에서 동전지갑을 꺼냈다.

"알았어. 이것도 너한테 많이 얻어먹었으니까 사줄게. 이것만 사주고 나 갈 거야."

자판기에 동전을 넣고 버튼을 눌렀는데 사이다가 안 나왔다. 미호가 당황스러운 표정을 지었다.

"어, 안 나오네."

"동전 먹었구나. 얘가 타이밍을 아주 기가 막히게 맞춰주네."

대웅이 급작 화색이 돈 얼굴로 미호에게서 살짝 몸을 돌린 채 자판기를 쓰다듬었다.

"할 수 없다. 자판기 관리자 올 때까지 여기서 기다리자. 의자도 있고 날씨도 좋고 기다리기 딱 좋네."

미호의 팔목을 붙잡아 벤치에 앉혔다. 천연덕스러운 대웅을 쳐다보던 미호가 갑자기 자리에서 일어나더니 맹렬히 돌진해 자판기를 향해 회심의 발차기를 날렸다. 바싹 긴장한 표정으로 지켜보던 대웅이 충격을 받았는지 멍한 표정으로 미호에게 다가갔다.

"사이다가 안 나왔네. 역시 넌 힘이 다 줄은 거야. 자판기를 통째로 넘어뜨리던 힘이 다 어디 갔어?"

불안하게 따지고 드는 대웅 앞에서 미호가 차분하게 동전지갑을 꺼내서 동전을 꺼내 건넸다.

"난 그냥 티 안 나게 구는 거야. 네가 뽑아 마셔."

미련 없이 뒤돌아서 가는 미호를 잽싸게 뒤따랐다. 아무래도 불안했다.

대웅은 버스 정류장에서 버스를 기다리는 미호와 멀찍이 떨어져 있었다. 아직 달이 뜨려면 한참을 기다려야 한다. 어떻게 해야 하나 고민하던 대웅이 돌연 미호에게 다가가 배를 움켜쥐며 고통을 호소했다.

"미호야, 너 혹시 약 가진 거 있냐? 아차차, 넌 구미호라 약 같은 거 필요 없지."

미호가 걱정스러운 표정으로 대웅의 안색을 살폈다.

"왜 그래? 어디 아파?"

"아까 소를 너무 많이 먹었나 봐. 배가 너무 아파서 꼼짝을 못 하겠어."

인상을 있는 대로 구기며 미호의 눈치를 슬슬 살폈다.

"많이 아파? 가자. 병원에 데려다 줄게."

등을 두드려주는 미호의 어깨에 슬며시 얼굴을 기댔다. 익숙한 감촉에 가슴이 저릿하다.

"아냐. 아냐. 잠깐 이렇고 있으면 나을 거야. 근데 네 구슬이 좋긴 좋은가 봐. 너랑 구슬이가 가까이 있으니까 한결 낫다."

그러자 미호가 굳은 표정으로 대웅을 쳐다보았다.

"구슬이 옆에 있는 게 느껴진다고?"

"응. 네 구슬 옆에 있으니까 훨씬 덜 아파. 그러니까 나 다 나을 때까지만 옆에 있어주라."

"너 아픈 거 거짓말이지?"

미호가 원망스러움 가득한 눈빛으로 대웅을 바라봤다. 당황한 기색을 애써 감추며 무조건 우겨댔다.

"아냐, 진짜로 아파. 손도 차갑고 식은땀도 나고 얼굴도 하얗게 질렸잖아. 완전 급체했어."

미호가 대웅의 손을 잡았다가 놓으며 차분하게 일렀다.

"손도 따뜻하고 땀도 안 나고 얼굴색도 멀쩡해. 너 하나도 안 아파."

머리카락까지 들추어가며 건강 상태를 분석하던 미호가 냉정하게 말했다.

"인제 그만 따라와. 계속해서 따라오면 사람들 앞에서 스토커라고 소리 지를 거야."

"뭐? 스토커?"

황당해서 입이 쩍 벌어진 대웅에게 미호가 차분하게 설명을 덧붙였다.

"싫다는 사람 계속해서 쫓아다니는 게 스토커라던데."

대웅이 울컥했는지 버럭 소리를 질렀다.

"누가 너 계속 따라다닌데? 달 뜨고 꼬리 한 번만 보고 나면 안 따라다녀."

"그럼 넌 변태네."

연속해서 말도 안 되는 비난을 퍼붓는 미호 때문에 대웅은 거의 기함할 지경이었다.

　"뭐? 변태!?"

　"그래, 밤에 여자 앞에 나타나서 보여 달라고, 한 번만 보자고 그러는 게 변태라던데. 아, 또 있다. 넌 빈대야."

　이제 흥분을 할 기력도 없어서 될 대로 되라는 심정으로 미호를 쳐다보았다.

　"억지로 빌붙어서 밥 얻어먹고 돈 뜯어내는 게 빈대라던데, 네가 오늘 나한테 그랬잖아. 빈대에 변태에 스토커 되기 싫으면 더 이상 나 따라오지 마."

　충격적인 발언을 연거푸 퍼붓더니 도착한 버스에 냉큼 올라탄다. 대웅은 목구멍까지 치솟는 울화를 꾹 누르고 버스에 따라 탔다. 빈대에 변태에 스토커가 돼도 좋으니까 미호의 꼬리가 몇 개나 남았는지 반드시 확인을 해야겠다.

　요금을 내고 미호 쪽으로 다가가려는 순간 미호가 잽싸게 문밖으로 몸을 날리듯이 버스에서 내렸다. 미처 손을 쓸 틈도 없이 문이 닫히고 버스가 출발했다. 미호가 창 밖에서 그를 향해 손을 흔들었다. 대웅은 망연자실한 채 서 있다가 운전석으로 달려가 막무가내로 소리를 질렀다.

　"아저씨, 세워주세요! 아저씨!"

　버스에서 내려 미친 듯이 정류장으로 달려갔지만 이미 미호는 어디론가 사라지고 난 후다. 대웅은 파리해진 얼굴로 정류장 의자에 털썩 주저앉았다.

오늘이 88일째 되는 날이다. 만약 아직도 죽음이 안 멈췄으면 오늘 밤 또 꼬리가 없어질 것이다. 아직 진행 중이면 어쩌지?

혹시나 미호의 모습이 보이지나 않을까 대웅은 초조한 얼굴로 버스 정류장 주변을 계속해서 서성였다.

동주는 커피숍으로 혜인을 불러내 박동주와 박선주의 이름이 박혀 있는 청첩장을 내밀었다.

"당신이 걔랑 결혼식?"

청첩장을 본 혜인이 기가 막힌다는 듯 동주를 쳐다보았다.

"차대웅한테 전해줘요. 내가 직접 전하는 것보다는 당신을 통하는 게 복잡해지지 않을 것 같네요."

"미호라는 애, 아니 지금은 박선주지. 걔 정말 대웅이 다 정리한 거야? 죽어도 좋다고 딱 달라붙어 있더니 어떻게 한순간에 정리가 돼서 떨어져 나가?"

어이없는 표정으로 비웃는 혜인을 차갑게 바라보며 동주가 자조 섞인 목소리로 말을 꺼냈다.

"당신 같은 사람은 절대 이해가 안 되겠죠. 누군가를 좋아할 때도 재고 따지는 과정이 필요하듯이 헤어질 때도 구실을 찾고 변명하는 과정이 필요하다고 생각할 테니까. 그런데 그 모든 과정이 다 생략된 사랑이라는 것도 있어요. 그런 사랑은 무작정 다 줘버리기 때문에 무작정 다 버리지 않고서는 끊을 수가 없어요. 이해도, 설득도, 변명도 통하지 않아요."

슬퍼 보이는 동주의 눈을 낯설게 쳐다보며 혜인이 입술을 꾹 다물었다.

"감독님, 대웅이 고모님이랑 결혼하시는 거지?"

"되게 급하게 할 거 같아. 둘이 무슨 사고라도 쳤나?"

"대웅이도 미호 씨랑 사고 친 줄 알았을 때만 해도 분위기 좋았는데."

"걔들 만날 깨질 것 같다가도 다시 잘 됐잖아. 이번에도 다시 붙겠지."

제작사 휴게실에서 반 감독의 결혼식에 대해 떠들고 있는 병수와 선녀의 얘기를 가만 듣던 혜인이 대웅의 얘기가 나오자 새초롬한 표정으로 청첩장을 불쑥 디밀었다.

"이번에는 그럴 일 없을 거야."

"이게 뭐예요?"

선녀가 테이블 위에 올려둔 청첩장을 열어서 내용을 확인했다.

"박선주면…… 미호?"

"박동주면 그 수의사? 둘이 결혼해요?"

몹시 놀랐는지 병수와 선녀의 표정이 뜨악했다. 혜인이 만사 귀찮다는 듯 고개를 끄덕였다.

"그래. 이거 대웅이한테 너희가 전해줘. 난 피곤하게 끼어들고 싶지 않아."

"도대체 그 세 사람 사이에 무슨 일이 있었던 거예요?"

얼빠진 표정으로 묻는 병수에게 혜인이 진지하게 말했다.

"너희는 짐작도 못 할 일이니까 모르는 게 나아. 알면 다쳐."

수수께끼 같은 말만 던지고 휴게실을 나가버리는 혜인을 멍하니 바라보다가 선녀가 도통 모르겠다는 듯 물었다.

"짐작도 못 할 이유란 게 뭐야?"

"그새 미호 씨 결혼한다는 말 들으면 대웅이 되게 충격받을 텐데 이걸 전해줘도 될까?"

걱정스럽기는 선녀도 마찬가지다.

"차대웅 이 결혼식 쫓아가서 영화 찍는 거 아니야?"

"혹시 식장에 쳐들어가서 미호 씨 손 붙잡고 나오는 거?"

빤한 스토리에 선녀가 대놓고 비웃었다.

"야! 그건 아니지. 짐작도 못 할 일이라잖아."

한참을 혼자 골몰히 생각하던 병수가 겁에 질린 표정으로 말을 꺼냈다.

"그럼 혹시 대웅이가 그 수의사 선생 손을 붙잡고 나오는 건……?"

말을 하다 말고 병수가 제 머리를 격하게 흔들었다.

"아니야, 아니야. 대웅인 그쪽은 아니야."

이번에는 일일 드라마부터 주말 드라마까지 모든 드라마를

섭렵하는 선녀가 제대로 막장 드라마를 선보였다.

"셋이 배다른 형제였던 건 아닐까? 미호랑 대웅이 결혼 얘기 나오고 양가 상견례를 하게 되면서 둘이 아버지가 같다는 걸 알게 된 거야. 어머 어머 어떻게. 그럼 구슬이는 안 가졌던 게 아니라 일부러 낙태시킨 거였어!"

자기가 쓴 드라마에 스스로 몰입해 흥분하는 선녀를 지그시 바라보며 병수가 결정적인 허점을 들추어냈다.

"그럼 미호 씨가 그 수의사 선생이랑 결혼은 왜 한다는 걸까? 배다른 형제라며."

"그러게."

풀이 죽은 표정으로 우두커니 앉아 있던 선녀가 버럭 짜증을 냈다.

"에이씨, 짐작도 못 할 이유가 도대체 뭐야?"

미호는 소파에 우두커니 앉아서 치밀어 오르는 감정을 꾹꾹 눌렀다. 자신이 어떤 상태인지 대웅에게 알려서는 안 된다. 멀리서 행복하게 잘살고 있다고 그렇게 알아야 한다.

"내일이면 청첩장이 차대웅에게 전해질 거예요."

동주가 맞은편에 앉아서 조심스레 말을 건넸다.

"그래?"

"식장까지 찾아와서 직접 보게 될지는 모르겠지만 당신이 다 정리하고 잘 살아가고 있다는 걸 받아들이긴 할 거예요."

"그럼 이제 내 걱정은 안 하게 되겠지."

다행이라 생각하며 가슴에 꽉 찼던 막힌 숨을 폭 내쉬는데 동주가 봉투를 건네주었다.

"일본행 비행기 티켓이에요. 그날 바로 일본으로 떠나는 것까지 보여주면 당신이 원하는 대로 행복한 모습으로 기억될 거예요."

티켓을 손에 꼭 쥔 채 미호가 고개를 폭 숙였다.

"동주 선생, 미안해. 나 때문에 지금까지 살아온 규칙도 깨지고 조용했던 생활이 복잡하고 어수선해졌잖아."

동주가 상냥한 눈길로 미호를 바라보았다.

"난 다 괜찮다고 했잖아요. 당신 마음이 멈출 수 있다면 그래서 계속 존재해줄 수만 있다면 뭐든 다 괜찮아요."

이렇게까지 마음을 쓰고 있는데 구슬을 아예 빼버리고 있다는 걸 알면 동주 선생이 얼마나 슬퍼하고 실망을 할까.

"미안해. 정말 미안해."

88일째 달이 떠오른다. 지옥 같은 여덟 번째 죽음이 찾아올 시간이다. 서서히 시작되는 고통에 미호는 텔레비전 리모컨을 들고 볼륨을 높였다. 의아하게 쳐다보는 동주를 향해 아무렇지 않은 척 웃어 보였다.

"동주 선생은 책 보고 공부하니까 난 텔레비전 보면서 공부할래."

내친김에 볼륨을 더 높였다. 그러자 동주가 미호를 향해 짧게 웃으며 읽고 있던 책을 덮었다.

"나도 공부 같이 해줄게요. 뭐 볼래요?"

제일 시끄러운 게 뭘까 생각하다가 얼른 대답했다.

"아, 춤추고 노래하는 게 좋겠다. 그거 나오게 해줘."

동주가 음악 채널로 돌리자 화려한 의상을 입은 아이돌 가수의 비트 강한 노래가 방 안을 가득 메웠다. 고통에 이를 악물며 허리를 웅크렸다. 식은땀이 줄줄 흐른다. 더 이상은 버티지 못할 것 같아 미호는 자리에서 일어났다.

"동주 선생, 나 잠깐 나가서 뽀글이 물 좀 사올게."

"내가 갈게요."

"아니야. 내가 갈게. 이거 계속 보고 있어. 끄면 안 돼!"

단단히 일러두고 서둘러 구슬을 숨겨둔 서재로 갔다. 동주에게는 구슬을 빼놓은 사실을 알리고 싶지 않다. 알면 너무나 슬퍼할 테니까. 책장 깊숙한 곳에서 구슬이 담긴 파란 병을 꺼내어 품에 꼭 끌어안았다. 터져 나오는 신음을 억누르느라 이마에 땀이 송골송골 맺혔다.

"아악."

번쩍하는 격통에 허리를 뒤트는 순간 공중에 펼쳐져 있던 두 개의 꼬리 중 하나가 흔적도 없이 사라졌다. 이제 하나밖에 안 남았다. 마음이 서글퍼졌다.

달칵. 서재 문이 열리는 소리에 미호는 잽싸게 구슬이 든 병을 책장 안으로 밀어 넣었다.

"거기서 뭐 해요?"

의심을 가득 담은 얼굴로 묻는 동주에게 미호는 이마에 흥건한 땀을 닦고 매무새를 다듬으며 아무것도 아닌 것처럼 말했다.

"어, 거울보고 있었어. 나가려는데 꼬리에 이상한 기운이 느껴지잖아. 그래서 들어와 봤지."

동주가 미심쩍은 눈길을 거두지 못했다.

"또 사라진 건가요?"

미호가 애써 웃으며 담담하게 고했다.

"응. 나 꼬리가 또 하나 없어졌어."

동주의 얼굴에 비치는 절망스러운 빛이 미호를 괴롭혔다.

"동주 선생. 이제 그만 나를 놔."

"아니요. 난 끝까지 포기하지 않아요. 아직 하나가 남았잖아요."

동주가 흔들림 없는 눈빛으로 미호를 엄호하듯 바라보았다.

미호는 식장 예약을 하기 위해 동주와 함께 호텔 사무실로 갔다. 예약자 명단을 훑어보던 직원이 상냥하게 웃으며 두 사람을 쳐다보았다.

"9월 22일 3시에 박동주님, 박선주님. 예약 완료했습니다."

동주가 미호를 돌아보며 상냥하게 말을 꺼냈다.

"식장 아직 못 봤잖아요. 지금 보고 가요."

내키지는 않았지만 거절하기도 미안해서 미호는 안내하는 직원을 따라 동주와 나란히 걸어갔다. 직원이 식장의 문을 열자 아기자기한 홀이 한눈에 보였다.

"손님이 많지 않아서 작은 홀로 예약했어요. 마음에 들어요?"

아무래도 좋았지만 마음에 드는 양 억지로 웃어 보였다.

"응."

그때 미호의 등 뒤에서 꿈에도 못 잊을 목소리가 들려왔다.

"어, 병수야. 나 고모랑 지금 예식장 예약하러 왔어. 감독님 바쁘셔서 대신 왔지."

대웅이다!

올 게 왔다는 생각으로 담담하게 등을 돌려 통화 중인 대웅을 쳐다보았다. 대웅이 자리에서 우뚝 멈춰선 채 미호와 동주의 얼굴을 번갈아 쳐다보았다.

"잠깐만. 나 대웅이랑 얘기 좀 하고 올게."

미호가 동주에게 양해를 구하고서 굳은 표정으로 서 있는 대웅을 한쪽 코너에 있는 소파로 데려갔다.

"너 동주 선생이랑 결혼하니?"

낮게 깔린 목소리에 상처 받은 흔적이 확연하게 드러났다.

"응."

행복한 신부인 양 환하게 웃어 보였다.

"상상도 못할 만큼 완벽하게 잘 지내고 있었네. 난 그것도 모르고⋯⋯."

혼이 빠진 것처럼 보이는 대웅을 애써 외면하며 청첩장을
건넸다.

"어제 만났을 때 주려고 했었는데. 자, 청첩장이야."

가만히 청첩장을 노려보는 대웅을 향해 혹 털듯이 단숨에
말해버렸다.

"결혼식하고 그날 바로 떠날 거야. 오늘은 바빠서 이만 가봐
야 하니까 결혼식 날 보자."

대웅이 그제야 고개를 들고 미호를 똑바로 바라보았다.

"내가 거길 갈 것 같냐?"

꾹꾹 누르듯이 내뱉는 한 마디 한 마디가 미호의 가슴으로
날아와 아프게 박혔다.

"안 오겠다면 여기서 안녕이네. 다신 못 보게 될 거야."

"그래! 다신 보지 말자."

"안녕."

그대로 대웅에게서 돌아서 걷는 미호의 눈에 눈물이 그렁그
렁 맺혔다.

안녕, 대웅아. 네 기억 속에서 좋은 추억으로 오래도록 남고
싶었는데⋯⋯.

대웅은 멀어져가는 미호의 뒷모습을 허망하게 바라보다가
그녀를 기다리고 있는 동주를 죽일 듯이 노려보았다. 나란히
걸어가는 두 사람의 모습에 당장에라도 달려가 깽판을 치고

싶었지만 이를 꽉 깨물었다.

다행이다. 이제 안심이네.

집으로 돌아온 대웅은 상자 속에 소중하게 넣어두었던 커플링을 꺼내들었다.

이제 미호는 동주 선생이 준 결혼반지를 끼겠지.

한순간의 꿈처럼 스쳐 지나가버린 미호와의 순간순간이 너무나도 생생하게 떠올라 눈시울이 뜨거워졌다.

됐어. 투정부리지 마. 그래도 미호는 살아 있는 거잖아. 그거면 됐어.

평소처럼 일어나서 평소처럼 식사를 하고 평소처럼 촬영장에 나와 촬영을 했다. 단지 다른 것은 미호가 없다는 것.

"대웅아."

병수가 부르는 소리에 대웅은 힘없이 고개를 들었다. 정말이지 손가락 하나 까닥할 기력도 없다.

"뭔지는 몰라도 다 정리해라. 안 그래도 감독님이 너 지내던 액션스쿨 창고방 정리하라고 하셨어. 거기 있는 거 내가 다 버려줄 테니까 너도 마음 정리해."

그래, 정리해야겠지.

눈물이 날 것 같아서 고개를 폭 떨어뜨렸다.

혜인은 분장실에서 선녀와 머리를 맞대고 앉아 중국 촬영장에서 찍은 사진을 들여다보았다.

"이 여자가 중국에서 언니 대역 한 사람이에요?"

선녀가 혜인과 같은 의상을 입은 여자를 가리키며 물었다.

"어. 근데 확실히 걔보다는 못 하더라."

둘이서 얼굴을 맞대고 환하게 웃는 사진이 무색할 정도로 혜인이 대놓고 못마땅한 소리를 했다.

"미호 미워하더니 아쉽기는 하죠?"

"내 촬영분 다 찍고 떨어져 나갔어도 됐을 텐데."

이미 지나버린 과거지사라고 마음 놓고 툴툴 거리고 있는데, 선녀가 깜짝 놀라며 혜인 앞으로 사진을 들이밀었다.

"어, 이거 미호 아니에요?"

혜인이 기겁한 표정으로 사진을 들여다보았다.

"걔가 여기 있다고?"

자신의 대역을 한 여자 뒤로 미호와 비슷한 옆모습이 보였다.

"맞잖아요. 머리 길고. 아닌가?"

선녀가 확신이 없는지 고개를 갸웃거리자 혜인이 그제야 불안한 표정을 풀었다.

"아닐 거야. 걔 박동주랑 결혼도 하겠다는 앤데 여기 왜 있겠니?"

선녀가 사진을 들고 병수를 찾아 촬영장으로 갔다.

"내가 보기에는 미호 맞는 것 같은데 아니야?"

사진을 유심히 들여다보던 병수가 심각한 표정으로 말을 꺼 냈다.

"맞아도 아니라고 하자. 대웅이 괜히 이런 거 보면 심란하니 까 당장 없애."

그때 등 뒤에서 불쑥 나타난 손이 병수가 들고 있던 사진을 획 빼앗아 갔다.

"뭔데?"

"어! 대웅아."

병수가 기겁한 표정으로 대웅을 돌아보았다.

"뭔데, 보면 심란해진다는 거야?"

대수롭지 않게 사진을 들여다보던 대웅의 표정이 바싹 얼어 붙었다.

"미호네……."

선녀가 반색하며 병수를 쳐다보았다.

"거 봐. 차대웅이 딱 알아보는 거 보면 맞잖아."

"야, 내가 보기엔 미호 씨 아니야. 중국에서 본 여자들 다 머 리 길었잖아."

"맞는 것 같은데. 얼굴이 비슷……."

병수가 선녀의 입을 콱 틀어막았다. 여전히 사진에만 골몰 해 있던 대웅이 단호한 표정으로 중얼거렸다.

"그래, 미호 아닐 거야. 얘가 거기 갔을 리가 없잖아."

"그렇지! 내일 결혼식인데 미호 씨가 중국엘 왜……."

결혼식이란 말에 펄쩍 뛰며 선녀가 병수의 옆구리를 푹 찔렀다. 서로 마주보며 어쩔 줄 몰라 하는 병수와 선녀의 옆에서 대웅은 사진을 들여다보며 고개를 도리도리 내저었다. 아니야, 아닐 거다.

미호는 커다란 앨범을 무릎에 올려놓고 한 장 한 장 넘겨보았다. 중국 촬영장에서 대웅이 촬영하는 걸 멀리서 찍은 사진들이다. 이걸 찍으면서 스토커, 변태, 빈대라는 말을 배웠다. 세트 뒤에 숨어 대웅이를 촬영하는 미호를 가리키며 중국인 여자 스태프가 어설픈 한국말로 "스토커, 스토커"라고 불러댔다. 분장실 앞을 서성일 때는 변태라고 부르짖었고 도시락을 하나 나눠주면서는 빈대라고 소리쳤다. 그때의 기억이 새록새록 떠올라 가슴이 지끈거렸다.

문이 열리는 기척에 얼른 앨범을 덮고 아무렇지 않은 듯 동주를 돌아보았다. 동주가 앨범을 흘긋 쳐다보며 쓸쓸하게 미소지었다.

"거기까지 따라갔는데 차대웅한테 들키지 않기를 천만다행이에요."

"지켜보기만 하는 거 너무 힘들었어. 예전에 채우던 앨범에는 즐거웠던 일만 담았었는데……."

동주가 서글픈 표정으로 앉아 있는 미호를 안쓰럽게 바라봤다.

"내일 우리는 결혼식이라는 걸 해요."

"알아. 내가 한다고 한 거니까."

"차대웅을 정리시키려고 하는 거라지만 나는 그러면서 당신 마음도 정리됐으면 좋겠어요."

잠자코 앉아 있던 미호가 홀연히 자리에서 일어섰다.

"나 창고방에 놔두고 온 게 좀 있어. 그거 가져와야겠어."

동주가 미호의 손목을 붙잡아 세웠다.

"그냥 둬요. 당신 마음을 포함해서 전부 다 여기에 버리고 떠나요. 아직 목숨은 다 사라지지 않았어요. 그러니 기회가 있어요. 당신이 원하는 어떤 인생이든 내가 다 줄 수 있어요. 그러니까 포기하지 말고 여기에서 있었던 모든 걸 다 버려요, 제발."

간곡한 눈길로 바라보는 동주에게서 고개를 돌리며 미호가 손목을 빼내었다.

"꼭 가져와야 할 것만 가져 올게. 금방 갔다 올 거야."

동주는 문밖을 나서는 미호를 불안하게 바라보았다.

창고방은 삭막하게 변해버렸다. 대웅과 함께 지내며 사용하던 물건들은 모조리 벽 쪽에 쌓여 있고 반들반들 윤이 나던 가구들엔 먼지들만 소복하게 쌓여 주인의 부재를 알렸다. 미호는 벽 앞에 붙어 앉아서 주섬주섬 물건들을 뒤적거렸다.

"찾았다!"

작은 앨범을 꺼내서 먼지를 툭툭 털어냈다.

"이것만 가져가면 돼."

자리에서 일어서려는 순간 바닥에 나동그라져 있는 닭다리 인형이 눈길을 붙들었다. 대웅에게 선물을 받았던 그날의 기억이 놀랍도록 선명하게 그려졌다.

— 깜짝 놀랄 거다.

그 말을 하던 대웅의 표정과 목소리, 인형에 얼굴을 파묻고 목구멍까지 차오르는 감동에 먹먹했던 그때의 감정.

"이것도 그냥 두고 갈 수는 없겠다."

닭다리 인형을 집어들고 손바닥으로 열심히 두드려 먼지를 털었다. 이게 마지막이다 하고 돌아선 순간 구겨져 있는 광고판이 눈에 띄었다. 울컥 치밀어 오르는 감정에 미호는 차라리 눈을 감았다. 어떻게 잊을 수가 있을까. 난생처음 선물이란 걸 해주고 싶어 밤낮없이 뛰어다니며 돈을 벌었던 일, 터무니없는 선물을 받고도 감동 받은 척하던 대웅, 그리고 무엇보다 네가 선물해준 것이니 이제부터는 좋아해 주겠다던 대웅의 마음.

"이것도 버릴 수 없어."

광고판을 집어들다가 한숨을 내쉬었다. 이러면 안 돼. 숨을 크게 들이쉬고 광고판과 인형을 바닥에 내려놓았다.

처음부터 앨범만 가지러 온 거였으니까 이건 그냥 놔두고 가자. 이렇게 바리바리 챙겨들다가는 아무것도 버리지 못하고 전부 다 가져가게 될 거야. 이러지 말자.

앨범을 들고 그만 나가려는데, 벽에 걸려 있는 날짜판이 눈에 들어왔다. 하루하루 열심히 날짜를 세는 즐거움으로 살았던 적도 있었는데. 미호는 날짜판 앞으로 가서 오늘 날짜를 계산해 보았다. 9일. 앞으로 9일 남았다. 이 세상에 존재할 수 있는 기간이. 빨간 펜을 들고 9까지 단숨에 선을 쭉 그었다. 그리고는 쓸쓸히 문밖을 나서려는 순간 누군가 계단을 오르는 소리가 들렸다. 깜짝 놀라 바닥에 두었던 인형을 잽싸게 주워들고 화장실 안으로 후다닥 달려 들어갔다. 화장실 문틈에 귀를 대고 방 쪽에서 들려오는 소리에 귀를 쫑긋 세웠다.

"누가 불을 켜뒀지?"

의아해하는 대웅의 목소리가 들려왔다.

웅이다! 어쩌지?

"여기 있던 거 다 어디 갔지? 앨범이랑 인형 분명히 있었는데. 그새 누가 손댔나?"

두근두근 심장을 졸이며, 서 있으려니 문이 열리는 소리와 닫히는 소리가 들렸다. 그리고 찾아온 정적. 미호는 한숨 돌리며 화장실에서 나왔다. 닭다리 인형을 바닥에 다시 내려놓고 앨범 하나만 달랑 든 채 옥상으로 나가려는 순간 대웅이 미호의 앞으로 다가와 섰다.

"네가 왜 여기 있어?"

"뭐 찾을 게 있어서."

미호가 들고 있던 앨범을 등 뒤로 감추었다.

"이거 찾으러 여기 온 거야?"

대웅이 미호의 등 뒤로 손을 뻗어서 앨범을 확 뺏었다.

"너랑 상관없어. 이건 내 거야."

앨범을 열어 사진을 들여다보던 대웅이 고개를 들어 미호를 심문하는 것처럼 쳐다보았다.

"됐어. 그냥 갈래."

도망치듯 돌아서는 미호의 팔목을 붙잡아 세웠다.

"너, 중국에 나 따라왔었지?"

깜짝 놀라 시선을 피하는 미호의 얼굴을 똑바로 보며 대웅이 다시 물었다.

"맞지?"

"아니야! 절대 아니야! 놔!"

소리를 지르는 미호의 얼굴이, 목소리가 너무 슬퍼 보여서 가슴이 덜컥 내려앉았다. 대웅은 손가락을 들어 하늘에 떠 있는 달을 가리켰다.

"달 떴어. 너 지금 어떤 상태인지 보여줘."

"싫어."

단호하게 거절하는 목소리도 힘이 없게 느껴졌다.

"힘도 없어지고 꼬리도 없어진 거지?"

"너랑 상관없어. 놔!"

있는 힘껏 뿌리치는 손길에 대웅이 들고 있던 앨범이 바닥으로 떨어졌다. 행복했던 시절의 사진이 한꺼번에 와르르 쏟아져 나왔다. 망연자실 내려다보던 대웅이 무릎을 구부리고 앉아서 사진을 주웠다. 순간 미호가 잽싸게 등을 돌려 계단으로 달려갔다.

"미호야!"

황급히 일어서서 미호의 뒤를 쫓았다.

"미호야, 거기 서!"

두 번 다시 놓치면 안 된다는 생각에 필사적으로 달렸다. 미호의 뒤를 따라 체육관 안으로 들어갔다. 더 이상 갈 곳이 없이 벽 앞에 멈춰선 미호의 등 뒤에서 대웅이 숨을 몰아쉬었다.

"더 이상 도망가지 마."

어쩌지?

미호는 이를 꽉 깨문 채 침묵했다.

"나한테서 자꾸 도망가고 안 보여주려는 이유가 뭐야?"

계속되는 침묵에 대웅이 겁먹은 표정으로 물었다.

"너 멈추지 않은 거지?"

여전한 침묵에 대웅의 목소리가 부들부들 떨렸다.

"꼬리가 계속 없어지는 거지?"

더 이상은 어찌할 도리가 없어서 미호는 돌아서서 대웅을 쳐다보았다.

"내가 어떤지 네가 꼭 알아야겠어?"

미호의 목소리에 서글픔이 묻어나왔다.

"그래. 알아야겠어. 보여줘."

"그래."

미호가 달빛이 잘 스미는 창가 쪽으로 가서 대웅을 바라봤다.

"그럼 눈 똑바로 뜨고 제대로 봐. 지금 내가 어떤지. 내 마음이…… 어떤지."

달빛을 등지고 서 있는 미호의 뒤로 파란 꼬리가 펼쳐졌다. 그런데 꼬리가 한 개밖에 남지 않았다. 금방이라도 무너질 것처럼 바라보는 대웅을 향해 미호가 고통스럽게 입을 뗐다.

"난 멈추지 못했어."

"그럼 너 계속 죽어 가는 거야?"

"그래. 나는 사라지게 될 거야."

하늘이 정신 나간 시간

"나는 멈출 수가 없었어. 사람이 되고 싶은 마음을 멈출 수가 없었어."

대웅은 바닥에 철퍼덕 주저앉았다. 더는 서 있을 기력도 없다. 오로지 미호가 살 수 있다는 희망 하나만으로 버텨왔는데 더 이상 무엇을 위해서 기운을 내야 하는 건지 모르겠다.

"인제 와서 너한테 내 마지막을 같이해달라고 안 해. 마지막을 지켜봐 달라는 것도 안 해. 동주 선생 곁에서 끝까지 있을 거야."

"내가 널 어떻게 떼어냈는데! 널 왜 보냈는데!"

목구멍까지 치밀어 오른 뜨거운 감정 때문에 목울대에 묵직한 통증이 느껴졌다.

"사랑 때문만이 아니야! 널 끊어내고도 사람이 돼서 살고 싶은 마음이 사라지지 않았어. 네 옆에 계속 있었으면 왜 불완전한 선택을 했느냐고 너를 탓하고 너한테 남은 목숨의 반도 내게 내놓으라고 매달렸을 거야. 진짜 괴물처럼."

일부러 차갑게 말을 하며 대웅과 거리를 두었다. 한 달 동안 진행해온 일을 한순간에 엉망으로 만들어버릴 수는 없었다.

대웅이 미호를 똑바로 바라보며 애원하듯 소리쳤다.

"지금이라도 할 수 있으면 그렇게 해. 가져가."

대웅이 미호의 손을 확 붙잡아 자신의 심장 위에 얹었다. 너무나도 간절한 눈빛에 참고 참았던 설움이 폭발해버릴 것만 같았다. 간신히 억누르며 대웅의 가슴에서 손을 떼었다.

"나 살리고 널 죽이라고? 네가 이러는 게 정말로 날 괴물 취급하는 거야."

결연한 눈빛으로 쳐다보는 대웅을 향해 단호하게 선을 그었다.

"나는 너한테 좋은 기억으로도 상처로도 남지 않을 거야. 네 맘속에서 완전히 사라져줄 거야. 동주 선생한테 갈 거야. 그러니까 나를 놔."

독하게 마음먹고 손을 확 떨쳐내었다. 대웅이 미호를 뚫어져라 바라보며 손목을 더 세게 붙잡았다.

"못 놔! 안 놔! 너 그냥 괴물 돼. 너 구미호잖아! 너는 사람 간 파먹는 구미호고 나는 너한테 홀려서 간이고 심장이고 다 내놓는 사람하면 돼! 그러니까 방법이 있으면 발기발기 찢어서라도 가져가! 가져가라고!"

벌써 목숨의 반을 내놓았으면서, 나머지 반도 가져가라고 악을 쓰는 대웅 때문에 심장이 갈가리 찢어졌다. 인간은 절대로 사랑 때문에 목숨을 내놓지 않는다고 했는데, 동주 선생이 틀렸다.

"구미호한테 홀린 정말 어리석은 인간이구나."

눈물이 쏟아질 것만 같다. 그렇지만 지금 울어버리면 모든 게 다 허사로 돌아간다. 미호는 이를 꽉 깨물며 대웅에게서 두어 발자국 뒤로 물러섰다.

"그래, 그러자. 받으러 올게. 기다리고 있어. 그럼 그때 넌 죽는 거야."

대웅의 표정이 잘 보이지 않는 곳에서, 그리하여 대웅에게서 표정이 읽히지 않는 곳에서 멈춰 섰다. 멀리서나마 대웅의 얼굴을 오래도록 보고 싶어서. 마지막인데 앞으로 다시는 보지 못할 텐데 이렇게나마 보고 싶어서.

초조하게 앉아 미호가 돌아오기를 기다리던 동주가 문이 열리는 기척에 반색했다.

"돌아왔군요. 기다려도 안 오면 어쩌나 했어요."

"동주 선생, 나 부탁이 있어."

동주의 표정이 눈에 띄게 굳어졌다.

— 나를 죽여주세요.

길달의 목소리가 불길한 예언처럼 뇌리를 스쳐 지나갔다. 설마, 설마.

"뭘 부탁한다는 거죠?"

"동주 선생한테는 미안해."

무슨 말이 나올지 듣지 않아도 알 것 같다.

"그런 말은 다시 듣고 싶지 않아요."

미안한 눈길로 바라보는 미호에게 간절하게 부탁했다.

"제발. 사라지지 않을 수 있게 마음을 멈춰요."

"나는 마음을 멈출 수도 없고 동주 선생 같이 반반인 존재가 될 수도 없어. 이미 내 안에는 인간의 기가 없으니까."

담담하게 털어놓는 미호를 보며 동주가 격한 목소리로 반박했다.

"구미호의 목숨이 아직 하나 남아 있으면 인간의 기도 분명다 사라지지 않고 남아있어요."

"아니, 없어. 예전부터 내 몸 안에 두지 않았어."

동주가 충격 받은 얼굴로 멍하니 바라보았다.

"그게 무슨 말이에요."

가만히 서 있던 미호가 돌연 서재로 들어갔다. 설마, 설마. 조마조마한 심정으로 동주도 그녀의 뒤를 따라 서재로 들어갔다. 책장 앞에 서 있던 미호가 허리를 구부려 깊숙한 곳에서 파란 병을 꺼내들었다.

저건?!

"구슬을 빼놓고 있었던 거예요?"

미호가 잠자코 고개를 끄덕였다.

"언제부터……?"

"대웅이를 떠날 때부터."

말문이 막혀 아무 말도 할 수가 없었다. 이제 어떤 식으로도 상황을 되돌릴 수 없게 됐다.

"이건 대웅이 생명의 절반이야. 나는 사람이 될 수도 없고 곁에 있을 수도 없는데 이걸 다치게 할 순 없잖아."

혹여나 깨질세라 파란 병을 품 안에 소중하게 끌어안는 모습에 동주는 너무도 허망하고 허탈해서 머릿속이 뻥 뚫린 것 같았다.

"처음 내 곁으로 온 순간부터 다 포기하고 있었던 거예요?"

"이만큼이야. 내가 대웅이를 지켜줄 수 있는 건."

이제 끝이다. 어떻게든 살리고 싶었는데 살리려고 발버둥 쳤는데 처음부터 불가능한 일이었다.

"이걸 대웅이한테 돌려줄 수 있게 도와줘."

흔들림 없는 눈빛, 단호한 음성. 처음부터 설득할 수 있는 일이 아니었다. 애초에 되지도 않을 일에 목을 맨 것이다.

"차대웅이 지금 와서 이걸 돌려받고 당신이 사라지지 않을 마지막 가능성을 없애버리려고 할 리 없어요."

마지막 밧줄이라도 붙잡는 심정으로 동주가 말했다.

"가능성은 없어!"

부질없는 희망이라는 것쯤은 이미 알고 있다. 하지만 그것마저 놓아버리고 수수방관 쳐다만 볼 수는 없지 않은가. 그러니까 애초에 왜 그런 어리석은 짓을 한 거냐고 소리라도 지르고 싶었다.

"그러니까 동주 선생도 날 놔. 그리고 내가 바라는 걸 도와줘. 대웅이가 절대로 거절하지 않고 반드시 들어줄 거짓말을 해줘."

거짓말이라…….

동주는 미호가 건네준 구슬을 가지고 차대웅을 액션스쿨 옥상으로 불러냈다.

"미호가 온다더니, 네가 온 거냐?"

퉁명스레 쳐다보는 대웅을 향해 차갑게 말을 꺼냈다.

"그녀를 살릴 수 있는 마지막 방법이에요. 이 구슬엔 당신 생명의 반이 들어 있어요. 나머지를 다 채워줘요."

동주가 파란 병을 대웅에게 내밀었다. 대웅이 구슬을 받아 들고 동주를 쳐다보았다.

"마지막 순간에 당신이 구슬을 품고 죽어준다면 구슬에 당신의 모든 기를 담을 수 있어요."

"날 죽이는 건 네가 하는 거야?"

동주가 고개를 끄덕이자 대웅이 구슬이 담긴 병을 들여다보았다.

"그런 뒤에 이걸 미호한테 주면 미호는 분명히 사는 거야?"

"그래요. 어쩌면 인간이 될 수도 있겠죠."

긴장한 듯 바라보는 대웅을 향해 차분하게 말을 이었다.

"거절해도 이해해요. 당신은 인간이니까 그렇게 못 하겠다고 하면……."

미처 말이 다 끝나기도 전에 대웅이 병을 들고 그대로 마셔버렸다. 마시면 죽는다고 했는데도 단 한 번의 망설임도 없이. 동주는 그대로 굳은 채 이 무모한 청년을 망연자실 바라보았다.

"미호 잘 지켜주고 있어. 백 일째 되는 날 너만 와. 구슬 꺼내다가 미호 주는 건 네가 잘해줄 거라고 믿는다."

확신에 찬 눈빛으로 자신의 분명한 의지를 전달하고는 대웅이 계단을 내려갔다. 거절하기는커녕 망설임조차 보이지 않았다는 게 동주에게는 더 할 수 없는 충격이었다.

대웅이 사라지자 벽 뒤에 숨어 있던 미호가 눈물을 글썽이며 동주 앞으로 다가왔다.

"내 사랑이 환상이라고 했지? 동주 선생이 틀렸어. 내 사랑은 진짜야."

"그래요. 당신이 맞았어요."

처음부터 두 사람 사이에 비집고 들어갈 틈 같은 것은 존재하지도 않았다. 있지도 않은 틈을 공략하려고 발버둥을 친 것이다. 이제 미호가 사라지는 것을 바라보는 것 외에는 아무것도 할 게 없다는 사실에 허무하고 막막해졌다.

"대웅이가 저런데, 내가 어떻게 곁에 있을 수 있겠어. 그런 것까지 버리지 않아. 나는 이제 정말 다 괜찮아."

슬픔을 억누르며 애써 차분하게 말하는 미호를 아프게 바라보았다.

"동주 선생, 우리 아주 멀리 떠나서 다시는 돌아오지 말자. 약속해줘. 내가 사라진 뒤에도 대웅이가 자기 생을 다 살아낼 때까지 절대로 대웅이 앞에는 나타나면 안 돼."

그렇다고도, 아니라고 할 수 없어서 그저 담담하게 바라볼 뿐이다.

촬영 순서를 기다리며 앉아 있는데 병수가 걱정스러운 표정으로 대웅에게 다가왔다.

"안색이 많이 안 좋다. 오늘 중요한 씬이야. 괜찮겠냐?"

대웅이 대본을 들여다보며 담담하게 대답했다.

"괜찮아. 난 이 씬만 찍으면 촬영 끝이지?"

"응."

병수의 말에 대웅이 희미하게 미소를 지었다.

"다행이다. 이거라도 무사히 마치게 돼서."

병수가 안쓰러운 듯 대웅의 어깨를 툭툭 쳐주었다.

"그래. 다 잊고 네 일만 열심히 해. 오늘 씬 잘 나오면 너 대박이야. 대사 무지 길던데 잘 외우고 있지?"

"응. 다 기억해."

예전에 미호와 연습하던 바로 그 부분. 어떻게 잊을 수 있을까.

— 처음 그대의 눈물이 내 옷자락을 적셨을 땐 그저 잠시 서서 마르기를 기다리면 된다 여겼소. 헌데 점점 더 큰 구름이 되고 바람이 되어 나의 발길을 묶는 비가 되어 내리고 있소. 막을 수도 피할 수도 없는 그 비를 맞으며 나는 어디로 가야 할지 갈 길을 잃었소.

미호의 눈을 바라보는 순간 마음속 깊이 숨겨 두었던 진심이 저도 모르게 대사가 되어 입 밖으로 나와 당황했었다.

— 멀리 도망가고 싶어도 자꾸 밟혀서 돌아오게 돼. 지켜주고 싶고 잘해주고 싶어.

미호에게 했던 최초의 사랑 고백이 떠올라 저도 모르게 눈물이 차올랐다.

다행이다. 곁에 있으면서 잘해줄 수는 없어도 지켜줄 순 있으니까.

얼른 눈물을 훔치고 자리에서 일어서는데 문앞에 기대어 서 있는 동주의 모습이 보였다.

"무슨 일이야?"

동주가 똑바로 서서 대웅을 바라봤다.

몇 번을 망설이고 고쳐 생각해보기도 했지만 결론은 하나뿐이었다. 미호가 잠시라도 행복해질 수 있는, 그리하여 그녀가 사라진 후에도 남아 있을 대웅이 조금이라도 덜 후회할 수 있는 유일한 방법은 대웅에게 진실을 알리는 것뿐이라고.

미호는 공항에 혼자 앉아 동주가 오기를 기다렸다. 입구 쪽에서 걸어오는 동주의 모습을 보고 얼른 자리에서 일어났다.

"늦었네. 시간 다 됐어. 가자."

동주가 미호의 손목을 붙잡아 세웠다.

"이게 정말 당신이 원하는 길인가요?"

"응. 내가 원하는 거야."

주저 없이 대답하는 미호를 안쓰럽게 쳐다보며 동주는 자신의 해묵은 상처를 꺼내 보였다.

"나는 상대가 원하는 대로 해주는 게 사랑이라고 믿었어요. 그래서 그 믿음대로 행했다가 천 년을 후회 속에서 살았어요. 다시 같은 실수를 되풀이하지 않으려고 했는데 이번에도 결국은 당신이 원하는 대로 해줄 수밖에 없겠네요. 당신 마음이 진짜 바라는 대로 해줄게요."

동주가 미호의 얼굴에 가만히 손을 얹었다.

"이만큼이에요. 내가 당신을 지켜줄 수 있는 건. 나는 당신을 위해서 죽어줄 수도 없는 존재니까."

당혹스러워하는 미호를 쳐다보며 말을 이었다.

"그래서 내가 할 수 있는 일을 했어요."

동주가 미호의 뺨에서 손을 거두고 슬픈 눈으로 바라보았다.

"차대웅에게 다 얘기했어요. 거짓말이라고. 아마 지금쯤 이리로 달려오고 있을 거예요."

"왜! 항상 내가 대웅이한테 감추려는 걸 들추는 거야, 왜."

동주가 흥분해 날뛰는 미호의 어깨를 강하게 붙잡고 간절하게 바라보았다.

"어쩔 수가 없었어요. 당신의 사랑이 환상이라고 비웃었던 내가 진짜 사랑을 봐버렸잖아요."

"진짜라는 거 믿어주는 거야?"

눈물이 그렁그렁한 미호를 보며 동주가 천천히 고개를 끄덕였다.

"그걸 가짜라고 하는 거짓말은 더 이상 할 수 없었어요. 그러니 당신도 이제 차대웅과 자신을 속이는 것을 그만둬요. 내가 차대웅에게 진실을 말해버렸으니 더 이상 감출 수도 없게 됐잖아요. 그러니 인제 그만 자신의 마음에 솔직해져도 돼요."

"동주 선생, 정말 잔인해. 정말 나빠. 정말 나쁜데…….."

눈물이 기어이 미호의 뺨을 타고 흘러내렸다.

"고마워."

동주가 손가락으로 미호의 눈물을 닦아주었다.

"떠나는 건 나 혼자예요. 당신은 그자 곁에 있어요. 당신의 마지막을 지켜줘야 하는 건 내가 아니라 저 사람이에요."

동주가 가리키는 쪽으로 시선을 돌리자 저만치서 달려오는 대웅의 모습이 보였다. 한 편으로는 두렵고 또 한 편으로는 기쁜 마음에 가슴이 터져버릴 것만 같다.

"가세요."

격려하는 동주의 목소리에 힘입어 미호가 고개를 끄덕였다.

슬픈 표정으로 쳐다보는 동주를 뒤로 한 채 대웅을 향해 전속력으로 달렸다. 두 사람의 시선이 허공에서 맞부딪치는 순간 공항을 오가는 무수한 사람들, 청각을 괴롭히던 온갖 소음들이 흔적도 없이 사라져버렸다. 오로지 둘만이 이 세상에 존재하고 있는 것처럼.

대웅이 숨을 몰아쉬며 성큼성큼 다가온다. 상처주기 싫었는데 마음 아프게 만들고 싶지 않았는데 그것보다는 대웅의 곁에서 기대고 싶은 마음이 더 크다. 인제 그만 그의 어깨에 기대고 품에 안겨서 사랑한다고 말하고 듣고 싶다.

"너는 정말 지독하게 나쁜 구미호야. 사람 홀려서 기고 혼이고 다 빼주게 만들더니 이제 심장 뜯어지도록 아프게 하는 정말 무서운 구미호야."

금방이라도 눈물이 터질 것 같은 눈으로 아프게 바라보는 대웅에게 미호가 애써 미소 지었다.

"미안해. 그렇지만 내 곁에 있는 게 아무리 무섭고 아파도, 나 네 곁에 있으면 안 돼?"

대웅이 참고 참았던 눈물을 터뜨리며 미호를 와락 품 안으로 끌어안았다.

아무리 무섭고 아파도 네 곁이 내게는 천국인 것을.

소슬한 가을바람이 아직은 새파란 나뭇잎을 살그머니 흔들어놓았다.

"이쪽으로 오십시오."

천보사의 주지 스님이 구미호 그림을 보기 위해 찾았다는 신도들을 삼신각 안으로 직접 안내했다.

"이 그림입니다. 신랑을 얻어서 인간세상에서 살고 싶었지만 간 파먹는다는 소문 때문에 좌절한 구미호가 여기 갇혀 있었습니다."

스님이 아쉬운 듯 지금은 사라지고 없는 구미호 그림을 쳐다보았다.

"구미호 그림이 없어져서 영 안 돌아오는 걸 보면 정말 신랑을 구하러 간 걸까요?"

아주머니 신도의 질문에 스님이 고개를 갸웃하며 고민하는 표정을 지었다.

"글쎄요. 삼신할머니가 신랑을 구하면 인간세상에서 살게 해준다고 약속을 했으니 그럴 수도 있겠죠. 하지만 간 파먹는 구미호 신랑이 되려면 제 목숨 다 내줘야 하는데 그런 신랑을 어디서 구하겠습니까?"

"구미호가 제 목숨 다 내준다는 신랑을 구했으면 삼신할머니도 약속을 지켜야겠네요."

아까 그 아주머니의 얘기에 스님이 그제야 고개를 끄덕거리며 제대로 동의했다.

"그렇죠. 신랑 구하면 인간세상에서 살게 해준다고 철썩 같이 약속을 했는데 삼신할머니가 인제 와서 그런 적 없다고 하면 안 되죠."

"인제 와서 모르겠다 나자빠지면 그게 삼신할머닌가."

또 다른 아주머니의 너스레에 왁자한 웃음이 터졌다. 신도
무리에 껴 있던 할머니가 미간을 찌푸리며 심란한 한숨을 내
쉬었다.

"뭐, 약속은 약속이니까 지켜야 하려나. 영 마음이 쓰여서
나가봐야겠네."

할머니가 삼신각 밖으로 나가고 얼마 안 있어 스님이 신도
들을 쳐다보며 마무리를 지었다.

"자, 없어진 구미호 그림 얘기나 하고 있자니 마음만 아프네
요. 공양들이나 하러 가시죠."

삼신각에서 나가는 길에 아주머니 신도가 스님에게 물었다.

"근데 방금 나간 할머니는 절에 계신 보살님이신가요?"

"아닌데요. 같이 오신 분 아니십니까?"

스님의 대답에 또 다른 아주머니가 의아한 표정을 지으며
할머니가 있던 삼신각 쪽을 흘끗 돌아보았다.

"아닌데. 누구시지?"

삼신각 벽에 걸려 있던 그림 속에서 삼신할머니의 모습이
흔적도 없이 사라졌다.

오랜만에 인간세상으로 나온 삼신할머니는 가장 먼저 동주
를 찾았다. 구미호를 그렇게 보내고 어찌 보면 가장 마음 아파

할 존재가 동주 아니던가. 의지할 상대 하나 없이 홀로 가슴의 상처를 삭히고 있을 동주에게 어떻게든 위로의 말 한마디라도 건네고 싶었다.

공항에 오도카니 앉아 있는 동주에게로 다가가 슬며시 옆에 앉았다. 시선 한 번 주지 않고 생각에 골몰해 있는 동주를 쳐다보며 할머니가 허심탄회하게 말을 꺼냈다.

"자네, 미안하다는 말과 고맙다는 말 중 뭐가 더 나은 것 같은가?"

그제야 옆으로 돌아본 동주가 삼신할머니를 쳐다보고는 흠칫 놀란 표정을 지었다. 그리고는 조용히 시선을 앞으로 돌리고 가만히 생각에 잠겼다.

"고맙다는 말이 더 낫네요."

"그렇지. 자네는 그거면 된 거야."

호들갑 떨지 않고 투박하게 다독거리는 할머니의 목소리에 동주의 입가에 희미한 미소가 떠올랐다.

기한이 정해져 있는 시간은 짧고 빠르게 지나간다. 그리고 그만큼 달콤하고 저릿하다.

손을 마주 잡은 채 길을 걷고 머리를 맞대며 함께 반찬을 만들고 식탁에 나란히 앉아서 둘이 만든 음식을 먹고 세면대에 함께 서서 양치질을 하고 청소기를 돌리는 그 모든 일상이 대웅과 미호에게는 가슴 벅찬 의식이었다.

시간은 화살처럼 빠르게 흘러 내일이 벌써 고모와 반 감독의 결혼식 날이다. 대웅은 미호를 데리고 백화점으로 가서 결혼식 선물을 골랐다. 그릇을 좋아하는 고모의 취향에 맞춰서 찻잔으로 하고 색상은 미호가 가장 좋아하는 소 색깔로 정했다.

   "이거 딱 우리 고모 취향이야. 선물 완전 잘 골랐다."

   흐뭇하게 찻잔을 쳐다보는 대웅을 향해 미호가 걱정스러운 듯 물었다.

   "감독님이랑은 안 어울리지 않을까?"

   "남자가 여자한테 맞추는 게 좋은 거야. 이게 좋아."

   "나도 좋아. 찻잔도 역시 소 색깔이 최고야."

   눈을 접으며 활짝 웃는 미호가 왠지 안타까워 대웅이 말을 꺼냈다.

   "우리도 이거 하나 살까?"

   "그럴까?"

   찻잔을 들고 쨍하니 부딪히는데 표정과는 달리 마음이 서글 퍼졌다.

   "에이, 근데 이거 금방 깨지겠다. 우리는 안 깨지는 걸로 사자."

   씁쓸하게 도로 찻잔을 내려놓는 미호의 손을 꽉 붙잡았다.

   "그래. 안 깨지는 걸로 사자. 절대로 안 깨지는 걸로."

백화점에서 나와 미호의 손을 꼭 붙잡고 걸어가는데 바로 앞쪽으로 나이 지긋한 노부부의 모습이 보였다.

우리는 저렇게는 안 되겠지.

가슴이 저릿해 왔지만 대웅은 애써 미소를 지으며 미호를 쳐다보았다.

"지금 네가 내 옆에 있는 게 제일 행복한 거야."

미호가 그제야 대웅을 쳐다보며 활짝 웃었다.

"지금 네가 내 옆에 있는 게 제일 행복한 거야."

우리가 함께 있는 지금이 가장 행복한 순간임을 일분, 일초도 잊지 말고 우리 웃자. 일생에 가장 찬란한 추억을 남길 수 있도록.

나이 오십을 바라보는 고모의 결혼식이 있는 날, 할아버지는 여든을 바라보는 인생에서 가장 행복한 웃음을 지었다.

"나 너무 나이 든 신부인 거 티 나지 않니?"

웨딩드레스를 곱게 차려입은 고모가 신부대기실에 찾아온 미호를 쳐다보며 걱정스러운 듯 물었다.

"아뇨, 정말 예뻐요. 완전 패셔니스타예요."

미호의 칭찬에 고모가 그제야 얼굴에서 긴장을 거두었다.

"아, 떨려. 아침부터 아무것도 못 먹었더니 다리가 후들후들거려."

미호가 얼른 옆에 있는 주스를 고모에게 건네주었다. 주스를 단숨에 마시는 고모를 바라보며 미호가 걱정스레 물었다.

"밥 드셔야 하는 거 아니에요?"

"이거 하나면 됐어. 나 긴장하면 속 안 좋아지거든. 절대로 식장에서 방귀 뿡은 안 돼."

결연한 표정으로 신부입장을 기다리는 고모를 바라보며 미호가 빙긋 웃었다.

"제가 아무리 먹어도 절대 방귀 뿡 안 하는 거 가져올게요"

삼신할머니가 대기실 입구에 서서 방귀 걱정에 여념이 없는 나이든 신부를 흐뭇하게 쳐다보았다.

"방귀 덕에 신랑 만났으면서 뭘 걱정이 그리 많누."

미호는 식당 안으로 들어가 고모에게 줄 과일을 접시에 담았다. 사과를 집으려는 찰나 바로 옆에서 누군가 거의 동시에 미호와 똑같은 사과를 집었다. 깜짝 놀라 바라보니 혜인이다.

"너는 이제 내 입에 들어갈 것까지 뺏니? 내 놔!"

벌컥 짜증을 내는 혜인에게 순순히 사과를 내주었다.

"그래. 나는 대웅이 가졌으니까 너한테 이건 양보할게."

"너도 참 대단하다. 결국 박동주까지 떼어버리고 여기까지 왔구나."

기막혀 하는 혜인에게 순순히 고개를 끄덕여주었다.

"응. 숨기고, 감추는 거 못 하겠어서 솔직하게 인정하고 다시 들러붙었어."

"그래. 평생 들러붙어 있어라. 이제 영화도 거의 다 끝났고 다시는 너랑 대웅이 볼 일 없을 거야."

마지막까지 이죽거리는 혜인에게조차 정이 들었나 보다. 픽하니 웃음이 터졌다. 뭔가 싶어 쳐다보는 혜인을 향해 서서 미호가 허심탄회하게 말했다.

"너도 참 솔직하다."

"뭐?"

"미워하고 싫어하는 거 이렇게 끝까지 보여주는 것도 정말 솔직한 거야."

혜인이 불쾌한 표정으로 미호를 쳐다보았다.

"너 지금 나 염장 뒤집니?"

"그래. 지금 이러는 것처럼 좋아하는 것도 솔직하게 해 봐. 너는 소질이 있어. 다 뒤집어서 보여주는 것도 할 수 있을 거야. 내가 가르쳐준 주문 알지? 너무너무너무 좋아. 그거 잘 기억해."

뒤돌아서 가는 미호를 향해 혜인이 못마땅한 표정으로 혀를 찼다.

"나는 사람이야. 그것도 아주 잘난 사람. 절대로 너 같은 애처럼은 못 해. 안 해!"

도도하게 목을 빳빳이 세우는 혜인 곁에서 삼신할머니가 빙긋이 웃음을 지었다.

웨딩마치가 울려 퍼지고 신부인 고모가 할아버지의 손을 잡고 식장 안으로 들어왔다. 미호와 선녀가 신부 들러리로 고모의 뒤를 따라 들어오자 식장 앞에 서 있던 대웅이 미호를 바라보며 환하게 웃었다. 마치 자신들의 결혼식인 것처럼 행복하게 웃는 둘의 모습을 심란하게 지켜보던 삼신할머니가 뭔가 골똘히 생각하며 식장 밖으로 사라졌다.

식을 마치고 가족사진을 찍기 위해 서 있는데, 한사코 고집을 부리며 자리에 앉아 있는 미호를 향해 대웅이 계속해서 오라고 손짓을 보냈다.

"가족 분들 모두 이쪽 보세요. 저쪽에 조카 분, 다른 데 보시면 안 돼요."

사진사의 지적에 대웅이 흠칫 놀라 시선을 카메라 쪽으로 돌렸다. 대웅을 향해 잘 찍으라는 손짓 신호를 보내고 미호는 식장 밖으로 자리를 피해주었다.

하릴없이 식장 앞을 거니는데 이미 식을 마친 신부가 폐백 준비를 하는 모습이 보였다. 걸음을 멈추고 연지 곤지 찍은 신부의 모습을 부럽게 쳐다보았다.

"와, 나도 오백 년 전에 저러고 신랑 기다렸는데."

언제 왔는지 등 뒤에서 대웅이 물었다.

"너 여기서 뭐 해?"

미호가 몸을 돌려 대웅을 바라보았다.

"사진 다 찍었어?"

"응. 너 저거 보고 있었구나!"

대웅이 연지 곤지 찍은 신부의 모습을 발견하고는 놀란 표정을 지었다.

"그냥 옛날 생각이 나서. 옛날에 신랑 찾으면 인간세상에서 살 수 있다고 해서 저러고 신랑 기다렸거든."

"왜. 오백 년 전에 못 만난 낭군이 아쉬워?"

미호가 골난 대웅에게 당치도 않다는 듯 미소를 지었다.

"아니. 그때 신랑 찾았으면 그림에 갇히지도 않았을 테고 그럼 널 이렇게 만나지도 못했을 거 아니야. 하나도 안 아쉬워."

"너 저거 무지하게 해보고 싶었다고 했지?"

대웅이 뭔가 생각하더니 돌연 미호의 손을 붙잡아 이끌었다.

"가자."

대웅은 사진사를 모시고 와 얼굴에 연지 곤지 찍은 미호와 정식으로 포즈를 취했다.

"오늘 신랑, 신부보다 훨씬 보기 좋네요."

비밀스레 속삭이는 사진사의 칭찬에 미호가 행복한 표정으로 대웅의 팔짱을 꽉 끼었다. 찰칵 사진 찍히는 소리가 이상하게도 마음을 저릿하게 만들었다.

그렇지만 웃자. 아무리 마음이 아파도 웃자. 울면서 보내기엔 너무도 아까운 시간이므로.

벽에 걸린 날짜 판에 숫자 1만 남았다.

생에 마지막 날, 미호는 대웅과 찍은 신랑 신부 사진을 앨범의 마지막 장에 넣었다.

"다 채웠어."

가슴이 벅찬 듯 미호가 앨범을 꽉 끌어안았다. 화장실에서 씻고 나온 대웅이 씩씩하게 다가와 물었다.

"미호야, 우리 데이트 갈까? 가고 싶은 데 없어?"

걱정스러운 얼굴로 미호가 앨범을 테이블 위에 내려놓았다.

"웅아, 너 벌써 일주일도 넘게 잠 한숨도 안 잤잖아. 힘들지 않아?"

"괜찮아. 잠 하나도 안 와. 세수도 했어!"

"웅아, 일루와 봐."

큰소리를 치는 대웅의 손을 가만히 이끌어 소파에 앉혔다. 화장대에 가서 화장품을 갖고 와서 멀뚱히 쳐다보는 대웅의 얼굴에 화장품을 톡톡 발라 주었다.

"와, 멋있다."

빙긋 웃는 대웅을 애틋하게 바라보며 헝클어진 머리를 가지런히 정리해주었다.

"진짜 멋있다!"

눈물이 맺혀 흐려진 시야에 대웅의 얼굴을 가득 담았다.

"너무너무너무 멋있다. 웅아, 미안. 근데 졸려도 꾹 참고 끝까지 나랑 이렇게 보고 있자."

"그래. 나 기네스 기록에도 도전할 수 있어. 잠 하나도 안 와."

눈에 가득 차오른 눈물을 억지로 누르고 대웅이 씩씩하게 가슴을 두드렸다.

"기네스가 뭐야?"

"제일, 최고로 좋은 거야."

"그래. 너는 나한테 기네스처럼 최고로 좋아."

대웅이 헛기침을 하며 잠긴 목을 가다듬었다.

"우리 뭐 할까? 최고로 좋은데 가야 하는데."

그런 대웅을 향해 미호가 들뜬 목소리로 물었다.

"우리 처음 데이트한 것처럼 영화 보러 갈까?"

"그럴까? 병수가 표 많이 줘서 뭐든 볼 수 있을 거야."

대웅이 가방에서 영화 티켓을 잔뜩 꺼냈다. 그런데 하나같이 다 내일 날짜로 된 티켓들뿐이다.

"다 내일이네. 오늘이면 좋을 텐데."

아쉽게 쳐다보는 미호에게 보란 듯이 티켓을 치우고 냉큼 태도를 바꾸었다.

"영화관에서 시간 보내는 거 아까워."

그러자 미호도 얼른 표정을 바꾸며 적극 동조했다.

"그래, 아까워! 그럼 닭 아줌마한테 인사하러 갈까?"

"그럴래? 네 베프잖아."

내친김에 강 여사한테 전화를 걸기는 했는데 오랜만에 가게 문 닫고 고향집으로 내려갔단다.

"아줌마가 내일 돼야 볼 수 있대. 웅이 네가 나중에 나 대신 인사 좀 해줘."

시무룩한 표정으로 앉아 있는 미호를 다독거리며 급하게 머리를 굴렸다.

"그럼 우리 어디 갈까? 우리 집 가서 밥 먹을까?"

"고모님네는 모레 오고, 할아버지도 친구댁에 가서 내일 오신댔잖아."

"그렇지! 왜 전부 내일에나 되는 거냐."

"그러게. 내일은 없는데."

쉬쉬하며 피하던 말이 미호의 입에서 튀어나오자 가슴이 덜컥 내려앉았다. 미호의 눈에 참고 참았던 눈물이 그렁그렁 맺혔다.

오늘이 마지막이야. 절대로 시간도 세지 말고 울지도 말고 행복하게 끝까지 봐주는 거야.

가만 앉아 있다가는 부둥켜안고 통곡이라도 할 것 같아서 대웅은 미호의 손목을 붙잡고 기운차게 일으켰다.

"나가자! 오늘 아직도 많이 남았잖아. 그래, 너 지난번에 본 분수 되게 좋아했지. 그거 보러 가자. 낮에 봐도 되게 멋있을 거야."

미호가 대웅을 쳐다보며 활짝 웃었다.

"진짜 멋있겠다. 깜짝 놀라겠다."

미호를 데리고 분수대까지 간 것까지는 좋았는데 멋지게 물을 뿜던 분수에서 물이 한 방울도 나오지 않았다. 급한 마음에 공원 사무실로 찾아가 분수대에 관해 물었다.

"오늘은 수리 중이라 분수가 안 나와요. 내일이면 다 고쳐지니까 내일 다시 오세요."

대웅은 미호의 손을 붙잡고 터덜터덜 걸었다. 마지막 날인데 모든 게 다 어그러진 것 같아 기운이 쏙 빠졌다.

휑하게 서 있는 분수대를 보는 순간 이 모든 게 분수 탓인 것만 같아 울화가 치밀어 올랐다.

"내일은 안 된단 말이야! 오늘 아니면 안 된다고!"

버럭 분통을 터뜨리는 대웅을 안쓰럽게 바라보며 미호가 위로하듯 말을 건넸다.

"웅아, 괜찮아. 나 저거 안 봐도 돼."

눈물이 터질 것만 같아서 미호를 뒤에 남겨둔 채 성큼성큼 걸어갔다. 미호는 차마 뒤따르지 못 하고 분수대 앞에 오도카니 선 채 점점 멀어지는 대웅을 서글프게 바라보았다. 대웅이 목적도 없는 걸음을 걷다가 걸음을 멈추고 서글프게 서 있는 미호를 돌아보았다. 참고 참았던 눈물이 한꺼번에 터져 나올 것 같아 이를 악물었다.

울지 말자. 울면서 헤어지진 말자.

간신히 눈물을 견뎌내고 미호에게 다가가 웃는 얼굴로 손을 내밀었다.

"미호야, 가자."

미호가 눈물이 그렁한 채로 환하게 웃으며 대웅의 손을 꼭 붙잡았다.

액션스쿨 옥상으로 올라가 미호와 나란히 평상에 앉아 오는 길에 문구점에 들러 사온 폭죽에 불을 붙였다. 펑! 허공에서 아름다운 폭죽 분수가 터졌다.

"와, 멋있다. 그때 그 분수랑 똑같은 모양으로 불이 솟아오르네!"

미호의 탄성에 대웅의 의기양양한 표정을 지었다.

"그딴 분수보다 이게 훨씬 멋있어."

미호가 들뜬 표정으로 고개를 끄덕거렸다.

"그래, 훨씬 멋있어."

"그리고 넌 물 별로잖아."

미호가 얼른 인상을 찌푸리며 맞장구를 쳤다.

"물, 별로야."

"저건 불꽃이 꼭 네 꼬리 모양으로 올라간다!"

대웅이 길게 솟아오르는 불꽃을 가리키며 소리를 치자 미호가 손뼉을 치며 방방 뛰었다.

"웅아, 나 너무 좋아서 꼬리 튀어나올 것 같아!"

"정말?"

"웅! 한 개 밖에 없는데도 너무 좋으니까 이만큼 튀어나올 것 같아.”

“하나 더 터뜨려 줄까!”

펑! 펑! 펑!

마지막 날 밤, 액션스쿨의 옥상에서는 두 사람만의 불꽃 축제가 한창이었다.

재깍재깍. 초침이 돌아가는 소리가 불안하게 느껴진다. 바로 문 앞까지 다가온 불길한 그림자에 대웅은 입이 바싹 타들어갔다.

“우리 처음 만난 데로 가자.”

말갛게 웃으며 바라보는 미호의 손을 붙잡고 액션스쿨 연습장 안으로 들어갔다. 미호와 처음 만났던 순간순간이 주마등처럼 스쳐 지나간다.

“여기서 처음 네 꼬리 보고 진짜깜짝 놀랐는데.”

“그래. 네가 나를 처음 제대로 본 데잖아. 우리 여기서 있자. 여기가 좋아.”

대웅이 미호의 어깨를 꽉 끌어안았다.

“그래, 여기서 있자.”

“내가 처음에 그렇게 무서웠어?”

“응. 되게 무서웠어. 그런데 그때 무서웠던 것보다 지금이 백 배 정도 더 무서워.”

미호가 대웅의 손을 꽉 쥐었다. 창 너머로 달빛이 음습하게 들어왔다. 쿵쿵쿵 심장이 격하게 요동쳤다. 입안이 바싹 마르고 손바닥이 차가워졌다. 눈물이 글썽해서 바라보는 대웅의 얼굴을 가만 들여다보던 미호가 손바닥으로 대웅의 얼굴을 가려주었다. 손바닥을 떼어내려는 대웅의 귓가에 대고 미호가 조그맣게 속삭였다.

"그냥 이렇게 있자."

손바닥 아래로 뜨거운 눈물이 흘렀다.

"웅아, 다 꿈이라고 생각해. 내가 처음으로 네 앞에 나타난 순간도, 이렇게 사라지는 것도 다 꿈이라고 생각해."

흐느끼는 소리와 함께 손바닥이 흔들린다.

"꿈이라고 생각하면 하나도 안 아플 거야."

"미호야, 가지 마."

부질없는 부탁이 미호의 가슴으로 날아와 아프게 박혔다.

그럴 수만 있다면. 대웅의 곁에서 이렇게 평생을 함께할 수만 있다면.

"무서운 건 다 잊고 너무 너무 너무 좋은 꿈으로 기억해줘."

손바닥으로 눈을 가린 채 가만히 입술을 포개었다. 달빛 아래 홀연히 나타난 꼬리가 부서지듯 허공으로 흩어졌다. 휘영청 떠 있던 달이 어느새 나타난 구름에 가려 자취를 감추었다. 대웅은 천천히 눈을 뜨고 미호가 있던 곳을 바라보았다.

"꿈이라고. 눈 뜨면 안 아플 거라고. 이렇게 아픈데 네가 어떻게 꿈이야."

바닥에 엎어져 통곡하듯 눈물을 쏟아냈다.

내가 어떻게 너 없는 세상을 살 수 있을까. 너 없는 일생을 어떻게 아무렇지 않은 척 살아낼 수 있을까.

잠에서 깨어난 순간 액션스쿨의 낯익은 풍경이 눈에 들어왔다. 대웅은 벌떡 일어나 주변을 둘러보았다.

"미호야, 미호야."

허무하게 울려 퍼지는 소리에 대웅은 공포에 질린 표정으로 액션스쿨 밖으로 뛰쳐나갔다.

"사라진 거야? 이대로 나만 두고 사라진 거야? 안 돼. 안 돼. 싫어!"

목적지도 없이 미친 듯이 달렸다. 어디를 가도 미호는 찾을 수 없다는 사실은 이미 알고 있다. 그렇지만 뛰지 않으면 견딜 수 없을 것 같아 무작정 발을 움직였다. 맑은 하늘에선 비 한 방울 내리지 않는다.

미호야. 넌 분명히 울고 있을 텐데 이제는 네가 울어도 비가 오지 않아. 네가 아무리 슬퍼하고 있어도 나는 이제 알 수가 없어. 너는 이제 여기 없으니까.

대로 한복판에 서서 대웅은 초점 없는 시선으로 고개를 꺾어 하늘 어딘가를 바라보았다.

저기 있을까? 저리로 가버린 건가?

발작적으로 쏟아지는 눈물을 주체할 수가 없어 대웅은 하늘을 쳐다보며 목을 놓아 울었다.

"미호야!"

하늘을 향해 소리를 지르는 순간 자동차 경적소리가 귓전을 찢을 듯이 달려들었다. 끼익, 타이어 마찰음이 요란스레 들리고 쿵, 둔탁한 충돌 소리와 함께 대웅은 허공으로 붕 날아올랐다.

"사람이 치었어!"

"죽었어? 살았어?"

웅성웅성 소란스럽게 떠드는 소리를 가만 듣고 있는데 맑은 하늘에서 비가 뚝뚝 떨어졌다. 깜짝 놀라 몸을 일으키자 감탄하는 소리가 여기저기서 들렸다.

"세상에, 살았어!"

"저 큰 트럭에 치었는데 멀쩡해."

대웅은 고개를 들어 맑은 하늘에서 떨어지는 빗물을 망연자실 바라보았다.

비가 온다!

손을 들어 얼굴 위로 흐르는 빗물을 확인하고 심장 위에 손을 가만히 올려놓았다. 손바닥으로 심장 박동이 느껴진다. 멈추지 않았다. 제대로 뛰고 있다.

미호는 사라진 게 아니야.

대웅은 바닥에 주저앉아 하늘을 바라보며 미친 사람처럼 웃어댔다.

사라지지 않았어. 아직 있다고!

가슴 밑바닥에서부터 끓어오르는 희열 때문에 도저히 웃음이 멈춰지질 않는다.

대웅은 병원 응급실에 실려가 이곳, 저곳 사진을 찍고 나서야 간신히 풀려났다.

"정말로 대형 트럭이랑 정면충돌하고 실려 온 거 맞아요?"

의사며 간호사는 물론이고, 트럭을 운전한 운전사는 기적을 목도한 것처럼 대웅의 손을 꽉 잡고 눈물을 흘렸다.

"다행입니다. 정말 다행이에요."

"놀라게 해서 죄송합니다."

트럭 운전사를 다독거리고 대웅은 병원을 나섰다. 그 큰 트럭에 치이고도 이렇게 멀쩡한 것을 보면 구슬은 사라지지 않았다. 그렇다는 건 곧 미호도 어딘가에 존재한다는 것이다. 미호는 완전히 사라진 게 아니다. 대웅이 볼 수 없는 어디쯤에서 그를 지켜보고 있는 게 분명하다.

그래, 잠깐 어디 간 것뿐이야. 분명히 다시 돌아올 거야. 그때까지 기다리기만 하면 돼.

대웅은 하늘을 바라보며 크게 소리를 질렀다.

"미호가 있다! 다시 돌아올 때까지 기다릴게!"

멀리서 대웅을 지켜보던 동주가 삼신할머니를 걱정스러운

눈으로 쳐다보았다.

"다시 돌려보내 줄 건가요?"

"목숨 아홉 개도 다 빼먹고 구슬까지 인간에게 내준 구미호를 그냥 다시 돌려보낼 수는 없지."

삼신할머니가 맘이 심란한지 한숨을 내쉬었다. 가만 바라보던 동주가 조심스레 말을 꺼냈다.

"그럼 어쩌실 건가요?"

"기다린다면, 정말로 돌아올 때까지 지치지 않고 기다린다면 하늘이 미쳐서 깜빡 정신을 놓는 날이 올지도 모르지."

영화 〈월하검객〉이 개봉한 지 첫 주만에 당당히 박스오피스 1위에 올랐다. 소문에 소문을 타 연일 관객 동원 신기록을 갈아치우는 통에 영화제작사 사무실은 축제 분위기였다.

"대박이네요."

"대웅이도 완전 대박인데요."

영화가 개봉한 뒤 가장 큰 수혜자는 주연이 아닌 주조연인 차대웅이었다. 각종 설문조사에서 상위권에 랭크되고 무대 인사며, 각종 인터뷰에 불려가느라 정신없는 나날들이 이어졌다.

대웅이 영화제에서 신인상을 받는 모습을 집에서 지켜보던 할아버지가 감개무량한 표정을 지었다.

"계란아, 네 형이 또 상 탔단다."

찜질방에서 계란 먹은 날 잉태했다고 해서 태명이 계란이가 된 두 살배기 손자를 데리고 할아버지가 텔레비전에 비친 대웅을 손가락으로 콕 찍었다.

"고등학교 졸업할 때까지 개근상 한 번 못 받아오던 애가 영화 데뷔하자마자 상을 줄줄이 받네요."

고모의 얘기에 할아버지가 놓칠세라 손자자랑이다.

"그러니까 내가 우리 대웅이는 액션 배우가 딱 적성에 맞는다고 했잖냐."

"계란이 아빠가 우리 대웅이 발굴한 거예요."

고모의 반격에 아무려면 어떠냐는 얼굴로 할아버지가 계란이를 번쩍 들어올렸다.

"그래, 그래! 계란이가 복덩어리예요."

병수는 대웅을 주연으로 해서 감독 입봉작을 준비하고 있고 선녀는 배우의 길을 포기한 채 혜인의 코디네이터로 진로를 바꿨다. 까다로운 혜인의 코디 일이 결코 만만치는 않지만 짝사랑에 빠진 불여우의 속이 까맣게 타는 모습을 옆에서 구경하는 재미가 쏠쏠하였다.

"광고 찍는 내내 언니가 그렇게 추파를 보냈는데 저 남자 진짜 꿈쩍도 안 하네요."

촬영을 끝내고 돌아온 혜인에게 담요를 건네며 선녀가 슬슬 약을 올렸다.

"일이야, 일. 딴소리하지 마."

"우리 아빠 결혼식에서 처음 만났다면서요. 그게 벌써 몇 년 전인데 아직까지 발전이 없어요? 그냥 언니가 밀어 붙여요."

답답해서 한소리 하는 선녀를 째려보며 혜인이 버럭 소리를 쳤다.

"내가 미쳤니! 먼저 들러붙게."

"그렇게 잘난 척 재고 있다가 딱 대웅이 때 꼴 날 걸요."

혜인이 속상한 표정으로 맞은편에서 정리하고 있는 남자 배우를 쳐다보았다. 남자가 고개를 든 순간 시선이 마주쳤다. 혜인의 가슴은 쿵 내려앉았지만 남자는 대수롭지 않은 표정으로 고개만 까닥거리고 지나쳤다.

"정말 그렇게 또 놓치면 어쩌지. 너무 너무 너무 좋아 이러면 홀릴 수 있다 그랬는데 자존심 다 젖히고 해 봐? 아, 못해, 못 해!"

머리를 감싸 쥐고 괴로워하고 있는데 등 뒤에서 남자가 부르는 소리가 들렸다.

"은혜인 씨!"

혜인이 얼른 청초한 미소를 그리며 남자를 바라보았다.

"네."

"오늘 수고하셨어요."

인사만 하고 가버리는 남자의 뒷모습에 혜인의 마음이 초조해졌다.

"할 수 있어! 해보는 거야!"

병수는 대웅을 사무실로 불러 직접 쓴 시나리오를 건넸다.

"네가 아이디어 준 대로 귀신과 인간의 사랑 이야기야. 괜찮지?"

대웅이 못마땅한 표정으로 태클을 걸었다.

"왜 귀신이야? 구미호로 하라니까."

"구미호는 CG가 많이 들어가서 안 돼. 꼬리가 아홉 개면 CG가 얼마냐?"

무명 감독의 지극히 현실적인 투정에 대웅은 픽 웃으며 시나리오를 들여다보았다.

"근데 여기서 여자 귀신이 준 선물이 핸드폰 줄이네."

그러자 병수가 그게 바로 포인트라는 듯 흥분한 표정을 지었다.

"그래! 영혼을 담은 구슬로 된 핸드폰 줄이야."

내친 김에 노트북 화면을 켜서 대웅에게 보여주었다.

"이런 걸로 하려고 하는데 어때?"

구슬을 유심히 들여다보다가 대웅이 씁쓸한 표정으로 말을 꺼냈다.

"나한테 비슷한 거 있어. 그걸로 하자."

사무실에서 나와 늘 지니고 다니는 미호의 핸드폰을 꺼내어 핸드폰 줄에 매달린 구슬을 슬프게 들여다보았다.

언젠가는 만날 날이 올 거야.

첫 촬영이 있는 날, 대웅은 촬영 장소인 대학교 주차장에 차를 세우고 코디네이터와 의상을 맞추었다.

"이게 괜찮을 것 같은데."

그때 등 뒤에서 누군가 부르는 소리가 들렸다.

"차대웅 씨."

낯익은 목소리에 고개를 돌린 순간 동주의 모습이 보였다. 대웅은 코디네이터에게 양해를 구하고 빠른 걸음으로 동주에게 다가갔다.

"영화 촬영 중이신가 보죠? 지난 영화 끝난 지 얼마 안 된 것 같던데 바쁘시네요."

"나는 무지 잘 나가니까 쉴 틈이 없어."

그때 옆을 지나가던 여학생 둘이 동주를 보고 수줍게 웃으며 인사를 했다.

"교수님, 안녕하세요."

그리고는 대웅을 힐끗거리며 조그맣게 소곤거렸다.

"차대웅 맞지?"

"완전 멋있다."

동주가 대웅을 향해 빙긋이 웃어 보였다.

"정말 잘 나가기는 하는가 보네요."

"그쪽은 이번에는 이 학교 교수야?"

놀란 표정으로 묻는 대웅에게 허심탄회하게 털어놓았다.

"수의사로 동물들이랑 지낼 때보다 학생들이 훨씬 재미있기는 하더군요."

"이제 사람들이랑 어울려 사네."

"한번 해 보려고요. 당신은 아직도 기다리고 있나요?"

대웅이 손을 들어 심장 위에 얹었다.

"당연하지. 아직 사라지지 않고 있으니까."

무식할 정도로 확고한 믿음을 가진 대웅을 가만 바라보던 동주가 불쑥 뜬금없는 얘기를 꺼냈다.

"좀 있으면 일식이 있을 거예요."

"그래?"

대웅이 고개를 들어 하늘을 쳐다보았다.

"원래 달과 해는 절대로 만날 수가 없어요. 그런데 그걸 깨고 달이 해랑 겹치고 하나가 되는 게 일식이죠. 하늘이 정신이 나가서 미친 시간이 곧 오겠네요."

"하늘이 정신 나간 시간?"

"조금만 기다리면 올 거예요."

의아한 표정을 짓는 대웅을 쳐다보며 동주가 의미심장하게 웃었다.

달이 해를 가리려는 순간 병수는 촬영을 중지시켰다. 아무래도 조명이 안 좋을 테니 일식이 지나가고 난 뒤에 촬영을 하는 게 낫겠다는 판단이었다. 일식 구경을 한다며 소란스러운 촬영장을 빠져나와 대웅은 대본이라도 한 번 더 읽고 있을 요량으로 차에 올라탔다.

달이 해를 완전하게 가린 순간 핸드폰 벨소리가 요란스레 울렸다. 핸드폰을 들어 발신자를 확인하는데, 번호가 아무것도 없다.

"누구지?"

통화 버튼을 누르려는 순간 핸드폰에 매달린 구슬이 눈에 띄었다.

내게 아니라 미호의 핸드폰이다.

"이 전화기가 울릴 리가 없는데 미쳤나."

대웅이 황당한 표정으로 통화 버튼을 눌렀다.

"여보세요."

아무 소리도 없다.

"여보세요!"

목소리를 조금 높이는 순간 수화기 너머로 심장을 덜컥 내려앉게 하는 목소리가 들렸다.

— 나야.

틀림없는 미호의 목소리다. 대웅의 심장이 부서질 듯 날뛰었다.

— 나야, 대웅아.

"정말이야? 정말 미호 너야?"

대웅은 바싹 얼은 표정으로 전화기를 꽉 붙들었다.

— 응, 나야.

"너 지금 어디 있어?"

— 지금 너 보고 있어.

대웅은 차 문을 박차고 밖으로 나왔다. 사방을 두리번두리
번 미친 듯이 둘러보았지만 어디에도 미호의 모습은 없다.

"어디 있어?"

— 너 가까이.

대웅은 어두컴컴한 캠퍼스를 돌아다니며 미친 듯이 소리를
쳤다.

"어디 있어! 미호야, 나와! 제발!"

달에 가려있던 해가 점점 모습을 드러냈다.

"미호야!"

해가 완전히 모습을 드러내면서 세상이 환해지자 전화가 뚝
끊겼다.

"미호야, 미호야!"

이미 끊긴 전화기에 대고 부질없이 소리를 질렀다. 아무 대
답 없는 전화기를 힘없이 내린 채 대웅은 계단 위로 털썩 주저
앉았다.

"뭐야. 돌아온 게 아니었어?"

대웅은 하늘을 원망스레 쳐다보았다.

"미호야. 하늘이 미쳤다며. 그럼 나한테 미호 돌려줘야 하
는 거 아니야? 장난친 거야? 이런 게 어디 있어. 왜 이런 장난
을 쳐!"

속상한 마음에 눈물이 뚝뚝 떨어졌다. 그 순간이 마치 하늘의 계시인 것처럼 저 밑에서 미호의 목소리가 들렸다.

"대웅아."

계단 아래에서 기적처럼 미호가 활짝 웃으며 서 있다. 너무 놀라 아무 말도 나오지 않았다.

"와, 더 멋있어졌다."

눈물이 글썽한 미호를 쳐다보며 대웅은 이게 꿈인지 생시인지조차 분간이 되지 않았다. 눈을 깜빡이는 순간 흔적도 없이 사라질까 봐 미동도 못 하고 가만 바라보는데 미호가 어이없는 웃음을 날렸다.

"너 정말 겁이 많구나. 내가 달처럼 사라질까 봐 그래?"

자리에서 벌떡 일어나 계단을 한 개 한 개 내려왔다. 혹시라도 사라져버릴까 미호에게로 시선을 고정한 채.

미호 바로 앞에 서서 대웅이 믿기지 않는 표정으로 물었다.

"너 진짜야?"

고개를 끄덕거리는 미호의 뺨을 손가락으로 조심스레 찔러보았다.

"진짜네."

얼빠진 표정으로 바라보는 대웅을 향해 미호가 환하게 웃었다.

"너 지금 귀신이야?"

"나 귀신은 아니야. 나 지금은……"

대웅이 울 것 같은 표정으로 미호를 와락 끌어안았다.

"상관없어. 네가 귀신이든 구미호든 사람이든 상관없어. 그냥 네가 내 옆에 있는 거면 됐어. 돌아온 거면 됐어."

오랜만에 추억의 창고방으로 찾아가 평상 위에 나란히 앉아서 서로의 얼굴을 꿈처럼 마주보았다.

"너무 오래 기다리게 해서 미안해."

미호의 말에 대웅이 당치도 않다는 표정으로 고개를 저었다.

"아니야. 난 한 오십 년은 기다려야 되는 걸로 각오하고 있었어. 미호야, 고마워. 이렇게 다시 와줘서 정말 고마워."

감격에 젖어 있는 대웅을 가만히 바라보다가 미호가 돌연 심각한 표정을 지었다.

"웅아, 너 내가 지금 구미혼지 사람인지 궁금하지 않아?"

"뭐든 상관없다니까. 다 괜찮아."

"정말? 꼬리가 아홉 개 그대로 있어도 괜찮아?"

대웅이 짐짓 걱정스러운 표정으로 미호를 살펴보았다.

"괜찮기는 한데, 좀 궁금하긴 하네."

"그럼 달도 떴는데 호이호이나 한 판 하면서 꼬리 있나 없나 보여줄까?"

"그럴까?"

대웅은 달빛 아래 미호와 마주 보고 서서 검지를 곧추세웠다.

"은근히 긴장되네. 근데 꼬리 아홉 개 다시 튀어나와도 나 절대로 안 놀라."

미호가 바싹 긴장한 대웅을 미심쩍은 눈으로 바라보았다.

"정말이지?"

"그렇다니까!"

검지를 마주 댄 채 호이호이를 외치고 한참을 기다렸는데도 꼬리는 나오지 않는다.

"너 이제 꼬리 없구나. 사람 다 됐네."

감격스러워 울컥하는 대웅을 바라보며 미호가 따지고 들었다.

"뭐야. 너 내가 구미호인 거 싫었구나?"

대웅이 손을 휘휘 내저으며 은근슬쩍 속사정을 털어놓았다.

"사실 지금 내 처지가 좀 그래. 나, 나름 유명해졌거든. 어딜 가나 사람들 시선을 한몸에 받을 텐데 구미호 여자친구를 관리한다는 게 난처하지."

"아씨, 어떡하지? 그럼 큰일 났네."

뜨끔한 표정으로 시선을 피하는 미호를 쳐다보며 대웅이 의아한 표정을 지었다.

"왜?"

미호가 대웅의 귀에 대고 비밀스레 속삭였다.

"웅아, 나 사실 여우꼬리 하나 남았어."

"뭐!"

망연자실한 표정을 짓는 대웅을 엉큼하게 바라보며 미호가 여우꼬리로 대웅의 허리를 획 감아 당겼다.

내 여자친구는 아직도 여우!?

〈끝〉

이 글은 드라마 내용과 무관하며 김성연 작가가 독자적으로 구성한 결말입니다.

에필로그

뒤에 남은 이야기

"웅아, 나 임신 했어."

그 소식을 처음 들었을 때는 벅찬 마음에 눈물이 핑 돌았지만 돌아서고 나니 걱정이 한, 두 가지가 아니었다. 이건 미호에 대한 내 사랑이 부족해서는 절대로 아니다. 그러니까, 그게 뭐랄까. 차 씨 가문을 떠나서 인간 세계를 들썩거릴만한 대사건이기도 하기 때문이다.

미호는 이제 구미호 신세는 면했지만 어쨌거나 꼬리가 하나 남은 일미호이고, 나 차대웅은 여우 구슬을 품고 있기는 하지만 어쨌거나 확실한 인간이다. 그러니 종을 뛰어넘는 사랑의 결과로 미호의 뱃속에 잉태 되어 있는 아이의 정체가 뭐일지는 태어나봐야 알 수 있다는 얘기다. 게다가 당최 산부인과에 검진이라도 한 번 갈 수가 있나, 답답한 마음에 대학교수로 있는 동주 선생을 찾아가 상의를 구하였다.

"그녀가 임신을 했다고요?"

동주 선생도 애매한 표정으로 난감해 하기는 마찬가지였다.

"그래. 우리 아이는 인간일까, 아니면 구미호로 태어나는 걸까?"

"아이는 저와 같은 반인반요로 태어나겠군요."

동주 선생의 얼굴에서 보이는 희미한 반색에 뭐랄까, 나는 처음으로 소외감을 느꼈다.

"너랑 같은 반인반요라고……"

내가 죽어도 미호와 우리 아이는 이 세상에 여전히 남아 있을 테고 그럼 그때는 동주 선생이 내 가족을 보살펴주겠구나, 하는 못난 이기심.

동주 선생이 권하는 대로 우리는 미호의 임신 기간 동안 천보사에 기거하기로 하였다. 할아버지와 함께 살면서 임신 사실을 숨긴다는 것은 말이 안 되고, 그렇다고 밝히자니 인간과는 달리 두 달 밖에 안 되는 미호의 임신 기간을 변명할 길이 없어서, 여러모로 떠나 있는 편이 낫겠다는 결론을 내린 것이다. 결정을 내린 다음에는 동주 선생이 직접 천보사로 내려와 스님에게 우리의 은신처를 부탁하였다. 아무래도 내가 얼굴이 많이 알려진 스타이다 보니, 절을 찾는 보살들과 한 숙소에서 머문다는 게 성가신 일이기 때문이다. 벌써 몇 년 동안이나 천보사에 있는 동물들을 무상으로 치료해 주던 터라 스님은 동주 선생의 부탁을 아주 순순히 들어주었다. 기획사에는 물론이고 할아버지한테도 2달 동안 해외여행을 떠난다고 둘러대고, 미호와 함께 천보사로 내려왔다. 삼신각 2층에 있는 자그마한 다락방이 스님이 제공해준 우리의 은신처다.

"여기 삼신각에는 삼신할머니가 있으니까 우리 아기는 아주 건강하게 태어날 거야."

천보사로 온 첫날 밤, 미호가 들뜬 표정으로 내 팔을 끌어당겼다.

"그럼! 널 닮아서 아주 건강한 딸이 나올 걸."

나는 미호의 머리 밑에 팔베개를 대 주며, 내심 우울해졌다.

"웅아, 너 근데 왜 표정이 그래? 내가 임신한 게 싫어? 우리 애가 구미호로 태어날까 봐 걱정 돼?"

차마 못난 이기심을 드러낼 수 없어서 나는 그냥 적당한 변명을 둘러댔다.

"아니! 애 낳는 거 되게 아프다던데, 너 구슬도 나한테 주고 너무 고생할까 봐 걱정이 돼서 그렇지."

"웅아, 걱정 하지 마. 나 이래봬도 여덟 번이나 죽음을 경험한 몸이야. 그깟 애 낳는 것쯤은 아무것도 아니야."

씩씩한 표정을 짓고 있는 미호의 얼굴을 들여다보고 있으려니 자꾸만 우울한 생각이 들었다. 미호는 영원히 지금 이 상태를 유지할 거다. 나 혼자만 나이 들고 나 혼자서만 늙어 가겠지.

"미호야, 내가 지금은 젊고 잘 생겼지만 나중에 늙어서 쭈글

쭈글해지면 너 나 싫어할 거냐?"

미호가 대번에 억울한 표정을 지었다.

"웅아, 나 너 외모 보고 좋아한 거 아니야."

"그거야 내가 지금은 잘 생겼으니까 그런 거고 막상 나이 들어서 외모 망가지면 마음이 달라질 거야."

미호가 눈을 부릅뜨고 얼굴을 디밀었다.

"웅아, 내 눈을 똑바로 봐. 네 눈엔 내가 외모나 따지고 그런 미호로 보여?"

"아니."

"난 절대로 외모 같은 거 따지지 않았어. 난 순전히 네 인간성을 보고 좋아한 거야. 대웅아, 날 믿어!"

"그래, 알았어. 믿을게."

체념하듯 대답을 하자 미호가 내 얼굴을 뚫어져라 들여다보았다.

"믿는다고."

재차 대답을 해주었건만 미호가 자리에서 벌떡 일어나더니 내 팔을 붙잡아 일으켜 앉혔다.

"웅아, 나한테 털어놔 봐. 지금 네가 무슨 생각하고 있는지. 뭘 걱정하는지."

"난……"

차마 말문이 떨어지지 않는다. 평생 같이 할 수 있으면 됐지, 죽은 다음에 미호가 동주 선생한테 갈지, 말지 질투가 난다고 어떻게 말을 해.

"뭔데? 응? 말해 봐."

"쪽팔려서 말 못 하겠어."

"괜찮아. 말해 봐. 응? 응?"

말을 하지 않으면 한숨도 안 잘 분위기라 순전히 임산모의 건강 걱정 차원에서 하는 수 없이 조잔한 속내를 털어놓기로 했다.

"나 죽으면 너 동주 선생한테 갈 거냐?"

비웃을 줄 알았는데, 미호가 안쓰러운 표정으로 내 얼굴을 바라본다.

"그게 걱정 돼?"

어쩐지 멋쩍고 쑥스러워서, 고개를 돌려 미호의 시선을 피했다.

"그래! 나 죽고 너 혼자 살 생각을 하면 그것도 막막하긴 마찬가진데, 동주 선생한테로 갈 생각을 하면 속이 터져 죽을 것 같다."

미호가 내 볼을 감싸 쥐고 제 쪽으로 돌렸다. 시선을 마주하는 순간 울컥 뜨거운 감정이 치밀었다. 생각보다 질투심이 컸던 모양이다.

"너 정말 쓸데없는 걱정을 하는구나."

"뭐?"

"난 절대로 떨어지지 않는 순간접착제라고 했잖아. 넌 죽으면 끝이라고 생각했어?"

"그럼?"

"난 너 태어나는 데로 찾아가서 다시 너한테 들러붙을 생각이었는데."

순간 머릿속에서 폭죽이 터졌다.

"와, 진짜! 그런 수가 있었네."

"웅아, 네가 아무리 지겹다고 툴툴거려도 난 우리 아기 데리고 너 태어난 데로 찾아가서 무조건 들러붙을 작정이야."

비장한 표정을 짓고 있는 미호가 너무 예뻐 보여서, 품 안으로 꼭 끌어안았다.

"그래, 우리 다음 생에도, 그 다음 생에도 계속, 계속 들러붙어서 살자."

다음 생에 인간으로 다시 환생을 할 수 있을지, 과연 환생이란 게 있기는 한 건지, 미호가 환생해서 태어난 나를 찾을 수 있는지, 그런 건 아무것도 모른다. 그냥 미호의 마음이, 기쁘고 예뻐서, 그만 내 욕심을 접어두기로 했다.

내가 죽으면 혼자서 외롭게 살아갈 미호의 곁에 예쁜 아이가 함께 있어준다면 그것도 좋겠지. 동주 선생과 같이 지낼 생각을 하면 이가 갈리지만, 친구로 지내면서 도움을 받을 수 있다면 그것도 고마운 일이다. 그렇지만 우정이 사랑으로 변하는 건 시간문젠데. 아, 몰라. 속 좁은 생각 따위 그만 접자.

"웅아, 나 이상해. 아이가 나올 것 같아!"

일찌감치 잠자리에 들려고 이불을 깔고 있는데 미호가 덥석 팔을 붙잡았다.

"진짜? 미호야, 이리 누워."

나는 미호를 이불에 눕혀두고 무조건 동주 선생에게 전화를 걸었다. 의사를 부를 수도, 산파 할머니를 부를 수도 없으니 믿고 매달릴 데라고는 오로지 동주 선생뿐이었다.

"동주 선생, 나 대웅인데 지금 당장 천보사로 와. 미호 애 낳아!"

일방적으로 전화를 끊고 미호의 손을 꼭 붙잡은 채 기운을 불어넣었다.

"힘 내. 미호야, 조금만 더 힘 내!"

"응. 알았어. 웅아, 근데 생각보다 애 낳는 거 힘들다. 하도 힘주니까 하나 밖에 없는 꼬리가 빠질 것 같아."

"미호야, 넌 할 수 있어! 영차, 영차."

창밖으로 웬 할머니가 웃는 얼굴로 지나가는가 싶더니, 아이의 우렁찬 울음소리가 터져 나왔다.

"만세!"

손을 번쩍 쳐드는 순간 미호가 난감한 표정으로 팔을 붙잡았다.

"웅아, 한 명이 아닌가 봐. 아직 남아 있어."

"뭐! 그럼 쌍둥이야?"

다시 영차, 영차를 외치기 시작하기가 무섭게 또 한 번의 울음소리가 터져 나왔다.

"만세!"

그러자 미호가 다시 팔목을 붙잡는다.

"아직 또 남았어?"

　몇 명이나 나올 건지, 슬슬 걱정이 된다. 개나 동물들은 새끼를 낳을 때 한 열 마리쯤 낳기도 하고 그러던데.

"아니. 다 났어."

"근데?"

"웅아, 나 힘을 너무 많이 썼나 봐."

미호가 겁에 질린 표정으로 쳐다본다.

"왜? 어디가 이상해?"

　순간 심장이 덜컥 내려앉았다. 설마 애 낳다가 잘못 되기라도 한 건가?

"미호야, 왜 그래? 어디가 아픈데? 응?"

"웅아, 나 꼬리가 빠졌어."

"진짜?"

나는 얼이 빠졌다. 세상에 이런 일이!

"응. 한 번 만져 봐."

　염치불구하고 손을 쑥 집어넣어 미호의 매끈한 엉덩이를 만졌다.

"어, 진짜네!"

그제야 손을 번쩍 쳐들고 진정한 만세를 부르짖었다.

"만세!"

그때 어디선가 어린 아이의 목소리가 불쑥 끼어들었다.

"엄마, 아빠. 제발 재한테 신경 좀 써. 아까부터 계속 울고 있잖아. 언제까지 저렇게 놔둘 거야."

순간 눈을 휘둥그레 뜨고 방바닥을 쳐다보았다. 세상에, 막 태어난 아이가 벌써 말문을 텄다! 말도 안 돼. 어떻게 태어나자마자 저렇게 유창한 한국말을.

"미호야, 방금 얘가 한 말 들었어?"

미호가 대수롭지 않은 표정으로 바락바락 울고 있는 아이를 먼저 품 안에 꼭 끌어안았다.

"얘는 아들이네."

그리고는 말똥말똥 쳐다보고 있는 아이를 번쩍 안아 올렸다.

"얘는 딸이고."

그때 방문이 급하게 열리며, 동주 선생이 안으로 들어왔다.

"벌써 태어났군요."

낯선 얼굴이 신기했던지, 딸아이가 동주를 말똥한 눈으로 바라보았다.

"아저씨는 누구세요?"

미호를 쏙 빼닮은 딸아이를 향해 동주가 환하게 웃으며 손을 흔들었다.

"난 엄마, 아빠 친구예요."

맙소사. 만날 무표정한 모습만 보다가 저렇게 눈살을 접으며 웃는 모습을 보니까 정말이지 신기한 지경이다. 게다가 어울리지 않게 손을 흔드는 모습은 또 어떻고. 한창 구경을 하고 있는데, 미호가 딸아이를 동주 선생에게 디밀었다.

"동주 선생, 애 좀 살펴줘 봐. 뭔 거 같아?"

동주가 손바닥을 딸아이의 뺨에 살며시 올렸다.

"이 아이는 반인반요의 피가 흐르는군요. 몇 년 만 지나면 당신과 쏙 빼닮은 모습이 되겠어요."

아이가 동주의 손바닥을 탁 쳐내며 바락 소리를 쳤다.

"언제까지 떠들고만 있을 거야? 나 배고파. 먹을 것 좀 줘."

동주가 아이를 쳐다보며 난처하게 웃었다.

"성질머리는 아무래도 아버지를 빼닮은 것 같군요."

어딜 봐서, 날! 이라고 소리치는 건 세상에 처음 태어난 딸에 대한 예의가 아닌 것 같아서 꾹 참았다.

"잠깐 데리고 나가서 뭘 좀 먹이고 올게요."

동주가 딸아이를 품에 안은 채 남자 아이의 뺨에 손바닥을 올렸다.

"이 아이는 완전한 인간으로 태어났군요."

"근데 동주 선생, 나 꼬리가 없어졌어. 아이 낳으면서 꼬리가 빠질 수도 있나?"

미호의 질문에 동주가 깜짝 놀란 표정을 지었다.

"당신의 여우 기운을 이 아이가 모조리 가져가버린 모양이네요. 그런 일은 거의 없는데, 정말 희한한 일이군요."

동주의 품에 안겨 있던 딸아이가 생각에 골몰해 있는 동주의 턱을 확 붙잡았다.

"밥 안 줄 거야?"

동주가 난처하게 웃으며, 턱을 붙잡고 있는 아이의 손을 부드럽게 떼어냈다.

"턱은 함부로 잡는 게 아니에요. 아무래도 제대로 교육을 시켜야겠군요. 이대로 두면 버릇이 나쁜 아가씨로 자라겠어요."

나를 닮았다고 하더니, 저게!

내심 불쾌해 하고 있는데 동주가 아이를 품에 안은 채 꾸벅 고개를 숙였다.

"이 아이는 잠시 제게 맡기는 편이 좋겠어요. 가족 분들 기함 시키지 않으려면."

"밥 먹으러 안 가냐고!"

"일단은 요기부터 면하고 와야겠군요."

동주가 난처한 표정으로 아이를 안고 나가는 모습이 너무 우스워서 배를 움켜쥐고 웃었다.

"야, 난 동주 선생이 저렇게 당황하는 모습 처음 봐. 감정이 있긴 하구나."

"근데 웅이, 너 너무 좋아한다."

"딸 낳는 기쁨이 이런 건가 봐."

미호가 옷을 들추어 아들아이에게 젖을 물렸다. 그렇게 울더니 눈을 꼭 감고 맛있게 빨고 있다. 그 모습을 물끄러미 들여다보다가 문득 아까 보았던 할머니가 떠올랐다.

"미호야, 나 아까 귀신 본 것 같아."

"그래?"

"여기는 2층이잖아. 근데 저 창문 밖에서 웬 할머니가 웃고 있더라니까."

그러자 미호가 아련한 표정으로 창문을 바라보았다.

"삼신할머니야. 할머니가 우리한테 선물을 주고 가셨구나. 내 꼬리 잘라서, 너랑 영원히 같이 살다가 죽으라고."

달빛이 물든 미호의 옆얼굴이 너무도 고와 눈물이 날 것만 같다. 이기적인 생각일지는 몰라도, 나는 너랑 같이 늙을 수 있다는 게, 너와 같이 생을 마감할 수 있다는 게 너무 행복하다.

미호야, 우리 영원히 함께 살다가 같은 날 죽자.

나도
드라마작가~!

그 후 내 여자친구 구미호는
어떻게 됐을까요?

여러분이 작가가 되어
대웅이와 미호의 이야기를 이어주세요.
이야기를 구성해 자신의 블로그에 올리고
메일을 보내주시면 재미있는 이야기를 뽑아
푸짐한 선물을 드립니다.

최우수 : **한우세트**(2명)
우수 : **닭고기 인형**(10명)

- 보내실 곳 : candybookbest@gmail.com
- 이벤트 기간 : 2010년 11월 30일
- 발표 : 2010년 12월 10일(개별통지)

응아~